KB119691

반 고흐, 영혼의 편지

VINCENT VAN GOGH

반 고흐, 영혼의 편지

빈센트 반 고흐 지음 신성림 옮기고 엮음

위즈덤하우스

신성림

1969년 부산에서 태어났다. 서화에 관심이 많은 부모님 덕택에 어려서부터 문학과 예술의 세계를 동경했다. 이화여대 철학과와 동 대학원을 졸업한 뒤 프랑스로 건너가 파리 10대학 대학원 미학 전공 박사과정을 수학했다. 논문으로는 「숭고의 미학과 예술」이 있고, 지은 책으로는 『클림트, 황금빛 유혹』, 옮긴 책으로는 『반 고흐』, 『떠나지 않는 방랑자』, 『프리다 칼로&디에고 리베라』, 『상징주의와 아르누보』 등이 있다.

반 고흐, 영혼의 편지

초판 1쇄 발행 1999년 6월 15일
2판 1쇄 발행 2005년 6월 20일
3판 1쇄 발행 2017년 5월 31일 **3판 26쇄 발행** 2024년 6월 17일

지은이 빈센트 반 고흐 **옮기고 엮은이** 신성림 **펴낸이** 최순영

출판2 본부장 박태근
지적인 독자 팀장 송두나

펴낸곳 ㈜위즈덤하우스 **출판등록** 2000년 5월 23일 제13-1071호
주소 서울특별시 마포구 양화로 19 합정오피스빌딩 17층
전화 02) 2179-5600 **홈페이지** www.wisdomhouse.co.kr

ⓒ 위즈덤하우스, 2017

ISBN 978-89-5913-521-9 03890

고흐의 삶과 그림에 대한 진실을 보여줄 수 있기를

빈센트 반 고흐는 설명이 따로 필요 없을 정도로 유명한 세계적인 화가이다. 그런데 어떨 때는 그를 유명하게 만들어준 몇몇 극적인 일화 때문에 오히려 그의 작품은 평가절하되는 것이 아닌가 하는 느낌이 들기도 한다. 나도 고흐의 그림을 몇 점 본 후, 그를 소재로 한 소설과 평전을 들여다본 기억이 난다. 그후 다시 그림을 보니 느낌이 달랐다. 확실히 화가의 작품을 잘 이해하기 위해서는 그의 인생과 생각을 이해하는 일이 필요한 듯하다. 그런데 그의 그림을 더욱 좋아하게 되면서 조금씩 의문이 생기기 시작했다. 그의 그림이 극적인 인생사의 후광 없이는 아무 의미도 찾지 못할 정도로 보잘것없단 말인가. 그의 꽃이, 그의 별이, 그의 태양이, 나무와 사람들과 그 자신의 모습이 정말 영화 같은 인생을 장식하는 보조물에 불과한 것인가. 그 강렬한 색채와 특유의 꿈틀대는 기운이 미술사에서 아무런 의미가 없단 말인가 하는 의문이었다.

미술 관련 서적이 지금처럼 많지 않았을 때의 이야기다. 화집을 뒤적거리기 시작했고, 그의 작품이 있는 미술관을 찾아다녔다. 하지만 '그에 관한' 책들은 피하고 싶었다. 해석되고 윤색된 신화보다 있는 그대로의 화가와 그림을 먼저 보고 싶다는 마음이 들었기 때문이다. 그러다 그의 편지를 읽게 되었다. 남의 개인사를 들여다본다는 꺼림칙함이 없었던 건 아니지만, 너무도 진술하고 절절한 글에 빠져들 수밖에 없었다. 그 안에 내가 찾던 진짜 화가가 있었다. '천재'도 '순교자'도 '광인'도 아닌, 고민하고 노력하는 소박한 화가.

　오직 내가 좋아한다는 이유만으로 고흐의 편지를 선별해 번역하는 일을 시작했는데, 당시 신생 출판사였던 위즈덤하우스에서 관심을 보이고 지원하지 않았더라면 할 수 없었을 것이다. 역시 초보 번역가였던 내가 방대한 분량의 원고 앞에서 때론 기뻐하고 때론 눈물을 흘리며 작업하던 기억이 아직도 생생한데, 어느새 『반 고흐, 영혼의 편지』가 출간된 지 만 6년이 되어간다. 위즈덤하우스의 제안으로 증간 작업을 하면서 책 한 권의 분량으로 적절한 선에서 더 많은 편지와 그림을 넣으려고 노력했다. 고흐의 동생이자 후원자였던 테오의 편지도 일부 실었다. 고흐의 삶과 그림에 대해 더 많은 진실을 보여줄 수 있을 거라 기대했기 때문이다.

　이 기회를 빌어 옮긴이보다 더한 애정으로 책을 새로 다듬는 일을 추진하고 진행해 준 위즈덤하우스에 감사의 말을 전하고 싶다. 다른 누구보다 지금까지 『반 고흐, 영혼의 편지』를 읽고 사랑해 준 모든 독자, 지금 읽고 있는 독자, 앞으로 읽으려 하는 독자들에게 깊이 감사드린다. 이 책이 그들에게 '반 고흐'라는 화가와 그의 그림을 새롭게 만나는 계기가 되기를 바란다.

2005년 6월
신성림

차례

생명이 깃든 색채

내 영혼을 주겠다

고통은 광기보다 강하다

그림을 통해서만 말할 수 있는 사람

*표시는 테오의 편지를 나타낸다.

화가 입문 이전부터 보리나주까지
1872년 8월~1881년 4월

새장에 갇힌 새

빈센트 빌렘 반 고흐는 1853년 3월 30일, 네덜란드 브라반트 지방의 작은 마을 그루트 준데르트에서 엄격하고 보수적인 칼뱅파 목사 테오도루스 반 고흐와 온화한 성품의 안나 코르넬리아 카르벤투스 사이의 장남으로 태어났다. 그는 어릴 때부터 그림에 관심이 있었던 것은 아니었다. 숙부 세 사람이 모두 화상畵商인 덕분에 1869년 7월부터 유명한 미술품 매매점인 구필Goupil 화랑의 수습사원으로 일하게 되었다.

1872년 8월, 같은 일을 하게 된 동생 테오에게 편지를 보내면서 평생에 걸친 두 사람의 편지 왕래가 시작되었다. 고흐가 테오에게 보낸 편지는 모두 668통이나 되었는데, 편지 왕래는 세 차례 일시적으로 끊기기도 했다.

1873년 6월, 그는 구필 화랑 런던 지점으로 옮겼다. 이 무렵 열아홉 살의 하숙집 딸 유제니 로이어에게 구혼했다가 거절당하고 충격을 받았다.
1875년 5월, 파리 본점으로 옮긴 고흐는 성서를 탐독하기 시작했다. 이를 계기로 그는 종교에 몰입하게 된다. 그러나 이 때문에 미술품 거래를 혐오하게 되었고 고객이나 동료 직원들과도 사이가 나빠져 1876년 3월 말 직장에서 해고되었다.
에텐에 있는 부모 곁으로 돌아간 고흐는, 자연이나 예술과 관련된 일을 하기를 원했던 어머니의 뜻을 저버리고 기숙학교의 무보수 견습교사, 서점 점원을 전전했다.
1877년 5월에 신학대학에 들어가기 위해 암스테르담으로 갔지만, 신에 대한 이론적 학습과 실제로 복음을 전파하려는 갈망 사이에서 방황했다.

1878년 7월 신학 공부를 그만둔 그는 전도사가 되어 가난한 광부들에게 복음을 전하기 위해 벨기에의 탄광지역인 보리나주로 갔다. 그러나 그의 지나치게 엄격한 태도와 광적인 신앙심, 가난한 사람에 대한 봉사정신으로 인해 다른 종교인들과 마찰을 빚게 되고 여러모로 힘든 생활을 했다.

1879년 여름, 고흐는 그림에 관심을 갖게 되어 테오에게 데생기법에 대한 책과 물감을 보내달라고 부탁했다. 그가 마침내 전업화가가 되겠다고 결심했을 때, 테오는 경제적인 지원을 약속했다.

◆ **자화상** 41.5×32.5cm · 1886년 봄 · 캔버스에 유채

많이 감탄해라

테오에게 ♦♦♦

네 편지를 보니 미술에 큰 흥미가 있는 것 같구나. 좋은 일이다. 네가 밀레, 자크, 슈레이어, 랑비네, 프란스 할스 같은 화가들을 좋아한다니 나도 기분이 좋다. 모베가 말했듯 "바로 그거다". 밀레의 그림 「저녁 기도」, 정말이지 '바로 그거' 라니까. 장엄하고 한마디로 시 그 자체인 작품이지.

　너와 그림에 대해 더 많은 이야기를 나눌 수 있기를 얼마나 바라는지……. 지금은 편지로 이야기할 수밖에 없지. 될 수 있으면 많이 감탄해라! 많은 사람들이 충분히 감탄하지 못하고 있으니까.

　산책을 자주 하고 자연을 사랑했으면 좋겠다. 그것이 예술을 진정으로 이해할 수 있는 길이다. 화가는 자연을 이해하고 사랑하여, 평범한 사람들이 자연을 더 잘 볼 수 있도록 가르쳐주는 사람이다.

　화가들 중에는 좋지 않은 일은 결코 하지 않고, 나쁜 일은 결코 할 수 없는 사람이 있다. 평범한 사람들 중에도 좋은 일만 하는 사람이 있듯.

1874년 1월

삶은 소중히 여겨야 할 값진 것

테오에게 ◆◆◆

이번에 네가 다녀간 것이 얼마나 기쁜 일이었는지 말해 주고 싶어서 급히 편지를 쓴다. 꽤 오랫동안 만나지도, 예전처럼 편지를 띄우지도 못했지. 죽은 듯 무심하게 지내는 것보다 이렇게 가깝게 지내는 게 얼마나 좋으냐. 정말 죽게 될 때까지는 말이다.

우리가 함께 보낸 시간은 우리 두 사람 모두 아직은 산 자의 땅에 있다는 걸 확인시켜 주었다. 너와 함께 산책을 하니 예전의 감정이 다시 살아나는 것 같았다. 삶은 좋은 것이고 소중히 여겨야 할 값진 것이라는 느낌 말이다.

근래 내 생활이 더 보잘것없어지면서 삶 자체가 별로 중요하지 않다는 비관적인 생각에 젖어들기도 했다. 그러나 너와 함께 보낸 시간 덕분에 그런 생각을 떨쳐버리고 유쾌한 기분을 되찾을 수 있었다.

우리가 살아가야 할 이유를 알게 되고, 자신이 무의미하고 소모적인 존재가 아니라 무언가 도움이 될 수도 있는 존재임을 깨닫게 되는 것은, 다른 사람들과 더불어 살아가면서 사랑을 느낄 때인 것 같다.

◆ 아이슬워트의 집
1876년 · 고흐가 영국에서 그린 초기 습작

일하는 것이 금지된 채 독방에서 지내는 죄수는 시간이 흐르면, 특히 너무 많은 시간이 지나버리면, 오랫동안 굶주린 사람과 비슷한 고통을 겪게 된다. 내가 펌프나 가로등의 기둥처럼 돌이나 철로 만들어지지 않은 이상 다른 모든 사람들이 그렇듯 다정하고 애정 어린 관계나 친밀한 우정이 필요하다. 아무리 세련되고 예의바른 사람이라 할지라도 그런 애정이나 우정 없이는 살아갈 수 없으며, 무언가 공허하고 결핍되었다는 느낌을 지울 수 없을 것이다. 이런 말을 하는 것은 네가 이번에 나를 찾아준 것이 참으로 고마웠기 때문이다.

　우리 사이가 소원해지기를 원하지 않는 만큼 당분간 집에 머무르고 싶었다. 그러나 지금은 집에 돌아가고 싶지 않다. 아무래도 여기 있는 게 나을 것 같다. 모두 내 잘못이고, 내가 사물을 바로 보지 않는다는 네 말이 옳을지도 모르겠다. 그래서 나로서는 힘들고 꺼림칙한 선택이지만, 며칠은 에텐[고흐의 가족이 있던 곳]에 가 있을지도 모르겠다.

　무엇보다 우리 두 사람이 더 친해졌으면 한다. 내가 정말로 너나 식구들에게 폐만 끼치고 부담이 된다면, 그래서 나를 스스로 침입자로 여기거나 불필요한 존재라고 생각해야 한다면, 나는 차라리 이 지상에서 사라지는 게 더 나을 것이다. 다른 사람들의 길을 방해하지 않도록 물러서는 편이 나을 것 같다. 정말 그렇게 생각한다면, 나는 슬픔에 잠겨 절망과 씨름해야 할 것이다.

　이런 생각을 하는 것도 힘들지만, 너와 나 사이에 그리고 우리 집에 나로 인해 그토록 많은 불화와 고통과 슬픔이 있어왔다는 생각을 하는 것은 더 힘들다. 그게 정말이라면 더 이상 살지 않는 게 낫다고 생각한다. 나를 우울하게 만드는 이런 생각을 품고 오랜 시간을 지내다 보면 다른 생각도 떠오른다. '이것은 끔찍하고 소름끼치는 꿈에 불과하고, 시간이 흐르면 상황을 더 분명하게 이해하게 될지도 모른다'는 생각이……. 이러한 내 생각이 옳아서 상황이 나빠지는 게 아니라 오히려 좋아지고 있는 것은 아닐까? 사람들은 진보를 계속해서 믿는 것이 미신에 사로잡힌 짓이라고 여기겠지.

겨울이 지독하게 추우면 여름이 오든 말든 상관하고 싶지 않을 때가 있다. 부정적인 것이 긍정적인 것을 압도하는 것이다. 그러나 우리가 받아들이든 받아들이지 않든 냉혹한 날씨는 결국 끝나게 되어 있고, 화창한 아침이 찾아오면 바람이 바뀌면서 해빙기가 올 것이다. 그래서 늘 변하게 마련인 우리 마음과 날씨를 생각해 볼 때, 상황이 좋아질 수도 있다는 희망을 품게 된다.

네가 떠난 후 밤거리를 걸어다니다 집으로 돌아와 초상화를 그렸다. 잘 있어라.

1879년 10월 15일

새장에 갇힌 새

테오에게 ◆◆◆

오랫동안 여러 가지 이유로 침묵을 지켜왔는데, 어쩔 수 없이 펜을 들었다. 그동안 너는 나에게 이방인이 되어버렸고, 나도 어쩌면 네가 생각하는 이상으로 너에게 이방인이 되어버린 것 같다. 이렇게 지내지 않는 것이 우리 두 사람을 위해 좋을 텐데……. 편지를 써야 한다는 생각만 들지 않았더라면,

지금 이 편지도 쓰지 않았을 것이다. 편지를 쓰지 않을 수 없게 만든 사람은 테오, 바로 너다.

네가 50프랑을 보냈다는 소식이 에텐에서 왔더라. 그래서 그 돈을 받기로 했다. 물론 많이 망설였고 의기소침해지기도 했지만, 내 상황이 막다른 골목에 이른 것 같으니 달리 어쩌겠니. 그래서 감사의 편지를 쓰는 거다.

너도 알겠지만 나는 보리나주로 돌아왔다. 아버지는 내가 에텐 근처에 있기를 원하셨지만, 거절했다. 그렇게 한 것이 옳았다고 믿고 있다. 싫든 좋든 나는 가족에게 떳떳하게 나설 수 없는 존재, 나쁜 놈이 되어버렸다. 그러니

내가 어떻게 누군가에게 필요한 존재가 될 수 있겠니? 그래서 멀리 떠나 있는 게 최선의 해결책이라고 생각했다.

새들에게 털갈이 계절이란 어떤 의미가 있을까? 자신의 깃털을 잃는 시기라고 할 수 있겠지. 사람에게 비유하자면, 실패를 거듭하는 불행하고 힘겨운 시기라고 할 수 있을 것 같다. 털갈이 계절이 있기에 새롭게 태어날 수도 있으므로 이 변화의 시기에 애착을 가질 수도 있겠지만, 이 일이 공개적으로

◆ 어깨에 삽을 메고 있는 사람
1879년 여름 · 검은색 분필과 잉크 스케치

이루어져서는 안 되겠지. 그리 유쾌한 일도 재미있는 일도 아니기 때문에 눈에 띄지 않도록 조심해야 할 것이다.

가족의 신뢰를 되찾는 것이 그렇게 희망이 없을까? 비록 아버지는 편견에서 완전히 벗어난 적이 전혀 없지만, 다른 식구는 훌륭한 사람들이니 천천히 그러나 확실하게 관계가 회복될 가능성을 완전히 부정하지는 않는다. 결국은 아버지와 사이가 좋아지면 다행이겠지만(그 이상은 기대하지도 않는다), 우선은 너와 나 사이의 관계를 회복하는 게 중요하겠지. 오해하기보다는 좋은 관계를 맺는 게 더 낫지 않겠니.

추상적인 이야기를 꺼내서 너를 괴롭히게 될지도 모르겠는데, 인내심을 갖고 끝까지 들어주었으면 한다. 나는 정열적인 사람이다. 그래서 가끔은 좀 미안한 생각이 들 정도로 지나친 행동을 하기도 했지. 너무 성급하게 행동하는 바람에 조금 더 참았더라면 하고 후회하는 일도 이따금 있었다. 하지만 다른 사람들도 가끔 무모한 행동을 하잖아.

그렇다고 어떻게 하겠니. 나 자신을 어떤 일에도 어울리지 않는 사람으로 봐야 할까. 나는 그렇게 생각하지는 않는다. 오히려 이 열정이 좋은 결과를 거둘 수 있도록 해야겠지.

이를테면 빵을 먹어야 살 수 있는 것처럼 책에 대해 열정을 갖고, 끊임없이 정신을 고양하고 탐구할 필요를 느낀다. 너도 그걸 이해할 수 있겠지. 다른 환경에서 살았을 때, 그러니까 예술작품으로 둘러싸인 세계에서 살았을 때, 너도 알다시피 나는 그런 것에 대해 거의 광적인 열정을 품었다. 집에서 멀리 떨어져 있는 지금도 그림의 나라에 대한 향수를 자주 느끼고 있다.

렘브란트나 밀레, 혹은 쥘 뒤프레, 들라크루아, 밀레이, 마테이스 마리스에 대해서 내가 잘 알고 있었다는 건 너도 기억하겠지. 안타깝게도 이제는 더 이상 그런 환경에 있지 못하다. 그러나 영혼에 깊이 새겨진 것은 영원히 살아 있어서 계속 그 대상을 찾아다닌다고 하지 않니.

나는 향수병에 굴복하면서 나에게 말했다. 네 나라, 네 모국은 도처에 존재한다고. 그래서 절망에 무릎을 꿇는 대신 적극적인 멜랑콜리를 선택하기로 했다. 슬픔 때문에 방황하게 되는 절망적인 멜랑콜리 대신 희망을 갖고 노력하는 멜랑콜리를 택한 것이다.

그후 진지하게 독서에 몰두했다. 성경, 미슐레의 『프랑스 혁명』, 지난겨울에는 세익스피어와 빅토르 위고의 책, 그리고 디킨스와 스토, 최근에는 아이스킬로스와 좀 덜 고전적인 여러 작가들, 마이너 계열의 위대한 거장 등……. 파브리티위스와 비다가 그 마이너 계열의 작가들에 포함되어 있다는 건 너도 알고 있겠지.

그런데 이처럼 무언가에 몰두하고 있는 사람은 부주의해지기 쉬워서 이따금 엉뚱하거나 충격적이고, 관습과 예절에 어긋난 행동을 하는 것처럼 보일 때가 있다. 사람들이 그것을 나쁘게 받아들이는 것은 유감스러운 일이다.

예를 들어, 내가 외모에 신경 쓰지 않는다는 건 너도 알고 있지. 나도 그걸 알고 있고, 또 그게 충격적일 수 있다는 점도 인정한다. 그런데 한번 생각해 봐라. 내가 그렇게 하는 것은 단순히 외모를 가꾸는 일에 환멸을 느끼기 때문이 아니다. 한마디로 돈이 없기 때문이다. 게다가 나처럼 그렇게 하는 건, 공부에 집중하기 위해 고독을 보장해 주는 좋은 방법이기도 하다. 그런 고독이 너를 일에 몰두하게 하고, 네 생각 전부를 차지하면서, 꿈꾸고 생각에 잠기게 할 것이다.

지난 5년가량의 세월 동안, 나는 안정된 직장 없이 늘 궁지에 몰린 채 방황해 왔다. 너는 내가 그동안 뒷걸음질만 치면서 나약해지고 아무것도 하지 않았다고 말할지도 모르지. 그러나 그 생각이 옳을까?

나도 이따금 밥벌이란 걸 했다. 그렇지 못할 때는 친구들이 선의를 베풀어 도와주었지. 좋든 싫든 얻을 수 있는 것을 취하면서 어떤 식으로든 살아왔다. 내가 많은 사람의 신뢰를 잃었다는 건 맞는 말이다. 경제적인 형편도 좋지 않은 게 사실이고. 내 미래가 처량한 것도 부인할 수 없고, 더 잘할 수도 있었을 것이라는 말도 맞다. 생계 유지를 위해 노력했어야 할 시간을 낭비했다는 것도 맞는 말이고, 공부가 상당히 허술하고 빈약하며, 필요한 것을 모두 구하기에는 내가 가진 수단이 너무 보잘것없다는 말도 틀리지 않다. 그러나 그 모든 것이 옳다고 해서 내가 점점 퇴보하면서 아무것도 하지 않았다는 결론이 바로 나올 수 있는 것이냐?

왜 대학을 끝까지 마치지 않았느냐고, 왜 그들이 나에게 바라는 것을 계속하지 않았느냐고 물을 수도 있겠지. 그 문제라면 학비가 너무 비싸다는 대답밖에는 할 말이 없다. 게다가 대학을 나왔다고 해서 지금 내가 택한 길보다 더 나은 미래를 맞이했을 것 같지도 않다.

나는 지금 내가 선택한 길을 계속 가야 한다. 아무것도 하지 않는다면, 아무것도 공부하지 않고 노력을 멈춘다면, 나는 패배하고 만다. 묵묵히 한 길을 가면 무언가 얻는다는 게 내 생각이다.

나의 최종 목표가 뭐냐고 너는 묻고 싶겠지. 초벌 그림이 스케치가 되고 스케치가 유화가 되듯, 최초의 모호한 생각을 다듬어감에 따라 그리고 덧없이 지나가는 최초의 생각을 구체적으로 실현해 감에 따라 그 목표는 더 명확해질 것이고, 느리지만 확실하게 성취되는 것이 아닐까.

그것은 예술가뿐 아니라 복음 전도자도 마찬가지라는 걸 알아야 한다. 이따금 밉살스럽고 전제적이며 격식만 따지는, 오래된 학교를 볼 수 있다. 그곳에는 고통을 혐오하는, 한마디로 편견과 관습의 갑옷을 입은 사람들이 있기 마련이다.

그들은 담당구역의 일자리를 마음대로 주무르지. 또 자기 부하를 위해 일자리에 빨간 테이프를 붙여두고 자유로운 정신을 가진 사람을 내쫓으려 한다.

내가 현재 정상적인 직업이 없고 오랫동안 그런 직업을 갖지 않은 까닭도, 일자리를 자신과 생각이 같은 자들에게 나눠주는 신사들의 생각과 내 생각이 달라서일 뿐이다. 그것은 그들이 독실한 신자인 체하면서 나를 비난할 때 들먹이는 외모의 문제만은 아니다. 사실은 더 뿌리 깊은 문제가 있다. 정말이다.

이 모든 걸 고백하는 이유는 불평을 하기 위해서도, 변명을 하기 위해서도 아니다. 그저 나의 기억을 너에게 들려주기 위해서이다. 지난여름 네가 마지막으로 찾아왔을 때, 이곳 사람들이 '마녀'라 부르는 버려진 광산 근처를 산책한 적이 있었지. 그때 너는 레이스웨이크에서 오래된 운하와 물방앗간 근처를 함께 산책했던 추억을 떠올리면서, 우리가 예전에는 많은 것에 동의했었다는 말을 했지. 그리고 "그때 이후로 형은 변했어. 더 이상 예전의 형이 아니야"라고 말했지. 그래, 그러나 나는 그 말에 흔쾌히 동의할 수 없다. 물론 예전에는 생활이 지금보다는 덜 어려웠고 미래도 그렇게 비관적이지는 않았다는 차이는 있겠지. 그러나 나의 내면이나 사물을 보는 방식에는 변함이 없다. 굳이 변한 것을 말하자면, 당시에 내가 생각했고 믿고 사랑했던 것을 지금은 더 생각하고 더 믿고 더 사랑한다는 것이다.

그러니 내가 렘브란트, 밀레, 들라크루아 등 그 누구 혹은 그 무엇에 대해 열중하지 않는다고 생각한다면, 그것은 오해다. 오히려 그 반대다. 세상에는 믿고 사랑할 만한, 가치 있는 것들이 많지. 알겠니? 셰익스피어 안에 렘브란트가 있고, 미슐레 안에 코레조가, 빅토르 위고 안에 들라크루아가 있다.

또 복음 속에 렘브란트가 있고, 렘브란트 안에 복음이 있다. 네가 올바르게 이해한다면 그것은 같은 것이다. 그것을 왜곡하지 말고 비교대상을 독창적인 사람들의 장점 속에서 찾아야 한다는 사실도 잊지 마라.

제발 내가 포기했다는 생각은 하지 말아라. 나는 꽤 성실한 편이고, 변했다 해도 여전히 같은 사람이니까. 내 마음을 괴롭히는 것은, 내가 무엇에 어울릴까, 내가 어떤 식으로든 쓸모 있는 사람이 될 수는 없을까, 어떻게 지식을 더 쌓고 이런저런 주제를 깊이 있게 탐구할 수 있을까 하는 물음뿐이다. 게다가 고질적인 가난 때문에 이런저런 계획에 참여하는 것이 어렵고, 온갖 필수품이 내 손에는 닿지 않는 곳에 있는 것만 같다. 그러니 우울해질 수밖에 없고, 진정한 사랑과 우정이 있어야 할 자리가 텅 빈 것처럼 느껴진다. 또 내 영혼을 갉아먹는 지독한 좌절감을 느낄 수밖에. 사랑이 있어야 할 곳에 파멸만 있는 듯해서 넌더리가 난다. 이렇게 소리치고 싶다. 신이여, 얼마나 더 기다려야 하나요!

어쩌면 네 영혼 안에도 거대한 불길이 치솟고 있는지도 모르지. 그러나 누구도 그 불을 쬐러 오지는 않을 것이다. 지나치는 사람들이 볼 수 있는 것이라곤 굴뚝에서 나오는 가녀린 연기뿐이거든. 그러니 그냥 가버릴 수밖에.

그렇다면 이제 어떻게 해야 할까? 힘을 다해 내부의 불을 지키면서, 누군가 그 불 옆에 와서 앉았다가 계속 머무르게 될 때까지 끈질기게 기다려야 할까?(그렇게 하려면 얼마나 끈질겨야 할까!) 믿는 마음이 있는 사람은 빠르든 늦든 오고야 말 그때를 기다리겠지.

모든 일이 좋지 않게 진행되고 있다. 과거에도 오랫동안 그랬고, 미래에도 계속 그럴 것 같다. 그러나 모든 일이 잘못된 후에는 다시 좋아지게 될지도 모르지. 물론 그걸 계산하고 기다리고 있는 것은 아니다. 그런 일이 일어나지 않을 수도 있겠지. 그래도 더 나은 변화가 온다면, 나는 그걸 얻은 것으로 생각할 테고, 기뻐하면서 이렇게 말할 것이다. 드디어, 그래, 결국에는 뭔가 되고야 마는구나!

나에게 정말 대책 없는 사람이라고, 어떻게 그렇게 뚱딴지같이 엉뚱한 생각을 하고 바보 같은 기대를 할 수 있느냐고 말할지도 모르겠다. 그러나 내 생각이 아무리 말도 안 되고 바보 같다 해도, 더 나은 대안이 없는 이상 그런 기대도 하지 않는 것보다는 낫지 않겠니.

펜이 가는 대로 적다보니 두서 없는 편지가 되었다. 네가 나를 쓸모 없는 사람은 아니라고 봐준다면 기분이 좋을 것 같다. 사실 쓸모 없는 사람도 두 종류가 있다. 천성이 게으르고 강단이 없어서 정말 쓸모 없는 사람이 될 수

◆ **남녀 광부들** 44.5×54cm · 1880년 · 검은색 연필과 잉크 스케치에 채색

도 있겠고……. 나를 그런 사람 가운데 하나로 봐도 무방하다. 그런데 다른 종류의 쓸모 없는 사람도 있다. 그들은 본의 아니게 그렇게 된 사람들이다. 일을 하려는 욕구로 불타지만 손이 묶여 있고 갇혀 있어서, 한마디로 어려운 환경이 그를 억눌러서 아무것도 할 수 없게 된 것이지. 그런 사람들은 자기가 할 수 있는 일을 모른다 해도 본능적으로 어떤 느낌이 있기 마련이지. 즉, 나도 그 무엇인가에 적합한 인물이다! 내가 이 세상에 존재해야 하는 이유가 전혀 없는 것은 아니다! 나도 지금과는 다른 사람이 될 수 있다는 걸 알고 있다! 그런데 어떻게 해야 쓸모 있고 도움이 되는 사람이 될 수 있을까?

내 안에 무엇인가 있다. 그것이 도대체 무얼까? 그런 사람은 본의 아니게 쓸모 없는 사람이 된 경우다. 원한다면 나를 그 가운데 하나로 봐도 좋다.

새장에 갇힌 새는 봄이 오면 자신이 가야 할 길이 어딘가에 있다는 걸 직감적으로 안다. 해야 할 일이 있다는 것도 잘 안다. 단지 실행할 수 없을 뿐이다. 그게 뭘까? 잘 기억할 수는 없지만 어렴풋이는 알고 있어서 혼자 중얼거린다. '다른 새들은 둥지를 틀고, 알을 까고, 새끼를 키운다.' 그러고는 자기 머리를 새장 창살에 찧어댄다. 그래도 새장 문은 열리지 않고, 새는 고통으로 미쳐간다. "저런 쓸모 없는 놈 같으니라고." 지나가는 다른 새가 말한다. 얼마나 게으르냐고. 그러나 갇힌 새는 죽지 않고 살아남았다. 그의 마음 깊은 곳에서 일어나는 일은 밖으로 드러나지 않는다. 그는 잘하고 있고 햇빛을 받을 때면 꽤 즐거워 보인다.

철새가 이동하는 계절이 오면 우울증이 그를 덮친다. 필요한 모든 것을 가지고 있지 않느냐고, 그를 새장에 가둔 아이들이 말한다. 벼락이 떨어질 듯이 어두운 하늘을 내다보는 그에게 자기 운명에 반발하는 외침이 들려온다. 나는 갇혀 있다! 내가 이렇게 갇혀 있는데 당신들은 나에게 부족한 것이 없다고 한다. 바보 같은 사람들! 필요한 건 이곳에 다 있다! 그러나 내가 다른 새처럼 살 수 있는 자유가 없지 않나!

본의 아니게 쓸모 없는 사람들이란 바로 새장에 갇힌 새와 비슷하다. 그들은 종종 정체를 알 수 없는 끔찍한, 정말이지 끔찍한 새장에 갇혀 있어서 아무것도 할 수가 없다.

해방은 뒤늦게야 오는 법이다. 그동안 당연하게든 부당하게든 손상된 명성, 가난, 불우한 환경, 역경 등이 그를 죄수로 만든다. 그를 막고, 감금하고, 매장하는 것이 무엇인지는 분명하게 지적할 수 없다. 그러나 어떻게 표현하기 어려운 창살, 울타리, 벽 등을 느낄 수는 있을 것이다. 이 모든 것이 환상이고 상상에 불과할까. 나는 그렇게 생각하지 않는다. 그래서 이렇게 묻곤 한다. 신이여, 이 상태가 얼마나 오래 지속될까요? 언제까지 이래야 합니까? 영원히?

이 감옥을 없애는 게 뭔지 아니? 깊고 참된 사랑이다. 친구가 되고 형제가 되고 사랑하는 것, 그것이 최상의 가치이며, 그 마술적 힘이 감옥 문을 열어준다. 그것이 없다면 우리는 죽은 것과 같다. 사랑이 다시 살아나는 곳에서 인생도 다시 태어난다. 이 감옥이란 편견, 오해, 치명적인 무지, 의

◆ 땅을 파는 남자
1880년 10월 12일 · 스케치

심, 거짓 겸손 등의 다른 이름이기도 하다.

내가 영락을 거듭해 왔다면, 너는 상승가도를 달려왔다. 내가 인심을 잃어온 반면 너는 그걸 얻어왔다. 다행이라고 생각한다. 진심이다. 그 사실은 나에게 늘 기쁨을 주었다. 너에게 진지함이나 타인을 배려하는 마음이 없다면 그게 오래 지속될 수 있을까 걱정할 수도 있겠다. 그러나 너는 아주 진지하고 사려 깊은 사람이니 앞으로도 계속 성공할 수 있으리라 믿는다.

1880년 7월

에텐에서
1881년 4월~1881년 12월

사랑 없이는 살 수 없다

1881년 4월, 에텐에 있는 부모 곁으로 돌아온 고흐는 모델을 두고 하루 종일 인물데생에 몰두했다.

같은 해 여름, 사촌 케이에게 연정을 느껴 구혼을 했지만 거절당한다. 외숙부의 딸인 그녀는 미망인이 된 후 얼마 지나지 않을 때였다. 케이의 단호한 거절은 그에게 깊은 상처를 남겼다. 이를 계기로 고흐는 가족은 물론 친척들과도 갈등을 겪었다.

그해 12월 초, 고흐는 에텐을 떠났다. 가축 그림과 수채화에 뛰어나다는 평을 받는 안톤 모베에게 수채화와 유화의 원리를 배우기 위해 헤이그로 향한 것이다.
모베는 고흐를 화실로 불러 정물화를 그리게 했다. 그가 난생 처음 화가 옆에서 그림을 그리는 순간이었으며 화가로서 첫발을 내딛는 순간이기도 했다.

짐을 가지러 에텐에 들렀을 때, 아버지와 언쟁이 벌어졌다. 고흐가 성탄절에 가족과 함께 교회에 가지 않겠다고 고집을 부린 것이 발단이었다. 아버지는 예배에 참석하기를 거부한 고흐를 대면하고 싶어하지 않았다.

◆ **자화상** 42×33.7cm · 1887년 봄 · 캔버스에 유채

자연과의 씨름은 '말괄량이 길들이기'

테오에게 ◆◆◆

예술가는 초기에는 자연의 저항에 직면하게 마련이다. 그러나 그가 자연을 정말 진지하게 생각한다면, 그런 대립으로 기가 꺾이기는커녕 자연을 자기 안으로 끌어들여야 할 것이다. 사실 자연과 정직한 데생화가는 하나다. 자연은 손으로 움켜쥘 수 없는 것이지만, 우리는 자연을 움켜쥐어야 하며 그것도 두 손으로 힘껏 붙잡아야 한다. 자연과 자주 씨름해 온 나의 눈에는 자연이 유연하고 순종적인 것처럼 보인다. 물론 내가 그 정도 수준에 도달했다는 말은 아니다. 단지 지금 그 문제에 대해 나보다 더 많이 생각하고 있는 사람은 없다는 말이다. 요즘은 그림 그리는 일이 점점 쉬워진다.

자연과의 씨름은, 셰익스피어가 '말괄량이 길들이기'(이 말은 싫든 좋든 대립을 조금씩 완화하는 것을 뜻한다)라고 부른 것과 비슷하다. 많은 분야에서 공통된 말이겠지만, 특히 데생에서는 '꾸준함이 항복보다 낫다'고 생각한다.

요즘 들어 인물데생이 노력할 가치가 있는 것이며, 간접적으로 풍경데생에도 좋은 영향을 준다고 생각한다. 가령 버드나무를 인물데생을 하듯 그린다면, 즉 모든 주의를 그 나무에 기울여서 그 안에서 어떤 생명이 살아 숨쉬게 되는 경지까지 이른다면 부수적인 배경은 저절로 따라오게 되어 있다.

작은 스케치 몇 점을 동봉한다. 요즘은 뢰르 가에서 그림을 그리고 있다. 가끔은 수채물감이나 세피아(오징어 먹물로 만든 갈색 그림물감)를 이용하는데, 아직은 만족스럽지 않은 편이다.

1881년 10월 12~15일

케이를 사랑하게 되었다

테오에게 ◆ ◆ ◆

너에게 꼭 하고 싶은 말이 있다. 어쩌면 이미 알고 있어서 새로운 소식이 아닐지도 모르겠다. 올 여름 나는 케이를 사랑하게 되었다. 이 감정은 "케이가 나에게 가장 가까운 사람이고, 내가 케이의 가장 가까운 사람인 것 같다"는 말로밖에 표현할 수 없을 것 같다. 그녀에게도 그렇게 고백했지. 그러나 그녀는 내 마음을 받아들일 수 없다고 했다.

그래서 이제 어떻게 해야 좋을지 심각한 딜레마에 빠져 있다. "절대 안 된다"는 대답을 들을 때 포기해야 할 것일까, 아니면 희망을 갖고 포기하지 말아야 할까.

나는 후자를 선택했다. '절대 안 된다'는 그녀의 입장 때문에 앞이 막혀 있는 건 사실이지만, 그 선택을 후회하지는 않는다. 그 때문에 '인생의 자잘한 고충'에 직면하게 되었다. 그런 고충을 책에서 접한다면 재미있을지도 모르지만, 직접 경험하고 보니 결코 유쾌하지 않다.

그렇다고 해서 체념하거나 용기를 잃지 않은 걸 다행으로 여긴다. '어떤 일을 하지 않는 방법' 따위는 그럴 생각이 있는 사람들이나 배우라지. 너도 이런 경우에 우리가 할 수 있는 일, 해도 되는 일, 해야만 하는 일에 대해 말하는 것이 놀랄 만큼 어렵다는 건 알고 있겠지. 여하튼 우리는 가만히 앉아서 빈둥대서는 안 되며 여기저기 돌아다니면서 뭔가를 찾아야 한다.

너에게 이 일을 더 빨리 알려주지 않은 이유 가운데 하나는, 내 입장이 분명하지 않아서 제대로 설명할 수가 없었기 때문이다. 그러나 이제는 그녀뿐 아니라 아버지와 어머니는 물론 케이의 부모, 그리고 프린젠하주에 있는 코르 숙부, 숙모에게도 모두 말한 상태다.

열심히 일해서 더 나은 상황이 되면 나에게 기회가 있을지 모른다고 다정하게 말해 준 사람은 의외로 센트 숙부 한 분뿐이었다. 센트 숙부는 내가 케이의 거절에도 포기하지 않은 걸 좋게 보셨다. 케이의 거절도 비관적으로만 보시는 건 아닌지, "케이의 거절에 너무 괘념치 말아라. 나도 그녀가 훌륭한 배우자와 만나길 원하지만, 네 고백에 대한 거절은 취소되기를 바란다"고 하시더라.

스트리커 숙부〔케이의 아버지〕가 '오래 친분을 쌓아온 다정한 관계가 끊어질 위험' 이 있다고 경고했을 때도 그리 기분 나쁘게 받아들이지는 않았다. 단지, 관계가 달라질 필요가 있을 때의 진정한 해결책은 오랜 우정을 끊어버리는 것이 아니라 새로운 관계로 바꿀 수 없는지 살펴보는 것이라 생각한

◆ **낫으로 풀을 베는 소년** 47×61cm · 1881년 10월 · 검은색 분필, 수채

다고 말씀드렸다. 그것이 내가 원하는 관계이고, 열심히 일하면서 우울한 기분을 쫓아버리려 한다. 사실 그녀를 만나고 나서 그림이 훨씬 더 잘 되고 있다.

상황을 좀더 정확하게 전달하자면, 케이는 절대 안 된다고 대답했다. 또, 이 문제를 이미 끝난 것으로 보면서 나에게 포기를 강요하는 어른들과 충돌하게 될 것 같다.

케이의 부모는 성찬식이 끝날 때까지 별다른 말을 하지 않고 친절하게 대해줄 것이라고 생각한다. 스캔들을 막으려고 혈안이 돼 있거든. 그러나 성찬식이 끝난 뒤에는 나를 쫓아내려 할 것 같아 걱정이다.

상황을 분명히 전하기 위해 다소 거칠게 표현한 걸 이해해 주기 바란다. 속마음을 적나라하게 표현한 듯한 느낌도 들지만, 그래야 상황을 좀더 정확하게 전달할 수 있다고 생각한다. 그러니 내가 어른들을 공경하지 않는다고는 생각하지 말아라.

그들이 이 문제에 대해 적극적으로 반대한다는 걸 너에게 분명히 전해주려는 것뿐이다. 어른들은 내가 케이와 만나지 않기를 바라며, 또 서로 편지를 주고받지 않는다는 걸 확인하고 싶은 것이다. 우리가 만나서 이야기를 나누고 서로 편지를 나눈다면 케이가 마음을 바꿀 수도 있다는 걸 그들이 알기 때문이지. 케이는 마음을 바꾸는 일이 없을 거라고 하지만, 어른들은 그녀가 마음을 바꿀 리 없다고 나에게 확신시키려 하면서도 그럴 가능성을 두려워하는 것이다.

어른들의 마음을 바꾸는 일은 케이가 마음을 돌리는 것만으로는 불가능하다. 아마 내가 1년에 적어도 1,000길더를 버는 사람이 된 후에야 그들의 마음이 달라질 것이다. 다시 한 번 너무 신랄하게 이야기하는 걸 이해해 달라고 말하고 싶다. 어른들은 나에게 전혀 공감하지 않지만, 젊은이들은 내

◆ **이탄을 지고 가는 여인들** 43×60cm · 1881년 · 잉크와 연필 스케치

처지를 이해하리라 믿는다.

　너도 내가 일을 억지스럽게 몰고 가려 한다는 말을 듣게 될지도 모르겠
다. 그러나 사랑하는 사람에게 이런 식으로 강요하는 게 얼마나 무의미한
것인지는 세상이 다 알지 않느냐! 아니, 그 무엇도 이보다 더 무의미할 수는
없다고 생각한다.

　케이와 내가 어떤 접촉도 하지 못하도록 강요받을 게 아니라, 서로를 더
잘 알 수 있게끔 만나서 이야기하고 편지를 띄울 수 있기를 바라는 것은, 그
리고 우리가 어울리는지 그렇지 않은지 확인할 수 있기를 바라는 것은 부당
한 일도 비이성적인 일도 아니다. 1년 정도 서로 교제해 보는 것이 그녀에
게나 나에게나 유익할 텐데 어른들은 이 문제에 대해 정말 양보하지 않는
다. 내가 만약 부자였다면 그들의 태도는 완전히 달랐을 테지.

　이제 너도 내가 그녀에게 더 가까이 다가가기 위해 백방으로 노력하고 있
다는 걸 알았겠지. 내 마음을 그대로 드러내는 글귀가 있다.

계속해서 그녀를 사랑하는 것

마침내 그녀도 나를 사랑하게 되는 순간까지

그녀가 사라질수록 그녀는 더 자주 나타난다.

너도 이런 사랑에 빠져본 적이 있니? 그렇기를 바란다. 나를 믿으렴. 사랑이 불러일으키는 '작은 고충'도 가치가 있단다. 물론 절망적인 기분이 들 때도 있다. 지옥에 떨어진 것처럼 괴로운 순간도 있고. 그러나 더 나은 어떤 게 있기 마련이다. 나는 세 가지 단계가 있다고 생각한다.

1. 누구를 사랑하지도 사랑받지도 못하는 상태.
2. 사랑하고 있지만 사랑받지 못하는 상태(지금의 내 경우가 그렇지).
3. 사랑하고 있으며 사랑받는 상태.

첫번째보다는 두 번째 단계가 낫겠지. 그러나 세 번째! 바로 이게 우리가 원하는 것이다. 그래, 동생아, 직접 사랑에 빠지렴. 그리고 그 이야기를 나에게 들려다오. 지금 내 처지에 대한 네 의견은 부디 마음속으로만 간직하고, 나를 이해해 다오. 나도 그래, 좋다는 대답을 들었더라면 더 기뻤을 것이다. 그러나 "절대 안 된다"는 대답을 들었어도 나는 만족한다(비록 나이가 많고 현명한 어른들이 이런 일은 아무것도 아니라고 하지만, 나는 특별한 어떤 일로 받아들인다).

추신 : 네가 사랑에 빠졌을 때 "절대 안 된다"는 대답을 듣게 된다 해도, 체념하지 말아라. 물론 너는 행운아니 그런 일은 없으리라 믿는다.

어른들이 이번 일에 대해 아무에게도 말하지 않겠다는 약속을 하라고 했지만, 나는 거절했다. 이 세상 어느 누구도 나에게, 다른 사람에게 그렇게 요구할 권리는 없다고 생각한다. 의외의 사건이 일어나지 않는 한 스트리커 숙부에게 편지를 띄우지 않겠다고 센트 숙부와 약속했다.

봄이 되면 종달새는 울지 않을 수 없다.

1881년 11월 3일

씁쓸한 사랑

테오에게 ◆◆◆

이 사랑이 시작될 때부터, 내 존재를 주저 없이 내던지지 않는다면 아무런 승산도 없다는 걸 알고 있었다. 사실 그렇게 나를 던진다 해도 승산은 아주 희박하지. 주어진 기회가 크거나 작은 것은 내 능력 밖의 일이 아니겠니.

사랑에 빠질 때 그것을 이룰 가능성을 미리 헤아려야 하는 걸까? 이 문제를 그렇게 할 수 있을까? 그래서는 안 되겠지. 어떤 계산도 있을 수 없지. 우리는 사랑하기 때문에 사랑하는 거니까.

사랑에 빠진다는 것은 얼마나 대단한 일이냐!

한 여인이 사랑의 성공 여부를 미리 계산해 본 후에 자신에게 접근하는 남자가 있다는 걸 알게 된다면, 어떤 반응을 보일지 상상해 보렴. 그녀는 "절대 안 된다"보다 더 극단적인 대답을 하지 않을까.

테오야, 그런 건 생각도 하지 말자. 우리가 사랑에 빠졌다면, 그냥 사랑에 빠진 것이고, 그게 전부 아니겠니. 그러니 실의에 빠지거나 감정을 억제하거나 불빛을 꺼버리지 말고, 맑은 머리를 유지하도록 하자. 그리고 "신이여 고맙습니다. 저는 사랑에 빠졌습니다" 하고 말하자.

또 성공을 확신하고 접근하는 남자를 여자가 어떻게 생각할지 상상해 보자. 그 여자가 케이 같은 사람이라면 남자는 결코 성공할 수 없을 것이다. 설사 10만 길더를 가졌다 하더라도 "절대 안 된다"는 대답만 들을 것이다.

그림 몇 점을 보낸다. 네가 그걸 보면 하이케〔브라반트 북부에 있는 에텐 근방의 마을〕의 풍경을 떠올릴 거다. 그런데 이제는 제발 솔직하게 말해 다오. 왜 내 그림은 팔리지 않을까? 어떻게 해야 그림을 팔 수 있을까? 돈을 좀 벌었으면 좋겠다. "절대 안 된다"는 대답을 확인하기 위해 찾아갈 경비가 필요하다.

나의 계획을 스트리커 숙부에게는 말하지 말아라. 연락도 없이 갑자기 나타나면 못 본 척할지도 모른다.

유식한 척하는 스트리커 숙부는 누군가 자기 딸을 사랑하기 전과는 아주 다른 사람이 되었다. 그는 꽤나 권력을 행사하려 한다. 그렇다 하더라도 그의 딸을 사랑하는 사람으로서 그의 앞에 나서는 것보다 나서지 않는 것이 더 두렵다. 그가 이런 상황에서는 무슨 짓이든 할 수 있는 사람이라는 걸 알면서도.

요즘은 내가 데생화가의 손을 타고났다는 느낌이 온다. 아직은 제대로 다루지 못한다 해도 그런 능력이 있다는 게 기쁘다. 앵그르지紙는 정말 좋은 종이다.

크고 작은 고충은 수수께끼 같다. 힘들더라도 해답을 찾으려 노력할 만한 가치가 있다.

이유도 없이 불평만 일삼는 행운아들! 그들은 나를 우울한 놈이라고 한다. 그러니 내가 "절대 안 된다"는 대답을 들은 것을 축하해 달라고 너에게 부탁하고 싶다. 사람들은 바다로 나가면 익사할 위험이 크다고 말하지만, 나는 부인한다. 그 말이 전적으로 틀렸다고 생각하지는 않는다. 단지, 위험의 한가운데에 안전이 있다는 사실을 사람들은 잊고 있는 것 같다.

그래, 이 행운아야, 네 행운에 무슨 문제라도 있니? 너는 흥미롭게도 사랑에 빠지는 것을 딸기 따는 일에 비유했더구나. 정말 멋진 비유다. 그러나 그 집에서 만난 목사가 말한 대로, 이 사건을 통해 생활수단에 대해서 형이상학적인 연구를 하고 있는 유식한 스트리커 숙부의 입 속으로 기어들 뿐 아니라, "아니, 결코, 절대"라고 세 번이나 거절하는 입 속으로 뛰어드는 사랑은 봄에 딸기를 따는 일과는 다르다.

"절대 안 된다"는 대답은, 봄기운처럼 상쾌하기는커녕 겨울 서리를 씹는 것처럼 씁쓸하고 씁쓸하고 또 씁쓸하다.

아직 딸기철이 아니어서 딸기밭은 꽁꽁 얼어 있다. 시간이 흐르고 봄이 오면 그 밭이 녹을까? 그러면 딸기꽃이 필 수 있을까? 누가 그 딸기를 따게 될까?

1881년 11월 10 ~ 11일

사랑 없이는 살 수 없다

테오에게 ♦♦♦
색채와 명암은 얼마나 멋진 것이냐. 그것 앞에서 아무 느낌도 받지 못하는 사람들은 진정한 삶에서 동떨어진 채 지낼 것이다. 모베는 내가 이제껏 보지 못했던 것을 볼 수 있게 가르쳐주었다. 그 가운데 몇몇은 너도 아직 보지 못한 것일지 모르니 나중에 가르쳐주마. 언젠가 너와 예술에 대한 대화를 나누길 바란다.

모베는 심오한 책을 읽을 때면, 읽은 즉시 작가의 의도에 대해 말하지 않는다. 시란 아주 심오하고, 파악하기 힘들며, 체계적으로 정의할 수 없는 것이거든. 그러나 모베는 감수성이 예민한데, 그 감수성이야말로 어떻게 정의를 내리거나 비판하는 것보다 가치 있는 것이다. 내가 책을 읽는 이유도 그 책을 쓴 작가가 사물을 더 넓고 더 관대하게, 그리고 사랑으로 바라보고, 현실을 더 잘 알기 때문에 배울 것이 있어서이다. 그러나 선과 악, 도덕과 부도덕에 대한 군소리에는 정말 관심이 없다.

싫든 좋든, 도덕과 부도덕이라는 말은 나를 케이에게로 되돌려놓는다. 아! 그 당시 너에게 사랑은 봄에 딸기를 따는 일과는 다른 것 같다고 쓴 적이 있지. 그건 정말 그렇다.

상상이나 현실 속의 교회의 벽을 생각하면 냉기를 느낀다. 영혼까지 스며드는 그런 냉기를. 그런 치명적인 감정에 압도되어 버리는 건 아니겠지 하고 혼자 중얼거려본다. 무언가 변화를 주기 위해서라도 여자와 함께 있었으면 좋겠다. 나는 사랑 없이는, 사랑하는 여자 없이는 살 수가 없는 사람이다.

다른 누가 아니라 오직 그녀만을 원한다고 해놓고 이제 와서 다른 여자에게 가고 싶어하는 건 비이성적이고 비논리적이지 않느냐고 혼자 따져보기도 한다. 이렇게 대답할 수밖에 없겠지. 뭐가 중요하지? 논리인가, 나 자신인가? 논리가 나를 위해 존재하는가, 내가 논리를 위해 존재하는가? 비합리

◆ 양배추와 나막신이 있는 정물 34.5×55cm · 1881년 12월 · 패널에 붙인 종이에 유채

◆ 맥주잔과 과일이 있는 정물 44.5×57.5cm · 1881년 12월 · 캔버스에 유채

적이고 분별 없는 내 성격에 어떤 이유도, 의미도 없는 것일까? 옳든 그르든 선택의 여지가 없다. 그 빌어먹을 벽은 나에게는 너무 차갑고, 나는 여자가 필요하다. 나는 사랑 없이는 살 수 없고, 살지 않을 것이고, 살아서도 안 된다. 나는 열정을 가진 남자에 불과하고, 그래서 여자가 있어야 한다. 그렇지 않으면 나는 얼어붙든가 돌로 변하거나 할 것이다.

그림이 조금씩 나아지기 시작한 요즘, 작업을 방치해 둔 채 감상에 젖거나 낙담하지 말자고 다짐했다. 봄에 딸기를 먹는 일도 인생의 일부이긴 하지만, 그건 1년 가운데 아주 짧은 순간에 불과하고, 지금은 가야 할 길이 멀다.

1881년 12월 21일

헤이그에서
1881년 12월~1883년 9월

조용한 싸움

1882년 1월, 고흐는 모베와 구필 화랑의 지점장이던 테르스테이흐의 도움으로 헤이그에 아틀리에를 얻어 정착했다.

이때 상시에가 쓴 밀레의 전기를 읽고 깊은 감명을 받아 농촌생활을 그리는 화가가 되겠다고 결심한다. 그는 죽는 날까지 밀레의 전기를 진정한 예술의 길잡이로 여겼다.

그 와중에 고흐는 시엔(본명은 클라시나 후르니크)이라는 여자를 알게 되어 집으로 데려왔다. 불행한 매춘녀인 그녀는 알코올 중독자에 매독 환자였다. 이 일 때문에 조금씩 회복되고 있던 가족들과의 관계에 다시 금이 갔으며 모베, 테르스테이흐와도 절교하게 되었다. 고흐는 테오도 등을 돌릴지 모른다는 생각 때문에 불안했으나 테오는 계속 형을 도왔다.

고흐는 생전에 한 점의 그림만 팔았다는 일화로 유명하다. 그러나 그것은 유화에만 국한된 이야기다. 그는 화상이던 센트 숙부의 주문을 받고 헤이그 풍경을 담은 열두 점의 스케치를 그려서 20길더를 받았다.

다른 화가들과 관계를 끊고 고독하게 작업하던 고흐는 1882년 7월, 처음으로 수채화를 그리기 시작했다. 얼마 지나지 않아서는 유화도 그렸다. 이 새로운 장르에 매료된 고흐는 일주일 동안 일곱 점의 그림을 그리기도 했다. 또 주로 평범한 남녀들 중에서 모델을 찾으며 100여 점에 이르는 인물 습작을 했다. 1882년 11월에는 처음으로 석판화를 제작해서 테오에게 시험쇄를 보냈고, 석판화 「슬픔」을 본 화상이 특별 주문을 의뢰해 기쁨을 맛보기도 했다.

◆ **밀짚모자를 쓴 자화상** 40.5×32.5cm · 1887년 여름 · 캔버스에 유채

너에게 부탁하고 싶다

테오에게 ◆◆◆

에텐에서 네 편지를 받은 후 다시 헤이그로 왔다. 크리스마스에 아버지와
격하게 말다툼을 했는데, 아버지께서는 내가 집을 떠나는 게 좋겠다고 하시
더라. 얼마나 확고하게 말씀하시던지 그 얘기를 듣고 바로 집에서 나와버렸
다. 다툼의 원인은 내가 교회에 가지 않았다는 데 있었다. 하지만 그 뒤에는
올 여름 케이와 있었던 일을 포함하여 훨씬 더 많은 문제가 있지.

지금까지 살아오면서 내가 그렇게 화를 낸 적이 있었는지 기억이 나지 않
을 정도다. 난 그들이 믿는 종교가 너무 끔찍하다고 솔직히 말해 버렸다. 종
교에 깊이 빠져 있을 때 너무도 비참하게 생활해야 했기에 이제 더 이상 그
것에 대해 생각하고 싶지도 않았고, 위험한 것을 대하듯 멀리하고 싶었다.
내가 너무 심하게 화를 낸 것일까? 어쩌면 그럴지도 모르지만 이제는 모두
끝난 일이다.

이제 침몰하느냐 헤엄쳐 건너가느냐 하는 심각한 상황에 처하긴 했지만,
언젠가는 겪어야 할 일이다. 내가 그때 무슨 말을 해야 했겠니? 단지 문제가
생각보다 일찍 터졌을 뿐이다. 아버지와 나는 너무 다른 견해를 가지고 있
어서 관계를 회복하기 힘들 것 같다.

이제 내 앞에는 힘겨운 시간들이 기다리고 있다. 파도가 몹시 높게 밀려
와서 내 키를 넘어설 정도가 될지도 모르지. 내가 어떻게 알 수 있겠니? 하
지만 나의 전투는 계속될 것이고, 삶을 소중히 여기면서 그 싸움에서 이겨
최상의 것을 얻어내기 위해 노력할 거다.

네가 짐작할 수 있겠지만 난 걱정이 아주 많다. 하지만 한편으로는 다시

돌아갈 수 없을 정도로 밀고 나간 것에 만족감을 느끼기도 한다. 앞길이 험난하긴 하겠지만 이제 내 앞만 바라보게 되었으니까.

테오야, 그래서 너에게 부탁하고 싶은 것이 있구나. 네게 큰 불편을 초래하지 않는 한에서 가능한 만큼의 돈을 가끔이라도 내게 보내달라고 말이다. 여유가 된다면 다른 사람에게 주기보다는 내게 보내다오. 경제적인 문제까지 모베의 신세를 져서는 안 되지 않겠니. 그는 내게 그림에 대한 조언을 해주고 있는데 그것만으로도 큰 도움이지. 물론 그는 침대와 가구들을 사라면서 필요하면 돈을 빌려주겠다고 하더구나. 옷도 더 잘 챙겨 입고 너무 궁색하지 않게 지내야 한다면서 말이다.

곧 더 자세히 쓰겠지만, 일이 이렇게까지 되어버린 것을 불행이라 생각하지 않는다. 오히려 온갖 감정이 교차하는 속에서도 차분함을 느낀다. 위험의 한가운데 안전한 곳이 있는 법이지. 우리에게 뭔가 시도할 용기가 없다면 삶이 도대체 무슨 의미가 있겠니?

1881년 12월 말

습작에의 몰두

테오에게 ◆◆◆

열심히 노력하다가 갑자기 나태해지고, 잘 참다가 조급해지고, 희망에 부풀었다가 절망에 빠지는 일을 또다시 반복하고 있다. 그래도 계속해서 노력하면 수채화를 더 잘 이해할 수 있겠지. 그게 쉬운 일이었다면, 그 속에서 아무런 즐거움도 얻을 수 없었을 것이다. 그러니 계속해서 그림을 그려야겠다.

광부와 감자밭에서 일하는 사람들의 인물데생을 열두 점 정도 그렸다. 이것으로 무언가 할 수 없을지 생각중이다. 그 가운데 감자를 가방에 담는 남자의 그림 등 몇 점은 너도 받아 보았을 것이다. 언제가 될지 확실하지 않지만 조만간 이 습작을 기반으로 진지하게 작품 제작에 들어가려 한다. 그렇게 하기 위해 작년 여름에 아주 세심하게 관찰을 하며 돌아다녔다. 또 여기 모래언덕에서도 대지와 하늘의 습작을 많이 했으니 이제 대담하게 인물 속에 그려넣기만 하면 된다.

1882년 1월 7~8일

후회할 시간이 없다

테오에게 ◆◆◆

너는 "형은 언젠가 깊이 후회하게 될 거야"라고 했지. 사랑하는 동생아, 난 그 이전부터 너무 많이 후회해 왔다고 생각한다. 상황이 악화되는 걸 보면서 피해보려고 노력하기도 했다. 하지만 결국 성공하지 못했고, 이제 와서 지난 일의 잘못을 따진들 무슨 소용이 있겠니. 내가 계속 후회하고 있어야 하는 거냐? 아니, 난 정말이지 후회할 시간 따윈 없다.

요즘은 그림에 점점 더한 열정을 갖게 된다. 그건 마치 선원이 바다에 대해 갖는 것과 같은 열정이다. 요즘 모베에게 수채화 그리는 법을 배우고 있는데, 그 작업에 푹 빠져 칠하고 지우는 일을 반복하고 있다. 나는 길을 찾기 위해 노력하고 있다. 수채화에는 마력이 있기 때문에 혼을 잃은 사람처럼 노력해야 하고, 모든 열정적인 행동은 좋은 점을 갖고 있기 때문이다.

집에서 있었던 일이나 다른 문제에 대해 네게 하고 싶은 말이 많지만, 지금은 그럴 시간도 없고 그것보다 그림에 대해 쓰는 것이 더 낫다고 생각한다. 난 바로 수채화 소품을 그리기 시작했고, 에텐에 있을 때 그리던 인물화만큼 큰 것도 하나 있다. 물론 처음부터 성공할 수는 없겠지. 모베는 내가 붓을 제대로 쓸 수 있게 되려면 최소한 열 번은 망치게 될 거라 하더구나. 하지만 그런 후에야 더 나은 미래가 있을 테니 실패해도 낙담하지 않으면서 가능한 침착하게 작업하고 있다.

작은 수채화의 스케치를 같이 보낸다. 내 작업실 구석에서 커피를 갈고 있는 어린 소녀의 그림이다. 내가 추구하는 것은 특유의 분위기이다. 해질녘의 나른한 어스름을 배경으로 소녀의 머리와 작은 손에 깃든 빛과 생명을 드러내고 싶은 것이다. 다른 스케치는 벽난로와 난로, 그리고 마룻바닥에 앉아 있는 소녀이다. 데생이 제대로 된다면 그림의 4분의 3은 투박하게 그리고, 오직 어린 소녀가 앉아 있는 부분만 부드럽게 감정을 실어 그릴 생각이다.

아직은 내가 느끼는 모든 것을 온전히 표현할 수가 없다. 투박해야 할 부분은 충분히 투박하지 못하고, 섬세해야 할 부분 역시 충분히 섬세하지 못하다. 하지만 중요한 것은 그런 어려움에 도전하는 일이라 생각한다.

어쨌든 나는 그 장면을 종이에 옮겨놓으려 노력했고, 내 생각은 표현되었다. 그것만으로도 좋다고 생각한다. 하루 만에 기술을 다 익힐 수는 없을 테니까.

테오야, 모델을 구하는 게 아주 어렵다. 종종 빈민을 위한 무료식당이나 3등 열차 대합실 같은 곳에 가서 스케치를 하곤 한다. 하지만 요즘은 정말이지 굉장히 춥다. 특히 나는 빨리 그리지 못하는 초보인데다, 쓸모 있는 스케치를 하려면 더 세심하게 그려야 하는데 말이다.

너도 내가 게으르게 앉아 있는 게 아니라는 건 알겠지. 지금으로서는 더이상 에텐 생각을 하지 않고 여기에 정착하려 노력하고 있다. 모델을 구하는 데 돈이 많이 들지만 내가 필요한 것을 구하기 위해서도 돈을 쓰게 된다. 물론 가능한 한 아끼며 살기 위해 요즘은 무료식당에서 밥을 먹는단다. 내가 계속 그림을 그리는 일에 대해 네가 반대하지 않았으면 좋겠다. 대신 나도 가능한 최선을 다하겠다고 약속하마.

1882년 1~2월

내 안에 있는 힘을 느낀다

테오에게 ◆◆◆

요즘은 매일 수채화 작업을 하고 있는데, 점점 더 수채화가 좋아지고 있다. 아직은 지금의 내 그림이 훌륭하다고는 말할 수 없지만, 어딘지 모르게 달라진 것은 사실이다. 더 힘이 있고 더 신선해졌다고 할까.

빨리 네 답장을 받고, 돈 문제와 관련해서 뭔가 합의할 수 있으면 좋겠다. 한 달에 100프랑이면 나 혼자 쓰기에는 충분하지만 매일 모델비를 주고 그들과 식사 등을 하려면 부족하거든. 게다가 물감과 종이 값도 만만치 않구나. 지난 편지에도 썼듯, 내가 얼마나 빨리 실력을 쌓을 수 있을지는 내 수입에 달려 있다.

나는 매일 수채화 그리는 법을 익히고 있다. 이제 그림을 팔 수 있는 수준이 되는 것도 그리 멀지 않았다. 테르스테이흐 씨가 수채화 소품 중에 잘된 게 있으면 사주겠다고 하더구나. 작은 노파의 그림을 완성했다. 그 스케치를 동봉한다. 분명 언젠가는 내 그림이 팔릴게다.

날 믿어라. 하루 종일 지칠 정도로 꾸준히 그림을 그리고 있다. 그것도 아주 기쁘게 말이다. 하지만 계속 이렇게 열심히 할 수 없다면, 아니 더 열심히 할 수 없다면 용기를 잃게 될지도 모른다.

어제 모베가, 아직 문제가 없는 건 아니지만 "이젠 그림이 수채화처럼 보이기 시작한다"고 하더구나. 그 정도라도 얻었다면 시간과 돈을 낭비한 건 아니라고 생각한다. 이제부터는 붓을 더 크게 사용하고 색에 힘을 불어넣는 훈련을 하려고 한다. 그러니 다음주에도 할 일이 아주 많다. 단지 돈이 부족할 것 같아 걱정이다. 내가 어떻게 해야 할까? 모베나 테르스테이흐 씨를 찾아가 도움을 청할 수도 있겠지. 아마 둘 다 거절하진 않을게다. 하지만 모베는 이미 많은 도움을 주었고, 테르스테이흐 씨에겐 돈을 빌리기보다 작은 그림들을 팔고 싶다. 그러니 빨리 답장을 보내다오. 그리고 가능하면 내가 일을 계속할 수 있

◆ 숄을 두르고 지팡이를 짚고 걸어가는 노파
57.5×31.9cm · 1882년 · 연필, 잉크, 수채

도록 돈을 보내다오. 테오야, 내 안에 어떤 힘이 있는 걸 느낀다. 난 그걸 밖으로 꺼내 풀어놓기 위해 가능한 모든 노력을 다하고 있다. 그림에 대한 고민과 근심만으로도 이미 충분히 힘들구나. 거기다 다른 근심들까지 겹치고 모델비도 줄 수 없게 된다면 미쳐버릴지도 모른다. 네게 이 모든 비용을 부담하도록 만드는 게 너무 미안하지만, 지난겨울처럼 나쁜 상황은 아니다. 난 성공에 더 가까이 다가가고 있다는 걸 느끼고, 지금 할 수 있는 일을 열심히 하려 한다. 붓에 더 힘을 갖게 되면 지금보다 더 열심히 그릴 거다. 우리가 열정을 잃지 않고 계속 노력한다면 네가 더 이상 돈을 보내줄 필요가 없게 될 날도 그리 멀지 않았다.

1882년 1~2월

인간을 그린다는 것

테오에게 ◆◆◆

한 사람을 모델로 인물화를 그릴 때면 더 많은 사람들과 함께 있는 구성을 염두에 둔다. 가령 3등 대합실이나 전당포, 집 안 같은 곳에 사람들이 모여 있는 구성을 상상하지. 그러나 더 큰 구성은 점진적으로 완성해야 한다. 사실 세 명의 여자 재봉사가 있는 그림 한 장을 위해서는 재봉사 90명의 그림을 그려야 하거든. 그건 정말 힘든 일이다.

이제 화상이나 화가들을 쫓아다니지 않기로 했다. 그들이 누구든 상관없다. 내가 쫓아다녀야 할 사람은 모델이다. 사실 모델 없이 작업한다는 것은 아주 잘못된 일이다. 적어도 내게는.

테오야, 터널이 끝나는 곳에 희미한 빛이라도 보인다면 얼마나 기쁘겠니. 요즘은 그 빛이 조금씩 보이는 것 같다. 인간을, 살아 있는 존재를 그린다는 건 정말 대단한 일이다. 물론 그 일이 힘들긴 하지만, 아주 대단한 일임에는 분명하다.

내가 예의범절을 까다롭게 따지는 사람들과 잘 지내는 요령이 없다는 건 솔직히 인정한다. 하지만 그 대신 가난하거나 평범한 사람들과는 더 잘 지낸다. 앞의 사람들에게서 잃은 것을 뒤의 사람들에게서 얻는다. 결국은 나 자신이 관심을 갖는 환경, 표현하고 싶은 환경 속에서 예술가로 살아가는 것이 올바르다고 할 수 있지 않겠니. 그걸 나쁘게 생각하는 사람이 있다면 그 사람이 문제인 것이지.

1882년 3월 3일

흥미를 위한 작품은 할 수 없다

테오에게 ◆◆◆

나는 풍경화가는 아니다. 내가 풍경을 그릴 때도 그 속에는 늘 사람의 흔적이 있다. 그러나 선천적으로 풍경화가인 사람도 있다는 건 아주 좋은 일이라고 생각한다.

너는 내가 화가가 된 것을 후회하는 순간이 올지도 모른다고 말하겠지. 어떻게 말하면 좋을까? 그런 후회를 하는 사람은, 그림을 그리기 시작할 때

충실한 훈련은 게을리 한 채 승리자가 되려고 허겁지겁 달려왔을 것이다. 그날을 위해 사는 사람은 오직 그 하루만 사는 사람이다. 반대로 다른 사람들이 지루하게 생각하는 해부학, 원근과 비례 등에 대한 공부를 즐겁게 할 정도로 그림에 신념과 사랑을 가진 사람이라면 계속 노력할 것이고, 느리지만 확실하게 자기 세계를 완성할 수 있을 것이다.

돈에 쫓겨서 잠시 자신을 잊고 다른 사람의 흥미를 끄는 작품을 만들어내면, 그 결과는 늘 불쾌한 것이었다. 나는 그런 일은 할 수 없다. 모베도 크게 화를 내며 "그게 아니야, 그 쓰레기는 찢어버려!" 하고 소리쳤다. 처음에는 그림을 찢는 일이 힘들었지만 결국 다 찢어버렸다.

그후 더 진지하게 그림을 그리기 시작하자 이번에는 테르스테이흐가 불평하며 화를 냈다. 그는 내 데생의 장점은 간과하면서 단도직입적으로 그런 그림이 팔릴 수 있을지 묻더군.

내가 경제적으로 어려운 상황에 처해 있긴 하지만, 말 그대로 직접 손으로 작업한다는 의미에서의 '수작업'보다 더 견실한 일은 이 세상에 없다고 생각한다. 네가 화가가 된다면 놀라게 될 일 가운데 하나는 그림을 그리는 일, 그리고 그와 관련된 모든 것이 물리적인 의미에서 아주 힘든 작업이라는 점이다. 정신적인 노력은 말할 것도 없고, 엄청난 육체적 노력이 필요한 일이다. 그것도 매일같이.

1882년 3월 14~18일

버림받은 여자를 돌보는 일

테오에게 ◆◆◆

오늘 모베를 만나 아주 유감스러운 대화를 나누었다. 이제 그와는 만나지 않는 게 좋을 것 같다. 모베는 쫓아갈 수 없을 정도로 빨리 가버렸다. 내가 쫓아가길 원하지도 않는 것 같았다.

그와 이야기라도 나눌 겸 내 그림을 보러 오라고 했는데, "다시는 자네를 보러 가지 않겠네. 다 끝났어"라고 딱 잘라 거절하더군.

모래언덕에서 헤어지기 직전에 그가 "자네는 타락했어"라고 했다. 나는 돌아서서 혼자 집까지 걸어왔다.

모베는 내가 "나는 예술가입니다"라고 말한 것을 못마땅하게 여겼다. 그러나 나는 그 말을 취소할 마음은 없다. 왜냐하면 나에게 그 말은 무엇인가를 온전하게 찾아낼 때까지 늘 노력하는 걸 의미하거든. 그건 "난 그것에 대해 모든 걸 알고 있습니다. 이미 그걸 찾아냈지요"라는 이야기와는 정반대 되는 말이다. 나에게는 그 말이 "나는 무엇인가를 찾고 있고, 아주 열중하고 있다"는 걸 뜻한다.

테오야, 나도 귀가 있다. 누군가 "넌 정말 타락했어"라고 말할 때, 도대체 어떻게 해야 한단 말이냐? 나는 그냥 돌아서서 혼자 집까지 걸어왔다. 모베가 그 말을 미리 준비했을 거라는 생각이 들자 마음이 무거웠다. 그러나 그에게 설명을 요구하지도, 사과하지도 않을 작정이다.

그래도 그래도 그래도…… 모베가 약간의 가책이라도 느끼기를 바란다. 나는 지금 어떤 일 때문에 의심을 받고 있다……. 무엇인가를 숨기고 있다. 세상에 드러나서는 안 될 어떤 것을 비밀로 하고 있다.

글쎄, 예절과 교양을 숭배하는 너희 신사들에게 물어보고 싶구나. 한 여자를 저버리는 일과 버림받은 여자를 돌보는 일 중 어떤 쪽이 더 교양 있고, 더 자상하고, 더 남자다운 자세냐?

지난겨울, 임신한 한 여자를 알게 되었다. 남자한테서 버림받은 여자지. 겨울에 길을 헤매고 있는 임신한 여자…. 그녀는 빵을 먹고 있었다. 그걸 어떻게 얻었는지는 상상할 수 있겠지. 하루치 모델료를 다 지불하지는 못했지만, 집세를 내주고 내 빵을 나누어주어 그녀와 그녀의 아이를 배고픔과 추위에서 구할 수 있었다.

처음 그 여자를 만났을 때는 병색이 짙어 보여서 눈길이 갔다. 목욕을 시

◆ 위대한 여인
1882년 4월 · 연필과 잉크 스케치

키고 여러모로 보살펴주자 그녀는 훨씬 더 건강해졌다. 그리고 그녀가 해산하게 될 산부인과 병원이 있는 레이덴까지 동행했다.

도대체 어떤 무능한 남자가 그런 짓을 할 수 있는지 궁금했다. 나는 내가 한 일을 아주 자연스럽게 생각했기에 혼자만 알고 있으려 했다. 그녀는 포즈를 취하는 게 힘들었지만 조금씩 배우게 되었고, 나는 좋은 모델을 가진 덕분에 데생에 진전이 있었다. 이제 그녀는 순하게 길들여진 비

둘기처럼 나를 따른다.

나는 지금보다 더 나은 때에 그녀와 결혼할 수 있을 거라고 생각한다. 그것이 그녀를 계속 도울 수 있는 유일한 길이기 때문이다. 그렇게 하지 않으면 그녀는 다시 과거의 길, 그녀를 구렁텅이로 내몰 것이 분명한 그 길로 돌아갈 수밖에 없을 테니까. 그녀는 돈이 없지만, 내가 그림을 그려 돈을 벌 수 있도록 돕고 있다.

요즘은 작품에 대한 열정으로 충만해 있다. 잠시 유화와 수채화를 제쳐둔 것은 모베가 떠난 것이 큰 충격이었기 때문이다. 그가 자신이 한 말을 진심으로 철회한다면, 나도 용기를 내어 새로 출발할 수 있을 것 같다. 그러나 당

◆ 난로 옆 마룻바닥에 앉아서 담배를 피우는 시엔
45.5×47cm · 1882년 4월 · 연필, 검은색 분필, 잉크와 붓

시에는 붓을 쳐다볼 수도 없었다. 바라보는 것만으로도 신경이 날카로워졌거든.

너라면 모베의 태도를 이해할 수 있겠니? 우선 상황을 설명해 주마. 너는 내 동생이니 나의 개인적인 문제에 대해 의논하는 것은 자연스러운 일이지. 그러나 누군가 나에게 "넌 타락했다"라고 말한다면, 그에게는 더 이상 말하고 싶은 마음이 없다.

어쩔 수 없는 일이었다. 나는 해야 할 일을 했고, 잘해 나갔다. 그리고 굳이 말하지 않아도 이해받을 수 있으리라 생각했다.

다른 여자가 내 가슴을 뛰게 한 적이 있다. 그러나 그녀는 멀리 떠나버렸고, 나를 만나고 싶어하지 않았다. 그런데 이 여자, 병들고 임신한 데다 배고픈 여자가 한겨울에 거리를 헤매고 있었다. 나는 정말이지 달리 행동할 수 없었다.

모베, 테오, 테르스테이흐, 바로 너희가 내 생계를 손에 쥐고 있는 사람들이다. 나를 거지로 만들 것이냐? 나에게서 등을 돌리려는 것이냐? 내가 할 말은 다 했으니, 어떤 말을 듣게 될지 기다리고 있겠다.

1882년 5월 3 ~ 12일

◆ 숄을 걸친 시엔의 딸
43.5×25cm · 1883년 1월 · 검은색 분필과 연필

생명의 몸부림을 담아

테오에게 ◆◆◆

큰 스케치 두 점을 막 끝냈다. 하나는 전의 것보다 조금 더 크게 그린 「슬픔」
으로, 배경 없이 인물만 있는 그림이다. 인물의 자세를 약간 바꿨다. 머리카
락이 등으로 흘러내리는 것이 아니라 일부는 어깨 위로 흘러내리게 그려서
어깨와 목, 등 부분이 조금 더 눈에 들어온다. 그리고 인물을 좀더 세심하게
그렸단다. 다른 그림은 「뿌리」이다. 모래 섞인 바닥 위로 나무뿌리들이 드
러나보이는 광경이다. 나는 이 그림을 그리면서 인물에 부여했던 것과 같은
감정을 풍경에 불어넣기 위해 노력했다. 힘없고 연약한 여인의 초상화에서
처럼, 온 힘을 다해 열정적으로 대지에 달라붙어 있지만 폭풍으로 반쯤 뽑
혀나온 이 시커멓고 울퉁불퉁하고 옹이투성이의 뿌리들 속에 살아가기 위
한 발버둥을 담아내고 싶었다. 자연에 대해 이론적으로 설명하기보다는 눈
에 보이는 대로 충실하게 다루려 노력하다 보면 여인 속에도, 뿌리 속에도
위대한 몸부림이 저절로 드러날 수 있을거라 생각했다. 적어도 내 눈에는
이 그림들 속에 어떤 감정이 들어 있는 것 같구나.

　맘에 든다면 이 그림들로 네 새 집을 장식하렴. 사실 그건 네 생일을 축하
하는 마음으로 그린 것이거든. 그런데 그림이 좀 커서 내가 바로 보낼 수 있
을지 모르겠다. 혹시 테르스테이흐 씨에게 파리로 짐을 부칠 때 이 그림들
도 같이 보내달라고 하면 너무 염치없고 뻔뻔스럽다고 생각할까?

　「뿌리」는 연필 스케치에 불과하지만 유화 작업을 할 때처럼 연필을 붓처
럼 생각하면서 문지르기도 하고 긁어내기도 했다.

1882년 5월

◆ **슬픔** 44.5×27cm · 1882년 · 연필 스케치

나의 연인 시엔

테오에게 ◆◆◆

식구들이 나에게 법의 보호를 받게 할지도 모른다고 했지. 몇몇 목격자들 (거짓 목격자일지라도)만으로도 내가 경제적인 문제를 스스로 책임질 수 없다는 결론이 내려질 테고, 그것으로도 아버지는 나의 시민권을 박탈하고 법의 보호 아래 묶을 수 있을 것이라고 했지. 요즘 같은 시절에도 그런 일이 있을 수 있다고 생각하니? 나는 그걸 거부할 권리가 있다.

보호조치를 하는 법적인 절차는 '문제가 있는 사람'이나 '별로 유쾌하지 않은 사람'을 제거하는 수단으로 악용되어 왔지만, 이제는 더 이상 그렇게 쉽게 적용될 수 없다. 게다가 당사자도 법적으로 항의할 권리나 여러 가지 구제책을 보장받고 있다. 영리한 변호사라면 법을 피해가는 게 쉽겠지만, 이제는 누군가를 그렇게 묶어두는 일이 그리 간단하지만은 않을 것이다.

남자답게 그리고 당당히 항의하는 사람을 보호조치 아래 둔다는 것은 이제는 쉽지 않은 일이다. 내 가족이 그런 짓을 한다는 것은 믿을 수가 없다. 물론 길 사건[과거에 길Gheel에 있는 정신병원에 집어넣겠다고 아버지가 고흐에게 협박한 일] 때 그런 시도가 있었다. 아버지니까 그럴 수 있었지. 그러나 아버지가 또다시 그렇게 나온다면, 나를 지키기 위해서라도 저항할 것이다. 아버지도 나를 공격하기 전에 다시 한 번 생각하는 게 좋을 것이다.

그런데 진짜 그런 일을 할 수 있을지 의심스럽다. 또 그렇게 나온다면, 나도 제발 그러지 말라고 사정만 하지는 않겠다. 그렇게 하기는커녕 가족을 세상 사람들 앞에서 망신당하게 하고 소송비도 부담하게 만들 것이다.

나는 진심으로 시엔을 좋아하고 그녀 역시 그렇다. 그녀는 나와 어디든

동행하고 있고, 나에게 없어서는 안 될 사람이 되었다. 물론 내가 시엔에게 느끼는 애정은 작년에 케이를 향해 느꼈던 열정보다는 약하다. 그러나 분명히 말하건대, 케이를 향한 열정이 좌절된 후, 이것은 나에게 찾아온 유일한 사랑이다.

그녀도 나도 불행한 사람이지. 그래서 함께 지내면서 서로의 짐을 나누어 지고 있다. 그게 바로 불행을 행복으로 바꿔주고, 참을 수 없는 것을 참을 만하게 해주는 힘이 아니겠니.

내가 시엔과 이렇게 지내고 있는 이상, 결혼이라는 형식을 중요하게 생각할 필요가 없다는 걸 알겠지. 비록 우리 가족은 그렇지 않다 해도. 아버지가 결혼을 아주 중요하게 여긴다는 걸 잘 알고 있다. 그녀와의 결혼에 반대하지만, 결혼도 하지 않고 함께 사는 일은 더 나쁘게 보시겠지. 아마 시엔과 헤어지라고 하실 거다.

이제 나도 이마에 주름이 진 서른 살의 남자다. 게다가 얼굴에 가득한 잔주름은 40대처럼 보이게 하고, 손에는 굳은살이 가득하다. 그런데도 아버지는 나를 어린아이로만 보신다. 1년 6개월 전에 띄운 편지에서 아버지는 "이제 너는 첫번째 청춘을 맞고 있다"고 쓰셨다. 과거에도 여러 번 들었던 터라 조금의 무게도 느껴지지 않았지.

네가 이리로 온다는 생각을 하면 아주 기쁘다. 시엔이 너에게 어떤 인상을 줄지 궁금해진다. 그녀에게 특별한 점은 없다. 그저 평범한 여자거든. 그렇게 평범한 사람이 숭고하게 보인다. 평범한 여자를 사랑하고, 또 그녀에게 사랑받는 사람은 행복하다. 인생이 아무리 어둡다 해도.

지난겨울 그녀가 도움을 필요로 하지 않았다면, 그녀와 나 사이의 인연은 이루어질 수 없었다. 내가 사랑을 거절당하고 좌절했을 때였으니까. 그러나 일은 다르게 흘러갔고, 내가 깊은 좌절을 이겨내고 생기를 되찾을 수 있었던 것은 무엇인가 쓸모 있는 일을 할 수 있다는 느낌 때문이었다. 그런 느낌을 찾아 헤맸던 것은 아니지만 결국 그걸 발견했고, 이제 그녀와 나는 따뜻한 사랑으로 결합했다. 이 사랑을 포기하는 건 어리석은 행동이겠지.

시엔을 만나지 않았다면, 마법이 풀려 실의에 빠졌을 것이다. 그녀와 그림이 나를 지탱해 주고 있다. 시엔은 화가가 겪어야 하는 자잘한 고생을 도맡아주고, 모델이 되어 포즈를 취하고 있다. 케이보다는 시엔과의 동행이 나를 더 나은 예술가로 만들어줄 것이다. 비록 그녀가 케이처럼 우아하지도 않고 예절도 잘 모르지만, 선의와 헌신으로 가득 차 있어서 나를 감동시킨다.

1882년 6월 1~2일

시엔의 출산

테오에게 ◆◆◆

시엔이 어젯밤에 애를 낳았는데, 아주 힘든 출산이었다. 고맙게도 잘 견뎌냈고 건강한 아들을 낳았다.

시엔의 어머니와 아이와 함께 갔는데, 나는 그녀가 해산한 걸 몰랐기에 아주 초조했다. 너도 상상할 수 있겠지. "어제 출산했지만 너무 오랫동안 이야기하면 안 됩니다"라는 말을 들었을 때 얼마나 기뻤던지. 그 말을 쉽게 잊을 수 없을 것 같다. 그 말은 어쨌든 그녀와 이야기할 수 있다는 걸 의미하니까. 다시는 그녀와 이야기하지 못할 수도 있는 상황이었거든.

테오야, 햇빛이 환히 비치는 창가에 누워 있는 그녀를 보자 아주 행복한 기분이 들더라. 그녀는 너무 지쳐서 반쯤 졸고 있었는데, 고개를 들더니 우리 모두를 바라보았다. 그녀는 행운이 지켜준 출산 이후 정확히 12시간 만에 우리를 보았다. 그런데 면회는 일주일에 한 시간밖에 안 된다.

신기한 것은 아기다. 겸자(날이 서지 않은 가위 모양으로 생긴 외과 수술 기구)로 끄집어냈는데도 아이는 아무런 상처도 입지 않았고, 세상일에 아주 익숙한 듯이 요람에 누워 있었다. 모든 상황을 보더라도 아주 위험했는데 의사들은 얼마나 훌륭한지! 출산이 시작될 때 대기하고 있던 다섯 명의 의사가 그녀를 마취했다고 한다. 산모가 밤 9시부터 진통을 호소했는데, 그것이 이튿날 새벽 1시 30분까지 지속되었으니 얼마나 큰 고통을 겪었겠니. 그런데도 그녀는 우리를 보자 그런 건 다 잊어버리고, 다시 그림을 그리러 야외로 나갈 수 있겠다고 했다. 그녀의 말대로 된다면 다른 건 아무래도 좋다. 다행히 출산 때 쉽게 일어날 수 있는 혈관 파열 같은 위험한 일은 없었다.

얼마나 기분이 좋은지! 그러나 아직도 불길한 그림자가 우리를 위협하고 있다. 젊은 연인 뒤에 죽음의 그림자를 드리운, 알브레히트 뒤러의 에칭 판화를 연상시키는 듯한 이 불길한 예감이 그냥 스쳐가기를 기원하자.

1882년 7월 2일

◆ 요람 앞에 무릎을 꿇고 있는 소녀 48×32cm · 1883년 · 흰색 분필을 가미한 목탄 스케치

사람을 감동시키는 그림

테오에게 ◆◆◆

늦은 밤이지만 너에게 다시 편지를 쓰고 싶었다. 네가 정말로 필요한데, 너는 여기 없구나. 어떨 때는 우리가 이토록 멀리 떨어져 있다는 걸 실감할 수 없다.

오늘, 혼자서 다짐했다. 가벼운 두통이나 그것을 떠오르게 하는 모든 것을 잊어버리기로 말이다. 많은 시간을 낭비했으니 이제는 다시 작업을 계속해야 한다. 좋든 싫든 아침부터 저녁까지 야외에 나가 규칙적으로 데생을 할 것이다. 어느 누구에게도 "어, 저건 과거에 본 그림이잖아"라는 말은 듣고 싶지 않다.

오늘은 아이의 작은 요람을, 약간 특징 있는 색을 넣어서 그렸다. 최근 너에게 보낸 초원 그림과 비슷한 것도 작업중이고.

내 손이 너무 하얘져서 기분이 좋지 않다. 이제는 다시 야외로 나가야지. 두통이 재발할 가능성은 일을 미루고 있다는 사실에 비하면 그렇게 중요하지 않다.

예술은 질투가 심하다. 가벼운 병 따위에 밀려 두 번째 자리를 차지하게 되는 건 좋아하지 않는다. 이제부터 예술의 비위를 맞추겠다. 조만간에 좀 더 흡족할 만한 그림을 받아보게 될 것이다.

나 같은 사람은 정말이지 아파서는 안 된다. 내가 예술을 어떻게 바라보는지 너에게 분명하게 가르쳐주고 싶다. 사물의 핵심에 도달하려면 오랫동안 열심히 일해야 한다. 내 목표를 이루는 건 지독하게 힘들겠지만, 그렇다고 내 눈이 너무 높다고 생각하지는 않는다. 사람들을 감동시키는 그림을 그리고 싶으니까.

「슬픔」은 그 작은 시작이다. 「메르더보르트 거리」, 「레이스웨이크의 목초지」, 「건초창고」 같은 풍경화도 그런 시작에 해당할 것이다. 그 그림 안에는 내 심장에서 바로 튀어나온 무언가가 들어 있다.

인물화나 풍경화에서 내가 표현하고 싶은 것은, 감상적이고 우울한 것이 아니라 뿌리 깊은 고뇌다. 내 그림을 본 사람들이, 이 화가는 깊이 고뇌하고 있다고, 정말 격렬하게 고뇌하고 있다고 말할 정도의 경지에 이르고 싶다. 흔히들 말하는 내 그림의 거친 특성에도 불구하고, 아니, 어쩌면 그 거친 특성 때문에 더 절실하게 감정을 전달할 수 있을지도 모른다. 이렇게 말하면 자만하는 것처럼 보일지도 모르지만, 나의 모든 것을 바쳐서 그런 경지에 이르고 싶다.

다른 사람들 눈에는 내가 어떻게 비칠까. 보잘것없는 사람, 괴벽스러운 사람, 비위에 맞지 않는 사람, 사회적 지위도 없고 앞으로도 어떤 사회적 지위를 갖지도 못할, 한마디로 최하 중의 최하급 사람…… 그래, 좋다. 설령 그 말이 옳다 해도 언젠가는 내 작품을 통해 그런 기이한 사람, 그런 보잘것없는 사람의 마음속에 무엇이 들어 있는지 보여주겠다.

그것이 나의 야망이다. 이 야망은 그 모든 일에도 불구하고 원한이 아니라 사랑에서 나왔고, 열정이 아니라 평온한 느낌에 기반을 두고 있다.

이따금 참을 수 없는 고통을 느낀다. 그러나 아직도 내 안에는 평온함, 순수한 조화, 그리고 음악이 존재한다. 나는 이것을 가장 가난한 초가의 가장 지저분한 구석에서 발견한다. 그러면 마음이 저항할 수 없는 힘에 이끌려 그런 분위기에 도달한다.

다른 것은 점점 내 관심 영역에서 벗어나게 되었고, 그럴수록 회화적인 것에 더 빨리 눈을 뜨게 된다. 예술은 끈질긴 작업, 다른 모든 것을 무시한 작업, 지속적인 관찰을 필요로 한다. '끈질기다'는 표현은, 일차적으로 쉽

◆ 뒤로 두 대의 역마차가 보이는 길 위의 소녀 42×53cm · 1882년 8월 · 캔버스에 유채

없는 노동을 뜻하지만 다른 사람의 말에 휩쓸려 자신의 견해를 포기하지 않는 것도 포함한다.

　동생아, 나에게 전혀 희망이 없는 건 아니다. 몇 해 안에, 아니 어쩌면 지금부터라도 네 모든 희생에 걸맞은 작품을 보게 될 것이다.

　최근에는 다른 화가들과 이야기를 해본 적이 별로 없다. 그런 것에는 꿈쩍도 안 했다. 귀를 기울여야 할 것은 자연의 말이지 화가의 말이 아니거든. 요즘에서야 모베가 6개월 전에 했던 말을 이해할 수 있을 것 같다. 그가 말했다. "나에게 뒤프레에 대해서 말하지 말게. 차라리 도랑의 둑에 대해 말하는 게 낫지. 지나치게 들릴지 모르지만 사실이 그렇다네. 사물 자체에 대한 느낌, 현실에 대한 느낌은 그림에 대한 느낌보다 훨씬 더 중요하네. 그것이 더 생산적이고 더 많은 영감을 주거든."

예술에 대해, 그리고 예술을 본질로 삼고 있는 삶 자체에 대해 아주 넓고 활짝 열린 느낌을 갖게 된 지금은 테르스테이흐의 말이 거짓이고 과장이었음을 알 수 있다.

현대 회화는 전 시대의 회화가 갖지 못한 특별한 매력이 있다. 가장 고상한 예술 표현 중의 하나는 밀레이와 헤르코머, 프랭크 홀 같은 영국인들의 작품이지. 현대 예술가들은 전 시대 예술가들보다 더 심오한 사상가들이다.

예를 들어 밀레의 「쌀쌀한 시월」과 로이스달의 「오버빈의 표백된 땅」을 보면, 표현된 감정이 아주 큰 차이가 있다. 홀의 「아일랜드 이주민들」과 렘브란트의 「성경을 읽고 있는 여자들」을 비교해 보아도 마찬가지다. 렘브란트나 로이스달의 작품은 그때나 지금이나 숭고하지만, 현대 작품에는 더 개인적이고 친밀해 보이는 어떤 것이 있다. 스웨인의 목판화와 옛 독일 거장들의 작품을 비교해 보아도 마찬가지다.

그러니 옛것을 모방하는 유행을 따라가서는 안 되겠지. 밀레도 "스스로가 다른 사람처럼 보이기를 바라는 모습은 우스꽝스럽다"고 했다. 이 말은 진부하게 들릴 수도 있지만, 깊이를 헤아릴 수 없는 대양처럼 심오하다. 나는 그 말을 가슴 깊이 새기고 있다.

이제부터는 규칙적으로 작업할 것이고, 어떤 점으로 보나 그래야만 한다는 걸 너에게 알려주고 싶다. 간절히 답장을 기다리고 있다는 말도 덧붙이고 싶다.

1882년 7월 21일

조용한 싸움

테오에게 ◆◆◆

진지하게 그림을 그리기 시작하면서 좋은 결과가 바로 나타나고 있다. 이제 내 데생을 보고 "이건 과거에 그린 그림이잖아"라고 말하는 사람은 없을 것이다. 내가 재미로 아팠던 것은 아닌가 보다.

새벽 4시면 잠에서 깨어나 창가에 앉는다. 그리고 목초지와 목수의 작업장, 일터로 나서는 사람들, 들판에서 커피를 끓이기 위해 불을 피우는 농부들을 스케치하지. 그런 내 모습을 상상할 수 있겠니? 하얀 비둘기 떼가 연기가 피어오르는 굴뚝 사이의 붉은 타일지붕 위로 날아오르고 있다. 그 너머로 섬세하고 부드러운 초록의 초원이 수백 미터 펼쳐지고, 코로, 반 호이엔 등의 그림에서 볼 수 있는 평화롭고 조용한 회색 하늘이 보인다.

이른 아침, 지붕과 지붕의 선이 엮어내는 굴곡과 그 사이에 자라는 풀들을 바라본다. 잠에서 깨어났다는 걸 느끼게 하는 삶의 신호들(날아오르는 새, 연기가 피어오르는 굴뚝, 저 멀리 아래쪽에서 왔다갔다하는 사람들의 모습)이 지금 작업중인 수채화의 주제다. 네가 그걸 좋아했으면 한다.

성공할 수 있을지 여부는, 다른 무엇보다도 내가 어떻게 작업하는가에 달려 있다. 지금처럼 계속 작업할 수만 있다면, 조용히 싸움을 계속해 나갈 것이다. 작은 창문 너머로 평온하고 자연스러운 풍경을 바라보고, 신념과 사랑으로 그것을 그리는 싸움 말이다. 그리고 될 수 있으면 그림 그리는 데 방해가 되는 여러 가지 문제를 피해갈 생각이다. 그림을 너무 사랑하기 때문에 그림 이외의 어떤 것에도 주의를 빼앗기고 싶지 않다.

1882년 7월 23일

화가의 의무

테오에게 ◆◆◆

화가의 의무는 자연에 몰두하고 온 힘을 다해서 자신의 감정을 작품 속에 쏟아붓는 것이다. 그래야 다른 사람도 이해할 수 있는 그림이 된다. 만일 팔기 위해 그림을 그린다면 그런 목적에 도달할 수 없다. 그건 예술을 사랑하는 사람들의 눈을 속이는 행위일 뿐이다. 진정한 예술가는 결코 그런 짓을 하지 않는다. 진지하게 작업을 해 나가면 언젠가는 사람들의 공감을 얻게 된다.

1882년 7월

꿈틀대는 색채의 힘

테오에게 ◆◆◆

그림을 그리는 일이 내게 얼마나 큰 기쁨인지 알려주고 싶어서 또 편지를 쓴다.

지난 토요일 밤 오랫동안 꿈꿔 왔던 소재에 도전했다. 건초더미가 쌓여 있는 단조로운 초록의 목초지 광경이다. 석탄재를 깔아 다진 보도가 교차하는 게 보이는데 이 보도는 도랑으로 이어진다. 그림 중간 부분의 지평선 위로 타는 듯한 붉은 태양이 떠 있다. 너무 급하게 그려서 효과를 충분히 내지는 못했지만 구성은 대략 그렇다.

이 그림에서 가장 중요한 건 하늘이 보여주는 갖가지 색채와 색조이다.

보랏빛 아지랑이, 짙은 자주색 구름에 반쯤 덮인 빨간 태양, 이 구름의 끝은 눈부실 정도로 선명한 빨간색이다. 태양 근처는 주홍색으로 물들어 있고 그 위로 노란색 광선이 보인다. 그건 점차 초록색과 파란색, 흔히 말하는 하늘색으로 바뀐다. 그리고 여기저기 보라색과 회색 구름들이 태양빛에 물들어 있다.

땅은 초록색, 회색, 갈색 등 다채롭게 물들인 양탄자를 깔아놓은 듯한 느낌으로 활기가 넘친다. 이 다채로운 땅에 도랑이 패여 있는데 거기 가득 고인 물이 빛을 발한다. 그건 에밀 브르통이 그렸음직한 광경이다. 거대한 모래사장을 다룬 그림도 그랬는데 물감이 끈적거릴 정도로 두껍게 칠했다.

이 그림들에 대해서라면 그 누구도 이게 내 첫번째 유화 습작이란 말을 할 수 없을 거라 확신한다. 사실을 말하자면, 나 자신도 좀 놀랐거든. 점점 좋아지긴 하겠지만 처음에는 당연히 실패를 거듭할 거라고 생각했다. 하지만 이 그림들은 정말 나도 놀랄 정도로 전혀 나쁘지 않다.

아마 유화를 그리기 전에 스케치를 많이 했고 내가 본 것의 구성을 잡기 위해 원근법을 익혀왔기 때문이지 싶다.

유화물감과 붓을 구입하고부터 지금까지 악착같이 달라붙어 아주 열심히 그림을 그려서 일곱 점이나 완성했다. 지금은 완전히 녹초가 되었지. 그 중에는 인물이 등장하는 그림도 하나 있다. 여름 태양이 내리쬐는 모래언덕의 커다란 나무 그늘에서 아이를 데리고 있는 어머니이다. 이탈리아 그림을 보는 것 같은 느낌이다. 그림을 그리는 동안 나 자신을 억제할 수 없고, 손을 뗄 수도, 잠시 쉴 수도 없었다.

그림을 그리는 동안 내 안에서 전에는 갖지 못했던 색채의 힘이 꿈틀대는 것을 느꼈다. 그건 아주 거대하고 강력한 어떤 것이었다.

지금 바로 이 그림들을 네게 보내진 않을 거다. 우선 조금 더 원숙해질 때까지 기다려야 할 테니까. 하지만 내가 야심으로 가득하다는 걸 알았으면, 그리고 내가 발전하고 있다는 걸 믿어줬으면 한다. 석 달 후에는 내가 어떻게 달라졌는지 보여주기 위해 뭔가 보낼 수 있을 게다.

내 그림에 대해 이렇게 썼다고 지금 상태에 만족한다고 생각하지는 말아라. 사실 그 반대이다. 단지 이 정도의 성과가 있었다고 생각하는 거란다. 시간이 흘러 자연 속에서 뭔가 나를 매혹시키는 것을 발견할 때면 그것을 새롭고 활기차게 다룰 수단을 이전보다 더 많이 갖게 될 것이다. 열심히 할수록 더 매력적인 그림을 그리게 된다는 사실이 나를 기쁘게 한다.

이따금씩 건강이 나빠져도 날 방해하진 못할 거다. 1~2주씩 작업을 못하는 경우가 있었던 화가들이 최악의 화가는 아니었기 때문이다. 어쩌면 위대한 스승 밀레가 말했듯 그들이 '그림에 모든 것을 다 걸었기 때문'일지도 모른다. 그런 건 문제가 안 된다. 해야 할 중요한 일이 있다면 몸을 사려서는 안 될 테니까. 잠시 탈진해서 보내는 시기가 올지라도 그건 곧 지나갈 테고, 마치 농부가 작물을 수확하듯 아주 자연스럽게 많은 작품을 얻게 될 것이다.

1882년 8월 15일

유화를 그리는 행복

테오에게 ◆◆◆

이번 주 내내 바람이 많이 불고 폭풍우가 휘몰아쳤다. 그 광경을 보려고 스헤베닝겐에 여러 차례 갔는데, 거기서 작은 바다 그림 두 점을 그렸다.

그 중 하나는 모래가 조금밖에 달라붙지 않았지만, 다른 하나는 폭풍우가 몰려와 파도가 모래언덕에 바싹 다가온 동안 그린 것이라 모래가 아주 두껍게 그림 위로 달라붙어서 두 번이나 모래를 긁어내야 했단다. 바람이 어찌나 사납게 불던지 똑바로 서 있기가 힘들 정도였다. 주변에 온통 모래가 날려서 잘 볼 수도 없었지. 하지만 모래언덕 뒤의 작은 여인숙에 가서 자리를 잡은 후 모래를 털어내고 바로 그림을 다시 그리기 시작했다. 중간 중간 다시 바다를 바라보기 위해 해변으로 돌아오면서 말이다. 그 덕분에 집에 추억거리를 가지고 올 수 있었는데, 그 추억거리에 감기도 딸려 있더구나. 다시 감기에 걸려서 며칠 간은 집에서 지내야 할 것 같다.

집에 있는 동안 인물화 습작을 몇 점 그렸다. 그 중 두 개의 스케치를 보내주마.

인물을 그리는 일은 몹시 내 마음을 끌지만, 난 그 기법을 더 열심히 공부해야 할 것 같다. 처음에는 실패도 많아 지우고 새로 시작해야 하는 일도 많겠지만 그러면서 점점 배울 것이고 사물에 대한 새롭고 신선한 시각도 얻을 수 있을 것이다.

나는 황야와 소나무를 보면 아련한 향수를 느낀다. 나뭇가지를 주워 모으는 가난한 여인, 모래를 나르는 가난한 농부 같은 초라한 인물들에 대해서도 마찬가지다. 결국 이런 소박한 것들 속에는 웅대한 바다에 맞먹는 무엇인가가 있다. 상황과 기회가 주어진다면 시골에 가서 살고 싶다는 소망을 늘 품고 있었다. 하지만 이곳에도 소재는 많다. 숲, 해변, 근처의 초원……. 말 그대로 발걸음을 뗄 때마다 새로운 소재가 눈에 들어온다.

요즘 나를 행복하게 하는 건 유화이다. 지금까지 나를 통제하며 스케치에

만 몰두했다. 처음부터 경솔하게 유화에 뛰어들어 기술상의 문제를 해결하려다가 아무런 발전 없이 비싼 도구만 쓰다 망쳐버려서 빚더미에 올라앉은 채 환멸을 느끼는 사람들의 슬픈 얘기를 많이 들었기 때문이다.

난 처음부터 그렇게 될까봐 두렵고 무서웠다. 그런 실패를 피할 유일한 길은 스케치를 충실히 하는 것이라 생각했고 그건 지금도 마찬가지다. 그리고 스케치를 성가신 과정이라고 생각하는 대신 아주 좋아하게 되었다. 요즘 유화를 그리면서 기대하지 않았던 많은 자유를 얻는 느낌이다. 전에는 얻을 수 없었지만 결국 가장 내 마음을 끄는 성과를 얻게 해주는 거다. 유화는 내게 아주 많은 질문에 대한 답을 주고 원하는 것을 제대로 표현할 새로운 수단을 준다. 그리고 이런 것들이 나를 아주 행복하게 한다.

최근 스헤베닝겐의 풍경은 정말 아름다웠다. 폭풍이 거세게 불어오기 직

◆ **폭풍이 몰아치는 스헤베닝겐 해안** 34.5×51cm · 1882년 8월 · 캔버스에 유채

전의 바다는 몹시 인상적이다. 폭풍이 몰아치는 동안에는 파도를 잘 볼 수가 없고 일렁이는 광경도 눈에 잘 들어오지 않는다. 파도가 계속 연달아 몰려오면서 아주 빨리 겹쳐졌고, 서로 부딪히면서 물보라를 일으키더구나. 이 물보라는 마치 여기저기 쓸려다니는 모래처럼 흐릿한 아지랑이를 만들어낸다. 정말 거센 폭풍우였는데, 소리도 별로 내지 않으면서 아주 격렬하고 인상적이었다. 더러운 비누거품 같은 색으로 일렁이던 바다 끝에 작은 고기잡이배가 하나 있었고 어둠 속에 흐릿하게 보이는 인물 몇몇이 아주 작게 보였다.

그림 속에는 무한한 뭔가가 있다. 정확하게 설명하기 힘들지만 자기 감정을 그림으로 표현하는 건 정말 매혹적인 일이다. 색채들 속에는 조화나 대조가 숨어 있다. 그래서 색들이 저절로 조화를 이룰 때면 그걸 다른 방식으로 사용하는 게 불가능해 보인다.

1882년 8월

자연이 주는 감동

테오에게 ◆◆◆

이번 주에는 숲에서 제법 큰 습작 두 점을 그렸다. 그 중 땅이 파헤쳐진 장면을 그린 작품은 상당히 괜찮다고 생각한다. 억수 같은 비가 내린 뒤에 볼 수 있는 흰색, 검은색, 갈색의 모래벌판. 여기저기서 반짝이는 흙덩이가 유난히 눈에 띄었다. 그림을 그리며 잠시 앉아 있는데 천둥이 치면서 오랫동안 엄청난 소낙비가 쏟아졌다.

그래도 그곳에서 떠나지 않고 큰나무 아래로 몸을 피했다. 비가 그치고 까마귀가 다시 날아다니자, 기다렸던 걸 다행으로 여기게 되었다. 비 내린 숲의 흙이 찬란한 검은색을 띠었기 때문이다. 비가 오기 전에 시야를 낮추기 위해 무릎을 꿇고 그림을 그리고 있었기 때문에, 비가 그쳤을 때는 진흙탕에 무릎을 꿇어야 했다. 새로운 형식이 탄생하는 것은 바로 그런 식의 모험 덕분이지. 그러니 아무래도 평범한 작업복을 입는 것이 당연하겠지. 모베와 그의 그림에 대해 이야기를 나눈 적이 있는데, 그때 그는 흙덩어리를 그리면서 원근감을 살리는 것은 힘든 일이라고 했다. 오늘 그림을 작업실로 가져올 수 있었다.

숲에서 습작한 다른 그림은, 마른 나뭇잎이 널려 있는 땅 위에 우뚝 솟은 커다란 초록의 너도밤나무 줄기와 흰옷을 입은 작은 소녀의 모습을 담고 있다. 이걸 그릴 때 아주 어려웠던 점은, 일정하지 않은 거리를 두고 있는 나무줄기 사이에 적절한 공간을 주면서, 원근법에 따라 변하는 줄기의 형태와 굵기를 그려내는 동시에 그림을 밝게 하는 일이었다.

한마디로 우리가 숲에서 숨쉬고, 걸어다니고, 나무 냄새를 맡고 있는 느낌이 들도록 그리기가 어려웠다는 말이다.

비가 내렸지만 기름 먹인 종이에 그것을 다시 그리기도 했다. 원하는 만큼 잘 그리려면 아직도 배워야 할 게 많겠지만 결국 나를 감동시키는 것은 자연 안에 모두 들어 있다.

온 세상이 비에 젖어 있는 장면은 얼마나 아름다운지! 비가 오기 전에도, 비가 올 때도, 그리고 비가 온 후에도. 비 내리는 날에는 꼭 그림을 그려야겠다.

오늘 아침에 일어나 어제 그린 습작을 작업실에 걸었다. 이 그림에 대해

◆ **숲의 끝** 34.5×49cm · 1882년 8월 · 캔버스에 유채

◆ **숲속에 서 있는 흰옷 입은 소녀** 39×59cm · 1882년 8월 · 캔버스에 유채

너와 대화를 나눌 수 있으면 좋겠다.

　계획한 대로 바쁘게 지내다 보니 많은 물품을 사야 할 것 같다. 돈은 대부분 그런 걸 구입하는 데 썼다. 지난 2주 동안 아침 일찍부터 한밤중까지 그림을 그렸는데, 작업을 계속하려면 비용이 너무 많이 들 것 같다. 아무래도 그림을 팔아야 하겠다.

　네가 작품을 보면 비용이 더 들어도 계속하라고 말할 거다. 그림을 그리는 일 자체는 즐겁지만, 돈이 너무 많이 든다면 내 포부나 기질대로 그리는 것이 힘들지도 모르겠다. 그래도 데생에 시간을 쏟는 것이 낭비라고 생각하지는 않는다. 이 작업을 하면서 즐거움을 누릴 수 있었기 때문이다.

　요즘은 두 가지 생각 때문에 고민중이다. 생각보다 일찍 유화를 시작했는데, 정석대로라면 여기에 노력을 쏟아야겠지. 그러나 고백하자면 별로 확신이 없다. 여하튼 지금은 목탄화를 연습해야 할 때라는 생각이 든다. 충분히 작업을 해왔지만, 좀더 해야 할 듯하다. 물론 그렇다고 해서 유화 습작을 열심히 하지 않겠다는 말은 아니다.

그토록 짧은 시간에 이렇게 많은 그림을 그릴 수 있었던 것은 쉬지 않고 계속 작업해 왔기 때문이다. 말 그대로 하루 종일, 먹거나 마시는 시간까지도 아낄 정도로 계속해서 그림을 그리고 있다.

습작은 대개 작은 인물화다. 꽤 큰 그림도 하나 그렸는데, 이미 두 번이나 물감을 문질러 긁어냈다. 너무 성급하다 싶을지도 모르지만, 계속해서 모든 걸 시험해 봐야 더 나은 그림을 그릴 수 있다. 아무리 많은 시간과 수고를 들여야 한다 해도 더 나은 그림을 얻기 위해서라면 그렇게 하자고 결심했다.

지금 그리고 있는 풍경화에는 인물이 없다. 세심함이 요구되는, 배경 그리는 연습이지. 사실 인물의 톤이나 그림의 전체적인 느낌은 배경이 어떻게 그려졌나에 달려 있다.

유화를 그리면서 얻게 되는 예상치 못했던 즐거움은 데생에 쏟는 것과 같은 정도의 노력으로, 더 유쾌한 인상을 주는 그림을 가지고 집으로 돌아갈 수 있으며, 동시에 그 그림이 데생보다 더 사실적이라는 점에 있다. 한마디로 유화는 데생보다 더 많은 보상을 준다. 그러나 그전에, 정확한 비례에 맞춰 데생하고 대상을 자신 있게 적절히 배치하는 능력이 반드시 필요하다. 만일 여기서 실수하면 그후의 모든 것은 허사가 된다.

가을이 기다려진다. 그때가 되면 물감이나 다른 화구가 필요하다. 아름답게 뻗은 초록의 너도밤나무 줄기와 그 주위에 흩어진 노란잎들이 만들어내는 대비 효과가 무척 마음에 든다. 인물도 예외는 아니다.

최근에 제라르 빌더스가 쓴 다소 우울한 분위기의 『편지와 일기』를 읽었다. 그는 내가 그림을 시작할 무렵에 죽었다. 그 책을 읽으면서 내가 나이가 들어서 그림을 시작하게 된 걸 아쉽게 생각하지 않게 되었다. 빌더스는 아주 불행하게 살았고 오해도 받곤 했지만, 병적으로 우울한 성격이라는 큰 결점이 있었다는 사실을 발견했다. 너무 일찍 싹을 틔운 풀이 모진 서리를 견디지 못하고 뿌리까지 얼어서 시들어버리는 것과 비슷한 이야기다.

초기에는 모든 게 순조로웠지. 그는 온실 속의 꽃처럼 선생의 지도 아래 재능을 꽃피웠고 빠른 성장을 했다. 그러나 얼마 후 그가 고독을 견뎌낼 수 없는데도 불구하고 홀로 암스테르담에서 지내게 되었고, 결국은 극도로 낙심한 채 마지못해 집으로 돌아오게 되었다. 그곳에서 조금 더 그림을 그렸지만, 결국 스물여덟 살의 나이에 숨을 거두었다. 폐병인지 다른 병 때문인지 사인死因은 분명하지 않지만.

그의 삶에서 이런 모습은 마음에 들지 않는다. 이를테면 그림을 그리고 있을 동안에도 권태를 느꼈는데, 그럴 때에도 어쩔 수 없는 노릇이라며 불평을 한 것이다. 그리고 자신이 답답하다고 생각하는 친구들과 어울려 다녔고, 자신이 넌더리를 내고 싫어하는 오락을 계속했다. 그의 삶에서 공감하는 면이 없는 건 아니지만, 밀레나 루소, 도비니의 전기를 읽는 쪽이 더 유익한 것 같다. 빌더스의 책이 우리를 슬프게 만드는 것과는 달리, 상시에가 밀레에 대해 쓴 책을 읽으면 용기를 얻게 된다.

밀레의 편지에도 늘 그가 봉착한 여러 문제가 보이지만 "그럼에도 나는 이러저러한 일을 꼭 해야 한다"는 말과 함께 일을 해 나갔고, 꼭 해야 한다고 생각하는 일은 무슨 일이 있어도 해냈다. 반면 빌더스의 편지를 보면 "이번 주는 기분이 별로 좋지 않아서 망쳐버렸다. 이런저런 콘서트나 놀이에 참석한 뒤에는 전보다 더 비참한 기분으로 돌아왔다"는 식의 글을 자주 발견할 수 있다.

밀레의 감동적인 면은 "그럼에도 나는 이런저런 일을 꼭 해야 한다"는 분명한 태도이다. 빌더스는 아주 재치 있는 사람이긴 하지만, 구입할 형편이

안 되는 고급 시가나 양복 재단사의 요금청구서 때문에 우스꽝스러운 한숨을 내쉬면서도 해결 방법은 찾지 못한다. 그가 경제적인 문제에 대한 자신의 초조감을 어찌나 재치 있게 묘사하는지, 그걸 읽는 사람은 웃음을 터뜨리지 않을 수 없다. 그러나 그런 건 아무리 재치 있게 전달된다 해도 짜증만 날 뿐이다. 오히려 "그러나 아이들에게 먹일 수프가 필요하다"는 밀레의 개인적인 고충에 더 공감하고 존경심을 갖게 된다. 그는 고급 시가나 오락 같은 것은 생각도 하지 않았다.

빌더스가 인생을 바라보는 방식은 너무 낭만적이다. 그는 끝내 말도 안 되는 환상에서 벗어나지 못했다. 내가 낭만적인 환상에서 벗어난 후에 그림을 시작하게 된 건 정말 다행이다. 물론 그동안 놓친 시간을 만회하려면 끊임없이 그림을 그려야 하겠지. 그리고 열심히 그림을 그리는 것이 꼭 필요하고 즐거운 일이 되려면, 무익한 환상에서 깨끗이 벗어나야 한다. 그래야 평온을 찾을 수 있다.

이따금 너에게 습작이라도 몇 점 보내겠지만, 지금 작업하고 있는 유화가 너에게 보낼 만한 수준이 되고, 그것에 대해 의논할 정도가 되려면 거의 1년이 걸릴 것 같다. 그 점에 대해서는 미안하게 생각한다. 그러나 그 그림이 쓸모 있는 것으로 입증되는 날이 온다는 사실은 보장하마. 처음에는 별 볼일 없던 것이 나중에 성공할 수도 있는 법이다.

무엇보다 내가 돈 버는 일에는 아무런 관심도 없다고 생각하지는 말았으면 좋겠다. 지금처럼 성실하게 노력하는 자세가 그 목적에 가장 빨리 도달하는 지름길이 아니겠니. 참되고 가치 있는 작품을 그리는 게 가장 기본이 되는 거니까. 그렇게 되려면 작품이 팔릴 수 있을 것인가 하는 생각으로 작업할 것이 아니라, 작품에 정말 훌륭한 어떤 것이 들어 있어야 할 테고, 그러기 위해서는 자연에 대한 정직한 탐구가 필요할 것이다. 그렇지 않다면 나중에라도 반드시 그 대가를 치를 것이다.

네가 유화 쪽이 더 유망하다고 본다면, 유화 작업을 계속해야겠지. 그러나 오랫동안 유화를 팔 가능성이 없다면, 될 수 있는 대로 절약해야 한다. 데생을 계속하면 비용을 줄일 수 있고, 느리지만 실속 있게 실력이 향상될 수 있을 것이다.

이런 말을 하는 건 요즘 작업하는 유화가 조금씩 나아지고 있기 때문이다. 이런 변화가 그림의 매매에 미치는 영향은 네가 나보다 더 잘 알겠지. 여하튼 유화 작업이 데생 습작보다 더 재미있는 것 같다. 그렇다고 유화가 무미건조하지 않아서 보기에 더 좋다는 사실에 큰 의미를 두는 건 아니다. 나의 목표는 더 엄밀하고 강렬한 표현을 하는 것이다.

네가 작은 숲이나 산, 바다 풍경을 그리라고 한다면, 더 크고 더 진지한 것을 그리려는 내 방식과 일치하지는 않지만, 거절할 수는 없을 것이다. 내가 알고 싶은 것은 내 그림이 붓, 물감, 캔버스를 소모할 가치가 있는지, 그저 돈을 낭비하는 건 아닌지, 그리고 그림을 그리기 위해 쓴 돈을 그림이 보상해 줄 수 있는지 하는 것뿐이다.

대답이 긍정적이라면, 용기를 갖고 더 힘든 일에도 도전할 수 있을 것이다. 더 부지런히 작업하고, 더 시간을 들여 완성하고, 더 많은 것을 담을 수 있도록 최선을 다하겠지.

두 달 안에 너에게 그림 한 점을 보내마. 그러면 알게 되겠지. 대부분의 화가들이 이런 식으로 더 위대한 경지에 올랐다고 믿는다.

나는 자연을 사랑하기 때문에 원칙부터 틀린 그림, 거짓된 그림, 왜곡된 그림을 그리고 싶지는 않다. 그러나 더 차원이 높고 더 훌륭한 그림을 그리려면 훨씬 더 많은 습작을 해야 한다. 습작은 데생으로 하는 게 좋을까, 유화로 그리는 게 나을까? 어느 쪽이 더 유익할까?

유화가 팔리지 않을 것 같다면 목탄이나 다른 것으로 데생을 하는 게 낫겠지. 그러나 혹시라도 유화를 그리는 데 드는 비용을 감당할 수 있다면 유화를 계속하고 싶다. 특히 요즘은 유화가 점점 나아지고 있고, 예상하지 않았던 기회가 올지도 모르니까. 단지 팔릴 가능성이 전혀 없다면, 다른 식으로 배울 수 있는 일에 물감을 낭비하고 싶지 않다.

우리 두 사람 가운데 누구도 불필요한 낭비를 하는 건 원하지 않지만, 유화가 보기에 더 좋다는 건 당연하다. 어떻게 해야 좋을지 모르겠다. 돈을 다 써버린 건 아니지만, 많이 남아 있는 것도 아니다. 착각한 게 아니라면 오늘이 20일인데. 이번 달에는 여느 때보다 생활비 지출이 적었지만, 그 대신 유화도구를 사는 데 돈을 많이 썼다. 물론 이건 한 번 사면 오랫동안 쓸 수 있다. 그래도 너무 비싸다. 네가 이른 시일에 얼마라도 보내줬으면 한다.

유화 작업이 아주 즐거운 것은 보기에 좋아서만이 아니라, 명암·형식·재료 등 늘 나를 고심하게 하던 문제를 해결하는 데 도움을 주기 때문이다. 유화라는 매체를 통해 그런 문제를 다룰 수 있거든. 게다가 유화 작업을 한 후 목탄 작업을 하면 새롭게 얻는 것도 많다.

네가 이 편지를 읽고, 처음 몇 번 해본 걸 가지고 무언가 대단한 일을 할 수 있을 거라는 뻔뻔스러운 착각에 빠져 있다고 생각하지 않았으면 좋겠다. 코르 숙부가 내 말을 그런 식으로 받아들인 적이 있다. 전혀 그런 의도가 아니었는데 말이다. 어쨌든 과거에는 어떤 그림의 가치나 매매 가능성에 대해 자신 있게 말했던 것 같은데, 이제는 잘 모르겠다. 그림의 가격보다는 자연을 탐구하는 일에 더 흥미를 가지게 되었거든.

분명한 건 유화로 습작한 것이 흑백으로 데생한 그림이나 네가 최근에 받아 본 수채화보다 더 흥미 있어 보인다는 점이다. 비용이 더 들더라도 유화에 우선순위를 주는 게 이익이 될지 모른다는 생각을 하는 것도 이 때문이다.

아무래도 나보다는 네가 결정하는 게 낫겠다. 경제적인 성공을 가늠하는 일은 네가 더 나을 테고, 사실 난 전적으로 네 판단을 신뢰하고 있다. 그러니 조만간 습작 몇 점을 받게 되더라도, 그림이 팔릴 수 있을 거라고 생각하기 때문이 아니라, 네 제안이나 의견을 듣기 위해서라는 걸 잊지 마라. 어떤 경우에든 내가 어디까지 갈 수 있는지를 너에게 보여주기 위해 그림을 보내는 것이다.

너는 작은 데생을 수채화로 완성하는 데 최선을 다하라고 했지만, 유화 작업을 하는 것이 전보다 더 나은 수채화를 그리는 데 도움이 된다고 믿는다. 그런데 내 그림이 그리 잘된 것 같지 않으면 거리낌 없이 충고를 해다오. 망설임 없이 네 충고를 받아들이겠다. 물론 잘못을 고쳐 나가는 일은 그걸 지적하는 것보다 더 많은 시간을 필요로 한다. 그러나 나는 충고를 듣고도 묵살하는 사람은 아니다. 이를테면, 모베가 1월에 지적해 준 것을 이제서야 겨우 참고하게 되었다. 대지를 그릴 때, 그의 습작을 놓고 나눈 대화를 생각하며 작업을 하기도 했다.

1882년 8월 20일

풍경이 나에게 말을 걸었다

테오에게 ◆◆◆

이번 주에 유화를 한 점 그렸다. 우리가 함께 산책하며 바라본 스헤베닝겐의 풍경을 기억나게 하는 작품이다. 모래사장과 바다와 하늘을 담은 꽤 큰 그림으로, 섬세한 회색과 따뜻한 흰색의 드넓은 하늘과 그 하늘을 가로지르며 아지랑이처럼 반짝이는 부드러운 푸른색의 바다를 볼 수 있다. 모래사장과 바다는 무척 밝다. 대담하고 뚜렷하게 칠해진 작은 인물들과 고기잡이 배들 덕분에 생기가 넘치는데, 전체적으로 황금빛을 띠며 반짝인다. 이 그림의 바탕이 된 스케치의 주제는 닻을 감고 있는 고기잡이 배였다. 그 옆에는 닻을 감기 위해 말들이 대기하고 있다. 그 장면의 스케치를 동봉한다. 사실 이건 화판이나 캔버스에 그리고 싶었는데, 정말 힘들었다. 그리고 그림에 더 다양한 색을 넣고, 깊이와 힘이 느껴지는 색을 만들어내려고 노력했다.

이따금 우리가 같은 생각을 하고 있다는 느낌을 받으면 기분이 묘해진다. 가령, 어제저녁 숲에서 습작을 마치고 돌아올 때 일주일 내내 생각해 온 색의 깊이 문제에 골몰했다. 그 문제에 대해, 내 습작을 보면서 너와 대화를 나누고 싶은 마음이 정말 간절했다. 그런데 우연인지 몰라도 오늘 아침에 받은 편지를 보니 네가 몽마르트르의 생생하면서도 조화로운 색채에 감동을 받았다니…… 우리가 정확히 동일한 대상에 감동을 받았는지 확인할 수는 없다. 하지만 내가 어떤 대상에 감동했다면 너도 분명 그렇다는 것, 그리고 아마도 같은 이유로 그랬으리라는 것은 알고 있다.

오늘 바라본 자연 풍경을 정확히 전달할 자신이 없으면서도 이렇게 장황하게 설명하는 것은 초록, 빨강, 흰색, 노란색, 푸른색, 갈색, 회색이 이루어내는 조화에 강렬한 인상을 받았기 때문이다. 팔레 뒤칼에 있는 드 그루의 그림 「어느 군인의 출발」을 보는 것 같았다.

그런 풍경을 그리는 건 정말 어렵다. 땅은 아주 어두운 색을 띠는데, 그걸 그리기 위해 흰 물감을 한 튜브 반이나 써야 했다. 그 밖에도 빨강, 노랑, 갈색, 황토색, 검정, 시에나 황갈색, 흑갈색 등을 써서 흑갈색에서부터 짙은 와

인색까지, 그리고 희미한 황금색을 띠는 빨간빛 등 다양한 종류의 홍갈색을 낼 수 있었다. 늪지대와 빛을 받으면서 밝게 반짝이는 싱싱한 풀밭의 경계를 그리는 일이 남아 있었는데, 그건 정말이지 그려내기 힘들었다. 그렇게 해서 지금 네가 보고 있는 스케치가 완성되었다. 그 그림이 의미가 있으며, 무언가 말할 가치가 있다고 확신한다. 그것이 무슨 말이든.

그림을 그리는 동안, 그 속에 가을 저녁의 느낌, 신비롭고 소중한 분위기가 스며들기 전에는 떠나지 말자고 다짐했다. 그러나 그 순간의 인상이 오랫동안 지속되는 것이 아니어서, 강하고 흔들림 없는 붓질 몇 번으로 그 특징을 한 번에 다 집어넣으면서 재빨리 그려야 했다.

어린 나무들이 대지 위에 흔들림 없이 굳건하게 뿌리 내리고 있는 모습은 감동적이었다. 그 나무들부터 칠하기 시작했는데, 바탕이 되는 대지는 이미 두텁게 칠해두었기 때문에 한 번의 붓질로 나무들이 대지 속에 뿌리를 내리게 만들었다. 뿌리와 줄기는 튜브에서 짜내면서 바로 모양을 만들고 약간의 붓질로 다듬었을 뿐이다.

그렇게 해서 나무들이 그림 속에 서 있다. 그림 안에서 솟아오르고, 그림 속에 강하게 뿌리내리고 서 있다.

어떤 의미에서는 내가 한 번도 유화를 배우지 않은 게 다행스럽게 여겨진다. 유화를 정식으로 배웠더라면 이런 인상은 무시하고 지나쳤을 게 틀림없다. 내가 포착하고 싶은 건 바로 그런 것인데. 그것이 불가능하다면 할 수 없겠지만, 어떻게 해야 할지 모를 뿐이라면 계속 노력해 나갈 것이다. 도대체 어떻게 그것을 그렸는지 모르겠다. 그저 내 앞에 펼쳐지는 풍경 앞에 하얀 판을 놓고 앉아 있었는데. 눈앞에 있는 것을 바라보면서 혼자 말했지. 이 하얀 화판은 다른 무언가가 되었다.

그래도 만족하지 못하고 집에 돌아왔고 그림을 한쪽에 세워두었다. 좀 쉬

◆ **모래언덕** 36×58.5cm · 1882년 8월 · 패널에 유채

고 나서 다시 그림 앞으로 가 두려움에 잠긴 채 바라보았다. 여전히 흡족해할 수 없었다. 기억 속에는 낮에 본 장관이 생생하게 남아 있어서 도저히 그 그림에 만족할 수 없었다. 그러나 내 마음을 사로잡았던 장면의 흔적은 남아 있었다. 그 풍경이 나에게 말을 걸었고, 그것을 빠른 속도로 받아 적었다. 내가 그렇게 받아 적은 것은 판독할 수 없는 단어와 실수, 결함을 담고 있을지 모른다. 그러나 거기에는 여전히 숲이나 너도밤나무, 여러 인물들이 나에게 들려준 것의 일부가 남아 있다. 그것은 누가 가르쳐준 방법이나 체계 안에서 습득한 인습적인 언어가 아니라 자연 그 자체에서 나온 언어다.

동봉한 또 하나의 스케치는 모래언덕에서 그렸다. 작은 관목을 그린 것인데 잎의 한쪽은 하얗고, 짙은 녹색을 띤 다른 쪽은 끊임없이 움직이며 반짝인다. 그 너머 어둠 속에 나무들이 서 있는 장면을 볼 수 있다.

너도 이제는 내가 유화에 전속력으로 뛰어들고 있으며, 다양한 색채에 몰두하고 있다는 것을 알 수 있겠지. 지금까지는 그렇게 되는 걸 억제해 왔다.

그걸 유감스럽게 생각하지는 않는다. 이전에 데생을 하지 않았다면 미완의 테라코타(양질의 점토로 구워낸 토기류)처럼 보이는 인물에 대한 느낌을 가질 수 없었을 테고, 그런 걸 그릴 수도 없었을 테니까. 지금은 툭 트인 바다 앞에 서 있는 기분이다. 유화는 빠른 속도로 향상될 것이다.

화판이나 캔버스 작업을 계속하려면 비용이 훨씬 많이 든다. 모든 것이 너무 비싸다. 물감도 비싼데다 너무 빨리 없어진다. 이런 거야 모든 화가들이 하는 불평이지만, 방법을 찾아야 할 것 같다. 나는 색에 대한 감각이 있으며, 앞으로 더 많은 걸 배울 것이고, 내 속에 이미 유화의 뿌리가 존재한다고 확신한다.

너의 변함없는 도움에 말로 다 하지 못할 고마움을 느낀다. 요즘은 네 생각을 많이 한다. 그래서 더욱더 내 그림이 활기 있고 진지하고 강렬하게 되어 너에게 빨리 기쁨을 주고 싶다.

내 건강에 대해 걱정하는 것 같은데, 너는 어떠냐? 내 치료법이 너에게도 통하리라 생각하는데. 그건 툭 트인 야외로 나가서 그림을 그리는 것이다.

나는 잘 지낸다. 피곤할 때도 더 좋아지고 있다는 느낌이 든다. 식사를 간소하게 하는 것도 좋은 방법이지만, 주된 치료법은 그림이다.

바다 풍경을 담은 스케치에는 황금색조의 부드러운 느낌이 있고, 숲 그림은 어둡고 진지한 분위기를 띤다. 인생에 이 둘 모두 존재한다는 게 다행스럽다.

1882년 9월 3일

복권의 의미

테오에게 ♦♦♦

스퀘 거리 끝에 있는 복권가게를 기억하겠니? 비오는 날 아침, 그 앞을 지나다가 많은 사람들이 복권을 사려고 기다리고 있는 걸 보았다. 대부분 왜소한 노파들이었는데, 하는 일과 생활수준을 정확히 알 수는 없겠지만, 삶을 지탱하기 위해 발버둥치며 간신히 버텨왔다는 게 확연히 보이는, 그런 사람들이었다. 물론 '오늘의 복권당첨' 같은 것에 그렇게 관심을 갖는 사람들을 떠올릴 때면, 복권에는 관심없는 너나 나로서는 그저 실소를 금할 수 없겠지.

무리지어 서 있는 사람들의 기대에 찬 표정이 인상적이어서 그들을 스케치하기 시작했다. 그러는 동안 복권이 처음 생각했던 것보다 더 크고 깊은

◆ **복권 판매소** 38×57cm · 1882년 9월 · 수채

의미가 있다는 느낌이 들었다. 가난한 사람과 돈이라는 관점에서 볼 때 더 그렇지 않겠니.

그곳에 모인 사람들은 대부분 가난한 사람 같았다. 그래서 그들의 입장에서 생각해 보지도 않고, 눈에 보이는 것으로만 판단해서는 안 되겠다는 생각을 했다.

복권에 대한 환상을 갖는 것이 우리 눈에 유치해 보일 수도 있지만, 그들 입장에서 생각해 보면 정말 심각한 문제가 될 수도 있겠지. 음식을 사는 데 썼어야 할 돈, 마지막 남은 얼마 안 되는 푼돈으로 샀을지도 모르는 복권을 통해 구원을 얻으려는 그 불쌍하고 가련한 사람들의 고통과 쓸쓸한 노력을 생각해 보렴.

1882년 10월 1일

삶과 예술의 규칙

테오에게 ◆◆◆

완연한 가을로 접어들었다. 비가 오고 으스스하다. 비에 젖어 하늘이 비치는 거리를 배경으로 음영을 드리우며 서 있는 사람을 그리기 좋은, 분위기 있는 날이 계속되고 있다. 그런 장면은 모베가 아주 아름답게 그리곤 했지. 그동안 복권가게 앞에 모여 있던 사람들을 대형 수채화로 그렸고, 해변 그림도 하나 시작했는데, 대략적인 구성을 편지와 함께 보낸다.

자연을 마주했을 때 단조로움을 느끼게 되고, 그래서 자연이 우리에게 말 걸기를 멈춘 것처럼 느껴지는 때가 있다고 했지? 그 말에 전적으로 공감한다.

나도 꽤 자주 그런 느낌을 받곤 하는데, 그럴 때는 완전히 다른 것에 도전한다. 풍경이나 빛이 빚어내는 효과에 지쳤다고 느낄 때면 인물을 그리는 데 몰두하고, 혹은 그 반대로 일을 하지. 어떨 때는 그저 그 시기가 지나가기만을 기다릴 수밖에 없기도 하지만, 대부분은 소재를 바꿈으로써 감각이 둔해지는 것을 극복한다.

요즘은 인물 그리는 일에 매료되어 있다. 풍경에 대한 느낌이 아주 강렬해서, 인물보다는 빛의 효과나 풍경의 분위기를 잡아내는 유화나 데생에 빠졌던 때가 있었지. 대체로 인물화가에 대해서는 따뜻한 공감보다 차가운 존경심만 느낄 수 있을 뿐이었지.

그러나 샹젤리제 거리의 밤나무 아래 서 있는 노인을 그린 도미에의 데생〔발자크 소설의 삽화〕에 큰 감명을 받기도 했다. 그 그림 자체가 그렇게 중요한 건 아니다. 인상적이었던 것은 도미에의 구상이 드러내는 당당하고 남성적인 분위기였다. 바로 그때 받은 감동 덕분에 사소한 세부는 무시하고 뛰어넘게 되었고, 초원이나 구름을 그리는 일보다 인간 존재에 관심을 집중하는 것이 더 훌륭하다고 생각하게 되었다. 인간이야말로 우리의 관심을 끌고, 생각하게 만들며, 직접적으로 우리를 감동시키기 때문이다.

영국의 데생화가나 작가들이 그려내는 인물에 매료되는 것도 그 때문이다. 월요일 아침에나 볼 수 있을 것 같은 진지한 열의, 절제된 산문, 분석적인 태도 등은 아주 건실하고 본질적인 것으로, 나약해질 때마다 그것에 의지할 수 있다. 프랑스 작가들 중에는 발자크와 졸라가 그런 사람이지.

조금 전에 작업실 창으로 아름다운 장관을 볼 수 있었다. 종루, 지붕, 연기를 뿜어내는 굴뚝이 지평선 위의 빛을 배경으로 짙고 어두운 실루엣으로 보였거든. 이 빛은 그 너머의 무거운 비구름을 배경으로 번쩍인 섬광에 불과했다. 비구름은 아래쪽으로 갈수록 더 두꺼워지다가, 가을 바람이 불어오자 여러 조각으로 흩어지며 사라졌다. 순간적으로 빛이 번쩍했을 때 비에 젖은 짙은 색 지붕이 마을 여기저기서 번들거렸다(그림으로 표현할 때는 살색으로 칠하면 그 효과를 얻을 수 있을 것 같다). 마을 전체가 같은 색조로 한덩어리처럼 보이는데도, 붉은 기와와 슬레이트를 구분할 수 있다. 비에 젖은 도시 전체의 전경이 순간적으로 드러났을 때, 포플러나무는 노란잎을 휘날리고, 도랑 둑과 초원은 짙은 녹색을 띠었으며, 자그마한 인물은 검은 색으로 보였다.

오늘 오후 내내 석탄 나르는 사람을 그리느라 힘들지 않았다면 그 장면을 그렸을 텐데……. 아직도 낮에 하던 일이 마음에 맴돌고 있고 다른 것을 새로 시작할 여력이 없는 탓에 다음으로 미루었다.

요즘 네 생각을 자주 한다. 네가 파리의 예술가에 대해 말한 것(뭇여성들과 자유롭게 어울려 다니고, 남들보다 기분을 잘 내며, 젊은이 특유의 가치를 주장하려는 사람들에 대해 말한 것)은 정말 예리한 관찰이라고 생각한다. 그런 사람은 여기에서도 볼 수 있다.

◆ 헤이그의 신식 교회와 낡은 집들
34×25cm · 1882년 8월 · 캔버스에 유채

그러나 일상생활 속에서 신선한 활기를 유지하는 것은 강물을 거슬러 헤엄치는 것과 같기 때문에 여기보다 그곳에서 생활하기가 더 힘들겠지. 파리에서는 얼마나 많은 사람이 절망에 빠지겠니. 조용히, 합리적으로, 논리적으로, 그리고 정당하게 절망하겠지.

노력은 존중받을 가치가 있고, 절망에서 출발하지 않고도 성공에 이를 수 있다. 실패를 거듭한다 해도, 퇴보하는 것처럼 느껴질 때가 있다 해도, 일이 애초에 의도한 것과는 다르게 돌아간다 해도, 다시 기운을 내고 용기를 내야 한다.

네가 들려준 사람들의 삶이 엄한 규칙에 따른 것이 아니기 때문에 그들을 멸시하는 것이라고 생각하지 마라. 문제는 추상적인 생각이 아니라 행동에 있다. 규칙은 지켜졌을 때에만 인정받을 수 있고 가치가 있다. 깊이 생각하고 늘 신중하려고 노력하는 것이 바람직한 까닭은, 그런 자세가 우리의 에너지를 집중하고 다양한 행동을 하나의 목표로 모아주기 때문이다. 네가 말한 사람들도 자신이 하려는 일에 대해 더 분명한 생각을 가졌더라면 의연하게 일했을 것이다.

◆ 교회 안에서
28×38cm · 1882년
10월 · 수채, 잉크, 연필

◆ **모자 쓴 노인** 60.5×36cm · 1882년 · 검은색 크레용, 잉크, 수채

그러나 자신의 규칙만 나열하면서 어떤 수고도 하지 않고, 심지어 자신이 만든 규칙조차 지키려 하지 않는 사람들보다는 네가 말한 사람들이 낫다. 규칙에 대해 왈가왈부하기만 하는 사람들은 세상에서 가장 훌륭한 규칙을 통해서도 아무것도 얻는 것이 없지만, 네가 언급한 사람들은 마음을 다잡고 생각을 하면서 산다면 위대한 일을 할 수도 있기 때문이다. 위대한 일이란 그저 충동적으로 이루어지는 것이 아니라 연속되는 작은 일들이 하나로 연결되어서 이루어진다.

그림이란 게 뭐냐? 어떻게 해야 그림을 잘 그릴 수 있을까? 그건 우리가 느끼는 것과 우리가 할 수 있는 것 사이에 서 있는, 보이지 않는 철벽을 뚫는 것과 같다. 아무리 두드려도 부서지지 않는 그 벽을 어떻게 통과할 수 있을까? 내 생각에는 인내심을 갖고 삽질을 해서 그 벽 밑을 파내는 수밖에 없는 것 같다. 그럴 때 규칙이 없다면, 그런 힘든 일을 어떻게 흔들림 없이 계속해 나갈 수 있겠니? 예술뿐만 아니라 다른 일도 마찬가지다. 위대한 일은 분명한 의지를 갖고 있을 때 이룰 수 있다. 결코 우연으로 되는 것이 아니다.

규칙이 먼저 있고 인간이 그에 따라 행동하는 것인지, 인간의 행동에서 규칙이 추론되는 것인지 하는 문제는, 닭이 먼저냐 달걀이 먼저냐 하는 문제처럼 규정할 수도, 또 그럴 필요도 없는 문제인 것 같다. 그러나 사고력과 의지력을 키우려고 노력하는 것은 긍정적이고 중요한 일이라고 본다.

요즘 내가 몰두하고 있는 인물화를 본다면 어떻게 생각할지 아주 궁금하다. 여기에도 또 하나의 닭과 달걀의 문제가 있다. 즉, 미리 설정된 구성에 따라 인물을 그려야 하는 것일까, 아니면 각각 따로 그려진 인물을 모아놓으면 하나의 구성을 이루게 되는 것일까? 이 문제는 계속해서 작업하다 보면 결국 같은 것임이 밝혀진다.

네가 지난번 편지의 끝에 했던 말과 같은 말로 편지를 끝맺을까 한다. 네

말처럼 우리 두 사람은 현상의 배후에 숨어 있는 것을 찾아내기 좋아한다. 달리 말하면 사물을 분석하는 경향이 강한 것이지. 그림을 그리기 위해 꼭 필요한 성격이라고 말할 수 있고, 유화를 그리거나 데생을 할 때 장점으로 작용할 수도 있겠다. 어느 정도까지는 기질과 성격이 우리를 이끌어주는지도 모르겠다(어찌 됐건 너와 나는 그런 면을 타고났으니까. 우리가 브라반트에서 소년기를 보낸 덕분인지도 모르지. 주위 환경이 우리로 하여금 평범한 아이들보다 더 많이 생각하게끔 만들어주었으니까). 그러나 예술적 감수성이 작업을 통해 계발되고 성숙하게 되는 것은 훨씬 더 뒤의 일이 아닐까.

1882년 10월 22일

더 많은 것을 원하며 모든 것을 잃는 자

테오에게 ◆◆◆

파리의 풍경을 자주 묘사해 준 데 대한 보답으로, 창 너머로 보이는 눈 덮인 마당을 너에게 보여주고 싶다. 집 한 구석의 풍경도 동봉한다. 그 둘은 어느 겨울날 풍경에 대한 두 가지 인상을 담고 있다.

이곳의 풍경은 한 편의 시와 같지만 종이에 옮기는 일은 그냥 바라보는 것처럼 쉽지 않다. 동봉한 스케치를 바탕으로 수채화도 한 점 그렸는데, 기대만큼 생생하고 강렬하지는 않다.

사랑에 빠지면 태양이 더 환하게 비추고 모든 것이 새로운 매력을 갖고 다가온다. 깊은 사랑에 빠지면 그렇게 될 수밖에 없는데, 그건 정말 아름다운 일이다. 난 사랑이 명확한 사고를 막는다고 생각하는 사람들이 틀렸다고 생각한다. 오히려 사랑할 때 더 분명하게 생각하고 이전보다 더 활동적이 되거든. 사랑은 영원한 것이다. 물론 그 외양은 변할 수도 있다. 하지만 본질은 변하지 않는다. 어떤 사람이 사랑에 빠지기 전과 후의 모습은 마치 불 꺼진 램프와 타오르고 있는 램프만큼이나 다르다. 어느 쪽이든 램프는 거기 존재하는 것이고 그게 좋은 램프라고 주장할 수도 있다. 하지만 사랑에 빠진 램프는 빛을 발산하기도 하는 것이다. 그게 바로 램프의 기능 아니냐. 그리고 사랑은 우리가 더 많은 것을 받아들일 수 있도록 해준다. 바로 그런 방식으로 우리는 자기 일에 더 적합한 사람이 되어간다.

늙고 가난한 사람들이 얼마나 아름다운지, 그들을 묘사하기에 적합한 말을 찾을 수가 없다. 이스라엘스가 그들을 거의 완벽하게 그려냈다. 그런 눈을 가진 사람이 드물다는 게 이상하다. 여기 헤이그에는 매일 많은 사람들이 보지 못하고 지나치는 세계가 존재한다. 다른 사람들이 만들어가는 것과는 전혀 다른 세계지.

인물화를 그리는 화가들과 거리를 산책하다가 내가 어떤 사람을 바라보고 있는데, 그들은 "아, 저 지저분한 사람들 좀 봐" "저런 유의 인간들이란!" 하고 말하더구나. 그런 표현을 화가에게서 듣게 되리라고는 상상도 못했지.

그래, 그런 일이 나를 생각에 잠기게 한다. 그런 장면은 사람들이 가장 진지하고 가장 아름다운 것을 의도적으로 피하는 것이라 느껴졌다. 한마디로 스스로 자기 입을 막고 자신의 날개를 자르는 짓이지. 어떤 사람들에 대해서는 깊은 존경심을 갖게 되는 반면, 그런 식으로 행동하는 사람들에 대해서는 흥미를 잃을 수밖에 없다. 어떤 사람들은 '집시들'을 좋지 않게 생각하지만, 한번 생각해 봐라. 세상에는 '더 많은 것을 원하면서 모든 것을 잃는 자들'이 있기 마련이다.

살다보면 촛불을 끌 수도 있겠지. 하지만 미리 소화기를 들이대는 건 어리석은 일이다.

1883년 3월 21~28일

내가 정말 그리고 싶은 그림

테오에게 ◆◆◆

극적인 효과란 '자연의 한 구석'과 '그 자연에 더해진 인간'을 가장 잘 이해하게 해주는 요소다. 렘브란트의 초상화에서도 같은 것을 발견할 수 있지. 그것은 자연을 넘어서는 것이다. 그러니 흔히 과장되었다느니 매너리즘에 빠졌다느니 하는 사람들 이야기는 듣지 말고, 그런 그림에 존경심을 갖고 묵묵히 있는 것이 낫다.

내가 정말로 하고 싶은 것, 그리고 할 수 있다는 느낌이 드는 것은 황야의 오솔길에 서 있는 아버지를 그리는 일이다. 히스로 뒤덮인 갈색의 황야를 좁고 하얀 모래길이 가로지르고, 그 위에 엄격하게 보이는 개성적인 인물이 서 있는 모습으로. 하늘은 조화롭고 열정이 담겨 있어야 한다. 또, 아버지와 어머니가 가을 풍경 속에 서로 팔을 끼고 있는 그림도 그리고 싶다. 줄지어 서 있는 작은 너도밤나무 숲과 낙엽을 배경으로 해도 좋겠지. 쉽지는 않겠지만 꼭 도전해 보고 싶은 시골 장례식 그림도 아버지를 모델로 하고 싶다.

종교적 신념이 나와 다르다는 사실만 제외하면, 가난한 시골마을의 목사

◆ **황혼 무렵 헤이그 근방의 루스두이넨의 농가** 33×50cm · 1883년 8월 · 캔버스에 유채

는 인물 유형에서나 성격에서나 가장 공감이 가는 인물 중 하나다. 언젠가
는 그 작업에 도전할 것이다.

　네가 오면 브라반트에 다녀오는 문제를 상의하고 싶다. 고아들을 그린 데
생을 본다면 너도 내가 하고 싶어하는 것, 계획하고 있는 것을 이해할 수 있
을 것이다.

　모든 사람이 모델을 알아보게 될 그림을 그리고 싶지는 않다. 세부사항은
의도적으로 무시하고 인물을 그 본질적인 특징에 따라 단순화할 것이다. 쉽
게 말해 내가 그리려는 대상은 아버지의 초상이 아니라 병자를 방문하러 가
는 가난한 시골마을의 전형적인 목사다. 이와 비슷하게 너도밤나무 숲에서
팔짱을 끼고 있는 부부의 그림은 아버지, 어머니가 모델로 자세를 취해주기

를 바라기는 하지만, 아버지 어머니의 초상화가 아니라 서로 사랑하고 신뢰하며 함께 늙어온 모습이다. 그러니 부모님께 두 분을 꼭 닮게 그리려는 의도가 아님을 미리 말씀드려야 하겠지. 작업이 시작되면 내가 정해주는 자세를 취하고 움직이지 않아야 된다는 것도 말씀드려야 하겠고. 여하튼 잘 될 것이라고 생각한다. 빠른 속도로 작업하는 걸 아주 중요하게 생각하기 때문에, 두 분이 힘들어 하실 정도로 오래 걸리지는 않을 것이다.

요즘은 인물을 단순화하는 작업에 완전히 빠져 있다. 나중에 직접 볼 기회가 있을 것이다. 브라반트에 가는 것을 소풍가는 걸로 여기지 말아라. 아주 짧은 기간 동안 번개 같은 속도로 열심히 작업하러 가는 것이니까.

인물을 잘 표현하는 일은 얼굴 생김새를 닮게 그리는 문제가 아니라 전반적인 느낌을 전해주는 문제라고 생각한다. 전통적인 얼굴 표현은 정말이지 싫다. 그런 것보다 미켈란젤로의 「밤」이나 도미에의 작품에 등장하는 주정뱅이, 밀레의 「땅 파는 사람들」, 잘 알려진 대형 목판화 「양치는 소녀」, 혹은 모베가 그린 늙은 말 등을 바라보는 게 낫다.

1883년 7월 11일

세상에 진 빚

테오에게 ◆◆◆

앞으로 얼마나 작업을 계속할 수 있을지 생각해 보면, 많은 문제가 있긴 해도 내 몸이 아직 6년에서 10년 정도는 더 버틸 수 있을 것 같다(더 확실하게 말하자면, 지금 당장 최후의 순간이 오지 않는다는 것이다).

이 정도가 내가 확신하면서 계산에 넣는 기간이다. 그 이후의 문제는 너무 막연해서 아직 단언할 수 없다. 사실 10년 후의 문제는 앞으로 10년간 어떻게 지내느냐에 달려 있다. 이 기간 동안 함부로 지낸다면 마흔 살이 지나서 살아 있지는 못할 것이다. 그러나 이따금 우리를 덮치는 충격을 견딜 만큼 힘을 유지하고, 다소 복잡한 신체적 문제를 극복해 낸다면 40대에도 잘 살아갈 수 있을 것이다.

그런 계산은 현재와는 별 상관이 없다. 그 대신 처음에 말한 것처럼 앞으로 5년에서 10년 동안의 계획은 세워야 한다. 고난을 피하기 위해 몸을 사릴 마음은 없다. 내가 더 오래 살든 짧게 살든, 그건 별 차이가 없다. 게다가 의사들이 말하는 것처럼 건강을 유지하는 일에도 그다지 자신이 없다. 그래서 나는 앞으로 몇 년 동안 어느 정도 양의 작업을 할 것이라는 사실만 알 뿐, 다른 것은 기대하지 않는다.

서두를 필요는 없다. 그것이 문제는 아니니까. 그러나 될 수 있으면 정기적으로, 집중하면서, 핵심에 접근해서, 완벽한 평온과 안정 속에서 작업을 계속해 나가야 한다.

나는 이 세상에 빚과 의무를 지고 있다. 나는 30년간이나 이 땅 위를 걸어오지 않았나! 여기에 보답하기 위해서라도 그림의 형식을 빌어 어떤 기억을 남기고 싶다. 이런저런 유파에 속하기 위해서가 아니라 인간의 감정을 진정으로 표현하는 그림을 남기고 싶다. 그것이 나의 목표다. 이런 생각에 집중하면 해야 할 일이 분명해져서, 더 이상 혼란스러울 게 없다. 요즘은 작업이 아주 느리게 진행되고 있으니, 더욱더 시간을 낭비하지 말아야 겠다.

기욤 레가메이는 사후에 특별한 명성을 남기지는 못했지만(잘 알겠지만 두 사람의 레가메이가 있는데, F. 레가메이는 일본인을 그렸던 사람으로 기욤 레가메이의 동생이다), 내가 아주 존경하는 사람이다. 그는 서른여덟 살에 죽었는데, 죽기 전 6～7년 동안 육체의 어려움을 무릅쓰고 거의 전적으로 데생에 매달려서 아주 개성적인 스타일의 그림을 남겼다. 훌륭한 화가들이 많지만 그는 특히 훌륭한 화가이다.

나를 그에게 빗대려고 이 이야기를 꺼낸 건 아니다. 나는 그 정도로 실력 있는 화가는 아니다. 단지 힘든 상황에서도 평정을 지키며 좋은 작품을 그리는 모습을 보여주며, 강한 의지력으로 스스로를 관리하는 사람의 예를 구체적으로 들고 싶었다.

나는 나 자신에게 굳은 의지를 갖고 몇 년 안으로 사랑과 감정으로 충만한 그림을 그려야 한다고 요구한다. 물론 더 오래 살게 될지도 모른다. 그렇다면 다행이지만, 그걸 염두에 두지는 않는다. 몇 년 안에 무언가 이루어내야 한다는 생각이 내 계획을 이끌어준다. 이제 너도 왜 내가 절실하게 재촉하고 있는지, 단순한 방법을 쓰기로 했는지 더 잘 이해할 수 있겠지. 또 나는 내 그림을 제각기 다른 것으로 보아서는 안 되며, 그걸 모두 합칠 때 하나의 작품이 된다고 생각한다.

1883년 8월 4 ～ 8일

드렌테, 누에넨에서
1883년 9월~1885년 11월

화가는 캔버스를 두려워하지 않는다

1883년 9월, 경제적인 어려움에 처한 고흐는 시엔과 헤어지고 드렌테로 갔다. 그러나 그는 시엔과 그녀의 아이를 버렸다는 자책감에 시달렸다. 그는 드렌테에서 예술가 공동체를 만들겠다는 희망을 품었다. 또 황무지와 석탄 구덩이의 작은 집, 마을과 일하는 농부 등을 그렸다.

드렌테의 풍경은 마음에 들었지만 작업 조건은 너무 열악했다. 날씨가 나빴고 작업실도 없었으며 유화나 데생 재료도 부족했다. 게다가 테오의 경제적인 형편도 불투명했다. 무엇보다 고독을 견디지 못한 그는 석 달 후 누에넨에 있는 가족에게 돌아갔다.

고흐가 집으로 돌아왔지만 부모와의 관계는 매우 심각했다. 그러나 그가 병든 어머니를 돌보면서 상황이 조금 나아지기도 했다. 목사관 창고에 아틀리에를 마련한 그는 독서를 열심히 하는 한편 그림에 열중했다.

1884년 1월, 2월에는 직조공과 풍경을 소재로 유화와 수채화를 많이 그렸다.

그해 여름, 열 살 연상의 마르고트와 사귀면서 결혼을 생각했으나 그녀 가족의 반대에 부딪혀 수포로 돌아갔다.

1885년 3월 26일, 아버지 테오도루스 반 고흐 목사가 목사관 정문에서 쓰러진 후 세상을 떠났다. 아버지와 심각한 갈등을 여러 번 겪었던 그였지만 큰 슬픔에 잠겼다.

4월 말 「감자 먹는 사람들」을 그렸다. 이것은 그가 처음 시도해 보는 대규모 구성작품이었다. 이 그림은 어두운 색조를 띠고 있는데, 그후로 밝은 색채의 필요성을 느끼게 되었다.

◆ 파이프를 물고 귀를 싸맨 자화상 51×45cm · 1889년 1월 · 캔버스에 유채

다시 일어날 것이다

테오에게 ♦♦♦

내 경험에 비추어 가정생활의 즐거움과 슬픔을 그리고 싶기 때문에, 그 생활을 맛보고 싶다. 암스테르담을 떠날 때는 내 사랑이, 그토록 순수하고 강했던 사랑이 문자 그대로 죽어버린 것 같은 느낌이 들었다. 그러나 죽음을 맞이한 후에는 죽은 자로부터 일어나게 된다. 나는 다시 일어날 것이다.

1883년 10 ~ 11월

그림 속의 기쁨

테오에게 ♦♦♦

쥘루에 다녀온 이야기를 해주고 싶어 펜을 들었다. 리베르만이 오랫동안 머물던 마을인데, 그는 그곳에서 최근 살롱에 전시한 「수영하는 여자들」의 초안을 그렸다고 한다. 터뮐렌과 쥘 바퀴젠도 머문 적이 있는 곳이지.

새벽 3시에 작은 마차를 타고 모래 대신 진흙으로 제방을 쌓은, 여기 사람들이 '디에크'라 부르는 길을 따라 광야를 가로질러 달리는 기분을 상상해보렴(집주인 남자가 아센 시장에 볼일이 있다고 해서 함께 갔다). 유람선을 타는 것보다 기분이 더 좋더라.

해가 뜨면서 광야에 흩어져 있는 오두막집 여기저기서 닭 울음소리가 들렸다. 앙상한 포플러나무로 둘러싸인 아담한 시골집, 흙봉분과 너도밤나무 울타리가 있는 교회 묘지 안에 있는 낡고 땅딸막한 탑, 광야와 밀밭의 단조로운 풍경……. 지나치면서 바라본 모든 것이 코로의 가장 아름다운 그림을 생각나게 했다. 그가 그렸던 고요함, 신비, 평화가 그곳에 있었다. 쥘루에 도착한 것은 아침 6시였는데, 아직 어두웠다. 그렇게 이른 시간에 나는 진짜 코로를 본 것이다.

마을로 들어가는 길은 아름다웠다. 집이나 마구간, 양 우리, 헛간의 지붕에는 이끼가 많이 끼어 있었다. 정면이 넓은 이곳의 집은 멋진 청동빛의 떡갈나무 사이에 자리를 잡고 있다. 황금빛을 띠는 녹색의 이끼, 붉거나 푸르거나 노란빛을 띠는 짙은 라일락 그레이의 땅, 자그마한 밀밭의 표현할 수 없을 정도로 맑은 녹색, 느슨하게 매달린 채 황금색 비에 소용돌이치듯 휘날리는 가을잎, 그 속에 우뚝 서서 검은색으로 젖어 있는 포플러나무, 자작나무, 라임오렌지나무, 사과나무……. 듬성듬성 서 있는 나무 사이로 바람이 지나가듯 빛이 스며드는 게 보인다. 그 색채는 얼마나 인상적이던지.

고요하고 밝게 빛나는 하늘은 라일락 색조를 간신히 찾아낼 수 있을 정도로 부유스름하다. 그것은 빨강, 파랑, 노랑이 떨리면서 반사되는 흰색이면서도, 아래쪽에 있는 옅은 안개와 흐릿하게 뒤섞여 섬세한 회색빛을 띠고 있다.

쥘루에서는 단 한 명의 화가도 보지 못했다. 겨울에는 화가들이 오지 않는다고 한다. 나는 이번 겨울을 그곳에서 보내고 싶었다. 만나서 이야기를 나눌 화가가 없었기 때문에, 집주인이 돌아오는 것을 기다리지 않고 걸어오면서 스케치를 하기로 마음먹었다. 우선은 리베르만이 대형 유화를 그렸던 작은 사과나무밭을 스케치했다.

그후, 이른 아침에 마차로 달렸던 길로 되돌아갔다. 요즘 쥘루 주변에는 어린 곡물뿐이어서 눈에 보이는 모든 것이 초록 중에서도 가장 진한 초록빛을 띠고 있다. 그 위로 펼쳐진 하늘은 라일락색과 흰색을 섞어놓은 미묘한 효과를 내는데, 그것은 내가 도저히 만들어낼 수 없는 색인 것 같다. 그러나 그것이 장면 전체의 인상을 잡아내는 열쇠이기 때문에, 반드시 표현할 수 있어야 한다는 생각이 들었다.

끝없이 단조롭게 펼쳐진 검은 땅, 라일락색과 흰색이 미묘하게 조화를 이룬 하늘. 대지는 틀 속에 넣어 짜내기라도 하듯 어린 곡물을 키워낸다. 그것이 드렌테의 비옥한 토지가 하는 일이다. 그리고 그 모든 것은 짙은 안개 속에 있는 듯 흐릿하다.

이제 여기가 어떤 곳인지 너도 알겠지. 여기에 있으면 수백 점의 걸작품이 있는 전시회에 와 있다는 느낌을 받게 된다. 그런 날 무얼 가지고 집으로 돌아왔겠니? 그저 대충 틀만 잡은 스케치 몇 점이지. 그러나 그것 말고도 또 있다. 그림 속에 담겨 있는 조용한 기쁨이다.

1883년 11월 16일

나는 개다

테오에게 ◆◆◆

아버지나 어머니가 본능적으로(의식적으로라고는 말하지 않겠다) 나를 어떻게 생각하는지 알고 있다. 그들은 덩치가 크고, 털이 많으며, 집 안에 지저분한 발로 드나들 게 분명한 개를 집에 두기 망설이는 것처럼 나를 집에 들이는 걸 꺼려 한다. 그래, 그 개는 모든 사람에게 걸리적거리고, 짖는 소리도 아주 큰, 불결한 짐승이다.

그래, 좋다. 그러나 그 짐승은 사람의 내력이 있고 사람의 영혼이 있다. 게다가 다른 개와는 달리 아주 예민해서 사람들이 자신에 대해 어떻게 생각하는지 느낄 수 있을 정도이다.

내가 개라는 사실을 인정하기로 했다. 가족들도 있는 그대로 받아들이려 한다. 이 집은 나에게는 너무 과분하고, 가족들도(그리 예민하지는 않지만) 굉장히 세련된 사람들이다. 그리고 아주 많은 목사들이 있다.

그들이 자신을 계속 집에 두는 이유는 좋아서가 아니라 그저 억지로 참고 있을 뿐임을 개도 알고 있다. 그가 이 집 안에 있는 것을 참고 있을 뿐이다. 그래서 개는 다른 곳에서 새로운 보금자리를 찾으려 한다.

이 개는 한때 아버지의 아들이었지만, 그를 길거리로 내쫓은 사람은 아버지다. 너무 오랫동안 쫓겨나 있던 개는 더 사나워졌다. 그러나 아버지는 몇 년 전에 있었던 그 일을 잊었고, 한 번도 부자관계라는 것이 어떤 의미를 갖는 것인지 깊이 생각해 보지 않았다.

개는 사람을 물 수도 있고 광견병에 걸릴 수도 있다. 그러면 경찰은 그 개를 쫓아가 총으로 쏘아버리겠지. 아, 이 모든 것은 완벽하게 진실이다. 의심의 여지가 없다. 그 개를 집 지키는 개로 삼고 키울 수도 있을 텐데, 그들은 이곳이 평화롭고 어떤 위험도 없는 곳이니 그럴 필요가 없다고 생각한다. 그러니 더 이상 그런 생각은 하지 않겠다.

개는 이곳에 돌아온 걸 후회한다. 그들이 친절하지 않은 건 아니지만, 황야를 떠돌 때도 이 집에서처럼 외롭지는 않았다. 불쌍한 짐승이 돌아온 것은 생각이 모자란 탓이다. 같은 실수를 반복하는 일이 다시는 없기를 바랄 뿐이다.

1883년 12월 15일

나의 야만성

테오에게 ◆◆◆

언젠가 모베는 "자네가 자네만의 예술을 계속 추구한다면, 그리고 지금까지 해온 것보다 더 깊이 파고든다면, 자네 자신을 찾을 수 있을 것이네"라고 말한 적이 있다. 2년 전의 일이다.

요즘 들어 그 말을 자주 생각한다. 결국 나는 나 자신을 찾았다. 바로 그 개가 나 자신이다. 조금 과장된 말인지도 모르지. 사실 그렇게 말할 정도로 상황이 극단적인 건 아닌지 모르겠다. 그러나 기본적으로는 이 표현이 옳다고 믿는다.

본질적인 것만 거론하자면, 어제 편지에서 말한 대로 털 많은 양치기 개는 바로 나 자신이고, 그 동물의 삶이 나의 삶이다. 너에게는 과장된 표현으로 들릴 수 있겠지만 그 말을 취소할 마음은 없다.

나는 그 개의 길을 택했다는 걸 너에게 말해 주고 싶다. 나는 개로 남아 있을 것이고, 가난할 것이고, 화가가 될 것이다. 또 나는 자연 속에서 살아가는 사람으로 남고 싶다. 자연을 떠난 자는 머릿속이 늘 이런저런 생각으로 복잡할 것이다. 계속 그렇게 살다보면 더 이상 검은 것과 흰 것을 구분할 수 없는 상태에 이르기 십상이다. 그러고는 결국 애초에 원하던 것과는 완전히 다른 사람이 되어버리겠지.

너는 아직도 네가 평범한 사람이 될지도 모른다는 두려움을 느낄 때가 있다고 했지. 그러면서 너는 왜 네 영혼 속에 있는 최상의 가치를 죽여 없애려는 거냐? 그렇게 한다면, 네가 겁내는 일이 이루어지고 말 것이다. 사람이 왜 평범하게 된다고 생각하니? 그건 세상이 명령하는 대로 오늘은 이것에 따르고 내일은 다른 것에 맞추면서, 세상에 결코 반대하지 않고 다수의 의견에 따르기 때문이다.

"수컷은 아주 야만적이다"라는 미슐레의 말이 생각난다(그는 이 말을 한 동물학자에게 들었다고 한다). 요즘 내 감정이 무척 격하다는 걸 알고 있고, 그럴 수밖에 없는 이유가 있기 때문에, 나 자신도 '아주 야만적'으로 보일 것이라는 사실을 당연하게 받아들인다. 물론 상대가 나보다 약한 경우에는 격한 감정을 가라앉히고 싸우지 않을 것이다. 그러나 사회적으로 영적인 삶의 안내자라는 지위를 가진 사람〔목사인 아버지를 가리킨다〕과 원칙에 대해 논쟁하는 것은 있을 수 있는 일이고 결코 비열하지 않다. 같은 무기를 들고 싸우는 것이니까.

1883년 12월 17일

내 그림의 매매 가능성

테오에게 ◆◆◆
데생에 대한 네 편지를 읽은 즉시 천을 짜고 있는 사람을 그린 최근 수채화와 다섯 개의 펜 데생을 보냈다. 내 그림이 아직 더 많이 좋아져야 한다고 말할 권리가 너에게 있는 건 분명하다. 그러나 너도 그림을 팔아보려는 노력을 더 확실히 보여야 한다고 생각한다. 넌 내 그림을 아직 단 한 점도 팔지 못했잖아. 많고 적은 게 문제가 아니다. 사실 너는 팔려는 노력도 하지 않은 게 아니냐?

글쎄, 내가 그런 문제에 대해 화를 내는 건 아니지만, 이제 솔직한 심정을 말할 필요가 있겠다. 이렇게는 더 이상 못 견디겠다. 이 편지를 읽고 너도 네 입장을 솔직히 말해 다오.

내 그림의 매매 가능성에 대한 이야기라면 이미 끝난 문제이니 더 이상 말하고 싶지 않다. 여하튼 네 평에 대한 내 대답은, 네가 보는 바와 같이, 새로 그린 그림 몇 점을 보내는 것이다. 내가 계속 그렇게 할 수 있다면 아주 행복할 것이다. 사실 더 나은 어떤 것도 바라지 않는다. 단지 네가 내 그림을 팔기 위해 신경 쓸 마음이 있는지(그게 내가 바라는 것이지) 아니면 네 위신이 그걸 허용하지 않는지, 그저 한 번이라도 솔직한 이야기를 듣고 싶다. 과거는 접어두고 미래를 생각해야 하겠지. 네가 내 그림에 대해 어떻게 생각하는지 상관없이 나는 반드시 그림으로 무언가를 이룰 수 있도록 노력할 것이다.

테오야, 나도 이젠 내 앞길을 결정해야 한다. 기억하는지 모르지만, 너와 나의 관계는 몇 년 동안 변함이 없다. 최근에 보낸 그림에 대해 너는 "이제는 팔아도 될 만한 그림인데, 하지만……"이라고 했는데, 그건 내가 처음으로 브라반트의 풍경 스케치를 보냈을 때 네가 띄운 편지의 내용과 글자 한 자 다르지 않다.

그래서 내 그림의 매매 가능성에 대한 이야기는 이미 끝난 문제라고 한 것이다. 너는 영원히 같은 말만 반복하겠지. 지금까지 화상을 찾는 걸 꺼리던 내가 방법을 바꿔서 작품을 팔기 위해 최선을 다하겠다는 결론을 내린 것은 바로 그 때문이다.

1884년 3월 1일

예술, 사람의 영혼에서 솟아나오는 것

친애하는 친구 안톤 반 라파르트에게 ◆◆◆

편지 고맙네. 받아보고 아주 즐거웠네. 특히, 자네가 내 데생에서 무언가를 보았다는 걸 읽고 무척 기뻤다네.

기술 문제에 대해 일반적인 이야기는 하지 않겠네. 단지 내 그림이 더 많은 표현력을 갖게 되었기 때문에, 오히려 기술이 부족하다는 말을 전보다 더 많이 듣게 될 거라고 생각하네.

내 그림이 말하려는 것을 더 강렬하게 표현할 수 있도록 노력해야 한다는 자네 의견에 동의하네. 그 점을 강화하기 위해 열심히 작업하고 있지. 그러나 그렇게 한다고 사람들이 나를 더 잘 이해하게 될까. 그렇지는 않아.

자네는 내가 기술 문제는 전혀 신경 쓰지 않고 노력도 하지 않는다고 생각하나? 나는 노력하고 있다네. 아직은 내가 말하고 싶은 것을 겨우 전달할 수 있는 수준에 불과하지만. 어쩌면 아직 그 수준도 안 될지 모르지만. 완벽하지는 못해도 더 나아지려고 열심히 노력하고 있네. 그러나 내 언어가 수사학자들의 언어와 일치하는지에 대해서는 관심이 없네. 생각해 보게. 만일 누군가 쓸모 있고 참되고 필요한 무언가를 말할 때, 이해하기 힘든 말로 한다면, 그게 말하는 사람에게든 듣는 사람에게든 무슨 소용이 있겠나?

화가의 경우를 이야기해 보세. 화가가 할 일이란 게 기껏 물감으로 기묘한 얼룩을 만들어내는 것 이상의 '다른 어떤 것'도 아니란 말인가? 그림을 그리면서 제 마음대로 변덕을 부리는 게 세련된 기술로 알려진 것인가? 결코 그렇지 않네. 위대한 선구자인 코로, 도비니, 뒤프레, 밀레, 이스라엘스의 그림을 보게. 그들의 작품은 단순히 물감만 칠한 수준을 초월하고 있지 않은가. 누마 룸스탄의 수사적 장광설이 기도도 좋은 시도 못 되는 반면 그들의 그림은 유행에 민감한 떼거리의 짓과는 전적으로 다른, 아주 빼어난 것이지. 우리가 자신의 기술을 발전시키려 노력해야 하는 까닭은 오직 자신이 느끼는 것을 더 정확하고 심오하게 표현하기 위해서이며, 쓸데없는 말은 적을수록 좋다네. 그 밖의 문제는 신경 쓸 필요가 없지.

이런 말을 하는 것은 가끔 자네가 자네 작품에 대해 불만스럽게 생각하는 걸 보아왔기 때문이네. 내 눈에는 좋아 보이는 작품에 대해서도. 나는 자네 기술이 하버만보다 낫다고 보네. 자네 그림은 개성이 있으며, 충분히 생각한 끝에 작업한 느낌을 주기 때문이지. 반대로 하버만의 작품은 작업실 냄새가 너무 짙어서 자연의 냄새를 전혀 맡을 수 없고, 관습에 따라 그려진 느낌을 받네. 우리가 아직도 토레와 테오필 고티에의 시대에 살고 있는 건 아니지만, 감정에 따라 그려진 것을 다른 무엇보다 높게 평가하는 예술애호가들이 여전히 존재한다네.

오늘날 기술에 대해 많은 말을 하는 것이 분별 있는 일인지 한번 생각해보게. 자네는 바로 지금 내가 그러고 있지 않느냐고 하겠지. 사실 그걸 후회하고 있네. 언젠가 지금보다 붓을 더 잘 다룰 줄 알게 되었을 때에도, 사람들한테는 그림을 그릴 줄 모른다고 말하기로 작정했네. 알겠나? 더 완벽하고 간결한 양식을 확고하게 만들어냈을 때에도 그럴 작정이네.

나는 헤르코머가 이미 그림을 그릴 줄 아는 사람들을 위해 미술학교를 열었을 때 한 말이 마음에 드네. 그는 학생들에게 부디 자신이 그렸던 방식에 따라 그림을 그리지 말고, 스스로의 방식으로 그리라고 격려했지. 그리고 "내 목표는 헤르코머의 학설을 따르는 사도 집단을 만드는 게 아니라 창의적이고 자유로운 표현형식을 확립하는 것이다"라고 했다네. 사자는 원숭이

◆ 베틀에 몸을 숙인 직조공   27×40cm · 1884년 5월 · 연필, 펜

짓을 하지 않는 법이지.

근래 천을 짜는 사람을 위해 베틀의 북을 돌리며 앉아 있는 소녀와 직조기를 유화로 그렸네. 자네가 조만간 내 유화 습작을 볼 수 있기를 기대하네. 그 그림에 만족하기 때문이 아니라 내가 정말 손을 쉬지 않고 있으며, 기술에 상대적으로 적은 비중을 두는 것도 문제를 피하려는 게 아니라는 것을 보여줄 수 있다고 생각하기 때문이네. 문제를 피하는 건 내 방식이 아니라네.

나는 기술에 대해 말하는 걸 싫어하네, 라파르트. 어떨 때는 떠오른 생각을 어떻게 그려야 할지 자네나 다른 사람과 이야기하고 싶은 충동을 느낄 때도 있지만, 그런 토론이 실제로 의미가 있는지는 잘 모르겠네.

그렇게 생각하는 것은 긍정적인 이유가 있어서이네. 예술은 우리의 기술, 지식, 교육보다 더 위대하고 고차원적인 것이라는 인식 말일세. 예술이 사람의 손으로 만들어졌다는 말은 사실이지만, 단지 손에 의해서만 이루어졌다고 할 수는 없네. 더 깊은 원천에서, 바로 사람의 영혼에서 솟아나온 것 아닌가. 반면 예술에 결부된 능숙함과 기술에 대한 전문적인 지식은, 종교가 자기 정당화를 위해 이론을 세우는 것을 연상시킨다네.

이스라엘스와 볼롱 두 사람 모두 기술적으로 능란하지만, 나는 볼롱보다 이스라엘스가 더 마음에 드네. 이스라엘스의 작품 속에서 더 많은 걸 발견하기 때문이지. 단순히 소재를 그림 속으로 잘 옮겨놓는 것과는 다른 어떤 것, 단순한 명암과는 다른, 단순한 색채의 나열과는 다른 어떤 것을 볼 수 있다는 것이지. 물론 그 '다른 어떤 것'은 빛의 효과와 소재의 색을 정확히 표현하여 얻어진 것이 사실이네.

내가 볼롱의 작품보다 이스라엘스의 작품에서 훨씬 많이 발견하는 이 특징을 엘리엇과 디킨스의 글에서도 볼 수 있네. 그게 그들이 주제를 잘 선택했기 때문이라고 생각하나? 아닐세, 주제 선택은 하나의 원인에 불과하네.

내가 하고 싶은 말은, 엘리엇이 글솜씨도 뛰어나지만, 그것을 넘어서서 자기 영역에서는 천재라는 점이지. 그의 책을 읽으면 우리는 더 발전하게 되네. 그 책이 우리를 책 앞에 붙잡아두고 생각하게 만드는 힘을 가지고 있기 때문이지.

내 의지와는 무관하게, 또 실제로는 전시회에 대해 깊이 생각해 본 적도 없으면서 여기에 대한 글을 많이 써왔네. 우연히 그 사실을 깨달았을 때, 놀라면서 내 생각을 되새겨보게 되었네. 만일 어떤 그림이 아주 철저하고 정직하며 훌륭한 것을 담고 있다면, 후에 그 작품이 어떻게 취급되든 상관없다는 말을 덧붙여야 했는데……. 좋은 사람 수중에 들어가든, 나쁜 사람 수중에 들어가든, 정직한 사람이나 부정직한 사람 수중에 들어가든, 그 그림에서 훌륭한 어떤 것이 퍼져 나오기 때문이네.

내 말의 요지는, 사람들이 우리의 그림을 보고 기술이 너무 부족하다고 생각할 정도로 기술의 비밀을 잘 파악하도록 노력하자는 것이네. 다시 말해서, 우리의 작업이 너무 능숙해서 소박해 보일 정도로 우리의 영리함이 드러나지 않도록 하자는 것이지. 내가 이런 경지에 도달했다고는 믿지 않네. 나보다 앞서가는 자네조차도 아직 거기까지는 이르지 못했다고 보네.

1884년 3월

삶의 여백

테오에게 ◆◆◆

의욕적으로 일하려면 실수를 두려워해서는 안 된다. 사람들은 흔히 잘못을 저지르지 않으면 훌륭하게 될 거라고 하지. 하지만 그건 착각이다. 너도 그런 생각은 착각이라고 말했잖아. 그들은 그런 식으로 자신의 침체와 평범함을 숨기려고 한다.

사람을 바보처럼 노려보는 텅 빈 캔버스를 마주할 때면, 그 위에 무엇이든 그려야 한다. 너는 텅 빈 캔버스가 사람을 얼마나 무력하게 만드는지 모를 것이다. 비어 있는 캔버스의 응시, 그것은 화가에게 "넌 아무것도 할 수 없어"라고 말하는 것 같다. 캔버스의 백치 같은 마법에 홀린 화가들은 결국 바보가 되어버리지. 많은 화가들은 텅 빈 캔버스 앞에 서면 두려움을 느낀다. 반면에 텅 빈 캔버스는 "넌 할 수 없어"라는 마법을 깨부수는 열정적이고 진지한 화가를 두려워한다.

캔버스와 마찬가지로 우리의 삶도 무한하게 비어 있는 여백, 우리를 낙심케 하며 가슴을 찢어놓을 듯 텅 빈 여백을 우리 앞으로 돌려놓는다. 그것도 영원히! 텅 빈 캔버스 위에 아무것도 없는 것처럼, 삶이 우리 앞에 제시하는 여백에는 아무것도 나타나지 않는다. 삶이 아무리 공허하고 보잘것없어 보이더라도, 아무리 무의미해 보이더라도, 확신과 힘과 열정을 가진 사람은 진리를 알고 있어서 쉽게 패배하지는 않을 것이다. 그는 난관에 맞서고, 일을 하고, 앞으로 나아간다. 간단히 말해, 그는 저항하면서 앞으로 나아간다.

1884년 10월

젊은 화가의 아버지, 밀레

테오에게 ◆◆◆

일반 대중이 밀레의 작품에 무관심하다는 걸 알게 되었는데, 그런 태도가 화가나 그림을 팔아야 하는 사람을 의기소침하게 하는 것 같다고 지난번 편지에 썼더구나. 나도 전적으로 공감한다. 밀레도 그걸 느꼈고, 알고 있었다.

상시에의 책에서 밀레가 그림을 처음 그리기 시작했을 때 한 말을 읽고 깊은 감명을 받았다. 그 말이 정확히 생각나지는 않지만 골자만 기억하고 있다. "그것은[사람들의 무관심] 내가 값비싼 구두를 신고 신사의 생활을 원한다면 기분이 나쁘겠지만, 나막신을 신고 나갈 거니까 그럭저럭 살아갈 수 있을 것이다." 그리고 결국 그렇게 되었지.

내가 잊을 수 없는 건, '문제는 거기에 나막신을 신고 가는 것'이라는 대목이다. 다시 말해, 농부들이 만족하는 종류의 음식, 음료, 옷, 숙소에 만족해야 한다는 것이지.

밀레는 실제로 그렇게 살았다. 그는 정말이지 다른 어떤 것도 원하지 않았다. 다른 화가들이 본받아야 할 모범을 보인 것이지. 다소 화려한 생활을 한 이스라엘스나 모베 같은 사람들은 따르지 않았지만, 밀레는 젊은 화가들이 모든 문제에서 의지하고 조언을 구할 수 있는 아버지 같은 존재다. 내가 많은 사람을 알고 있는 건 아니지만, 대부분의 사람은 밀레의 견해에 동의하지 않을 것이라고 본다. 그러나 나는 그의 견해가 옳다고 생각하며, 그가 말한 것을 전적으로 믿는다.

밀레에 대해 이렇게 길게 쓰는 것은, 도시에 사는 화가가 농부를 아무리 멋지게 그려도 그 인물은 농부라기보다 파리 근교에 사는 사람을 떠올리게 할 뿐이라고 네가 지난 편지에 썼던 내용이 기억났기 때문이다. 나도 같은 인상을 받곤 했다. 그건 화가들이 농부의 생활 속으로 뛰어드는 데 실패했기 때문이 아닐까? 밀레는 예술에 모든 것을 바쳐야 한다고 말했다.

드 그루는 농부를 잘 그렸는데, 이것이 그의 장점 중 하나다(그런데도 국가에서는 그에게 역사적 내용을 담은 그림을 그리라고 요구했다! 그것도 잘 해내긴 했지만, 드 그루가 원래의 모습을 지킬 수 있었다면 얼마나 좋았을까). 그가 아직도 벨기에 사람들한테 제대로 평가받지 못하는 것은 수치스럽고 불명예스러운 일이다.

드 그루는 밀레에 비견할 만한 거장인데, 아직까지도 대중들에게 잘 알려지지 못한 채 도미에나 타세르처럼 무명으로 남아 있다. 그러나 그의 예술관을 이어받아 작업하는 사람들이 있다. 예를 들자면, 멜러리가 그렇다. 최

◆ **토탄을 줍는 두 명의 농촌 여인** 27.5×36.5cm · 1883년 10월 · 캔버스에 유채

근에 한 삽화잡지에서 멜러리의 그림을 보았다. 뱃사공 가족이 배의 작은 선실에 모여 있는 걸 그린 그림인데, 남편과 아내, 아이들이 탁자 주위에 둥그렇게 앉아 있는 장면이었다.

대중의 인기 문제라면, 몇 년 전 르낭에서 그 주제를 다룬 글을 읽은 적이 있다. 지금도 그 내용을 기억하고 있으며 전적으로 찬성한다. 즉, 훌륭하고 유용한 일을 해내려는 사람은 대중의 승인이나 평가를 기대하거나 추구해서는 안 되며, 열정적인 가슴을 가진 몇 안 되는 사람들의 공감과 동참만을 기대해야 한다는 것이다. 어쩌면 불가능한 일인지 모르지만.

1885년 4월 13일

◆ 식탁에 앉아 있는 농부
44×32.5cm · 1885년 3~4월 · 캔버스에 유채

◆ 베틀을 돌리고 있는 농촌 여인
41×32.5cm · 1885년 2~3월 · 캔버스에 유채

「감자 먹는 사람들」, 진정한 농촌 그림

테오에게 ◆◆◆

네 생일을 맞아, 늘 건강하고 마음에 평화가 가득하기를 간절히 기원한다. 오늘에 맞춰 유화 「감자 먹는 사람들」을 보내고 싶었는데, 작업이 잘 진행되긴 하지만 완성하지는 못했다. 최종 그림은 기억을 더듬어 그리니 비교적 짧은 시간에 완성되겠지만, 겨울 내내 이 그림을 위해 머리와 손 그리는 연습을 해왔다.

강한 열의를 갖고 작업에 임했기에, 며칠 동안은 치열한 전투를 치르는 것 같았다. 가끔은 그림이 완성되지 않을 것 같은 느낌이 들어 두렵기도 했다. 그러나 그림을 그린다는 게 뭐냐. '행동하고 창조하는 것' 아니냐.

「감자 먹는 사람들」은 황금색과 잘 어울릴 것 같다. 혹은 짙게 그늘진 잘 익은 곡물 색의 벽지를 바른 벽 위에 걸어놓아도 잘 어울릴 것이다. 그러나 이런 식으로 배치하지 않고 그림을 보여서는 안 된다.

특히 어둡거나 흐린 배경에서는 이 작품의 장점이 잘 드러나지 않을 것이다. 그림의 내용이 아주 어두운 회색조의 실내를 들여다보는 것이기 때문이다. 실제 삶 속에서도, 램프가 하얀 벽 위로 뿜어내는 열기와 불빛은 관찰자에게 더 가깝기 때문에, 전체 장면을 황금색 불빛 속에서 보게 된다. 물론 관객은 그림 바깥에 있다. 그러나 자연스러운 상태에서 그림 전체가 뒤쪽으로 투영되고 있는 것이다.

다시 한 번 말하지만, 이 그림의 주변에는 짙은 황금색이나 구릿빛이 칠해져 있어야 한다. 그 그림을 제대로 보고 싶다면, 부디 내 말을 잊지 말아라. 황금빛 색조와 함께 배치해야 그림이 더 잘 살아난다. 불행하게도 흐리거나 검은 배경에 놓인다면, 대리석 같은 질감이 죽어버릴 것이다. 그림자를 푸른색으로 칠했기 때문에 황금색이 이것을 돋보이게 해준다.

어제 에인트호벤에 사는 그림 그리는 친구의 집에 그 그림을 가지고 갔다. 사흘 동안 그곳에 머무르며 그림에 달걀 흰자위를 칠하고, 약간의 세부 손질을 해서 마무리하려 한다.

친구는 색 다루는 법을 배우려고 아주 열심인데, 「감자 먹는 사람들」에 특히 매료되었다. 석판화를 제작하기 위해 그렸던 습작을 이미 본 적이 있는 그 친구는 내가 색채와 데생을 그 정도로 잘 다루리라고는 믿지 않았다고 했다. 그도 모델을 두고 그리기 때문에 농부의 머리나 손, 손가락이 어떠한지 잘 알고 있었지만, 이제 그것을 어떻게 그려야 할지 새롭게 이해하게 되었다고 했다.

나는 램프 불빛 아래에서 감자를 먹고 있는 사람들이 접시로 내밀고 있는 손, 자신을 닮은 바로 그 손으로 땅을 팠다는 점을 분명히 보여주려고 했다. 그 손은, 손으로 하는 노동과 정직하게 노력해서 얻은 식사를 암시하고 있다.

이 그림을 통해 우리의 생활방식, 즉 문명화된 사람들의 것과는 상당히 다른 생활방식을 보여주고 싶었다. 사람들이 영문도 모르는 채 그 그림

◆ 감자 먹는 사람들
26.5×30.5cm · 1885년 4월 · 석판화

◆ **감자 먹는 사람들** 81.5×114.5cm · 1885년 4월 · 캔버스에 유채

에 감탄하고, 좋다고 인정하는 것이 내가 궁극적으로 바라는 일이다. 그것을 위해 겨울 내내 이 직물을 짜낼 다양한 색채의 실을 손에 쥐고서, 그 결정적인 짜임새를 찾아왔다. 아직은 다듬어지지 않고 거친 모양을 한 천에 불과하지만, 그 천을 짠 실은 세심하게, 그리고 특정한 규칙에 따라 선택되었다.

언젠가는 「감자 먹는 사람들」이 진정한 농촌 그림이라는 평가를 받을 것이다. 감상적이고 나약하게 보이는 농부 그림을 좋아하는 사람은 다른 대상을 찾겠지. 그러나 길게 봤을 때는 농부를 전통적인 방식으로 달콤하게 그리는 것보다, 그들 특유의 거친 속성을 살려내는 것이 더 좋은 결과를 낳을 것이다. 여기저기 기운 흔적이 있고 먼지로 뒤덮인 푸른색 스커트와 상의를 입은 시골 처녀는 날씨와 바람, 태양이 남긴 기묘한 그늘을 갖고 있을 때 숙녀보다 더 멋지게 보인다고 생각한다. 그녀가 숙녀들이 입는 옷을 걸친다면, 특유의 개성은 사라져버릴 것이다. 또한 농부는 일요일에 교회에 가려고 신사복을 차려입었을 때보다 작업복을 입고 밭에 나가 있을 때가 더 좋아 보인다.

이와 비슷하게, 농부의 삶을 담은 그림을 전통적인 방식으로 세련되게 그리는 것은 잘못이다. 농촌 그림이 베이컨, 연기, 찐 감자냄새를 풍긴다고 해서 비정상적인 게 아니다. 마구간 그림이 거름 때문에 악취를 풍긴다면 훌륭하다고 해야겠지. 바로 그게 마구간이니까. 밭에서 잘 익은 옥수수나 감자냄새, 비료냄새, 거름냄새가 난다면 지극히 건강한 것이지. 특히 도시에 사는 사람들한테는 더욱 그렇다. 그런 그림이 그들에게 도움이 될지도 모른다. 그러나 어떤 일이 있어도 농촌생활을 다룬 그림에서 향수냄새가 나서는 안 된다.

네가 이 그림에서 마음에 드는 것을 발견하게 될런지 궁금하다. 그랬으면 좋겠다.

포르티에 씨가 내 그림을 취급하겠다고 말한 적이 있는데, 그에게 습작보다 나은 것을 보낼 수 있어서 다행이다. 뒤랑 뤼엘에게는, 비록 그가 데생이 그리 가치 있는 것이라고 생각하지 않는다는 건 알지만, 이 유화를 보이도록 해라. 그가 이 그림을 추하다고 생각한다면 그대로 내버려두렴. 상관없다. 그러나 그에게 그 그림을 한번 보여주기는 해라. 사람들에게 우리가 최선을 다하고 있다는 걸 보여주어야 할 것 아니냐. 분명 "웬 쓰레기 같은 그림이냐!"는 말을 들을 게 뻔하지만. 내가 각오하고 있듯 너도 각오해야 할 것이다. 그래도 우리는 계속해서 진실하고 정직한 그림을 그려야 한다.

농촌생활을 그리는 것은 정말 쉽지 않다. 그러나 예술과 인생에 대해 진지하게 생각하는 사람들이 진지한 반성을 하게 될 그림을 그리지 않는다면, 스스로를 용납할 수 없다.

밀레나 드 그루 같은 화가들이 "더럽다, 저속하다, 추악하다, 악취가 난다" 등등의 빈정거림에 귀를 기울이지 않고 꾸준히 작업하는 모범을 보였는데, 내가 그런 악평에 흔들린다면 치욕이 될 것이다. 그래서는 안 되지. 농부를 그리려면 자신이 농부인 것처럼 그려야 한다. 농부가 느끼고 생각하는 것을 똑같이 느끼고 생각하며 그려야 할 것이다. 실제로 자신이 누구인가는 잊어야 한다. 자주 생각하는 문제인데, 농부는 여러 가지 점에서 문명화된 세계보다 훨씬 더 나은 세계에서 살고 있는 것 같다. 모든 점에서 그렇다는

◆ 식사하는 농촌 여인
42×29cm · 1885년 2~3월 · 캔버스에 유채

◆ 양말을 깁고 있는 여인
28.5×18.5cm · 1885년 3월 · 캔버스에 유채

것은 아니지만, 도대체 그들이 예술이나 다른 많은 것에 대해 알아야 할 이유가 있겠니?

더 작은 크기의 습작도 여럿 있다. 그러나 큰 작품을 그리느라 바빠서 다른 그림을 많이 그리지 못했다는 건 너도 이해하겠지. 그림이 완성되고 물감이 마르자마자 작은 습작과 함께 너에게 보낼 생각이다. 발송을 너무 늦추지 않는 게 좋을 것 같아서 서두르고 있다. 그렇게 하려면, 그 그림의 두 번째 석판화는 포기해야 할 것 같다. 이 그림에 대한 포르티에 씨의 보증서를 받을 수 있다면 좋겠다.

그 그림에 너무 빠져 지내느라 이사해야 한다는 것도 잊을 뻔했다. 이사에도 신경을 써야 했는데……. 이사 걱정을 하지 않는 것은 아니지만, 이런 장르의 그림을 그리는 화가는 워낙 해야 할 일이 많아서 다른 화가보다 더 편하게 지내기를 바랄 수 없을 것 같다. 게다가 그들이 어떻게든 그림을 그리는 이상 나도 물리적 어려움으로 잠시 주저할 수는 있지만 '파괴되거나 침식되어서는' 안 될 것이다. 그러니 어쩔 수 없다.

나는 「감자 먹는 사람들」이 아주 좋은 작품이 되리라 믿는다. 너도 알다시피, 근래 며칠간은 물감 때문에 고생했다. 물감이 완전히 마르기 전에는 그림을 망칠 각오를 하지 않고는 붓질 한 번 마음대로 할 수 없었기 때문이다. 그러니 수정할 때는 작은 붓으로 냉정하고 침착하게 해야 했다. 가끔 그림을 친구에게 가져가서 혹시 내가 그림을 망치는 건 아닌지 물어본 것도, 마지막 손질을 그의 작업실에 가서 하는 것도 그 때문이다.

너도 이 그림이 독창적이라는 걸 확실하게 알게 될 것이다. 네 생일에 맞추지 못한 것은 정말 미안하게 생각한다.

1885년 4월 30일

현대 인물화는 무엇을 추구해야 하는가

테오에게 ◆◆◆

최근 작업을 마친 캔버스 네 점이 어딘가로 사라져버렸으면 좋겠다. 그걸 계속 가지고 있으면, 다시 손질해야 할 것 같다. 황야에서 그린 그림은 네가 보관하는 것이 좋겠다고 생각하지만, 너에게 수취인 부담으로 보내고 싶지 않아서 포기하고 말았다. 네가 돈이 모자란다고 하는데 그럴 수는 없지. 나도 우송료를 부담할 능력은 안 되고.

나는 지금 남들이 가장 피하고 싶어 하는 사람이 될 처지다. 무슨 말이냐 하면, 돈 부탁을 해야 할 입장이다. 당분간 그림이 팔릴 것 같지도 않기 때문에 좀 심각한 상황이다. 그러나 이럴 때 가만히 앉아서 사색이나 하고 있느니, 작업에 몰두하는 게 우리 두 사람을 위해서 더 낫겠지.

테오야, 나는 미래를 예견하지는 못한다. 그러나 모든 것이 변한다는 법칙은 알고 있다. 10년 전을 생각해 보자. 그때는 모든 것이 달랐지. 환경, 사람들의 분위기……. 그러니 앞으로 다가올 10년 동안에도 많은 변화가 있을 것이다. 그렇다 해도 우리의 작품은 남을 것이다. 나는 내가 한 일을 후회하지 않을 테다. 더 적극적인 사람이 더 나아진다. 게으르게 앉아 아무것도 하지 않느니 실패하는 쪽을 택하겠다.

내 그림을 전혀 본 적이 없는 사람에게 시골집을 그린 캔버스 네 개와 작은 습작을 보인다면, 그는 내가 시골집만 그렸다고 생각하겠지. 마찬가지로 인물화 시리즈를 본 사람은 내가 인물화만 그렸다고 할 것이다. 그러나 농촌생활에는 다른 것도 많이 있다. 밀레는 "여러 명의 노예가 일하듯이 그린다"고 한 적이 있는데, 우리가 작품을 완성하려면 얼마나 힘들게 일해야 하는지를 잘 표현해 주는 말인 것 같다.

누군가는 "천사를 그리다니! 도대체 누가 천사를 보기나 했단 말인가"라는 쿠르베의 말을 비웃을지도 모르겠다. 그러나 나는 그 말에 빗대어 「하렘의 재판관들」이라니, 도대체 누가 하렘의 재판관들을 봤지"라고 말하고 싶다. 무어인 그림과 스페인풍 그림, 추기경의 초상화, 그리고 그 모든 역사적 회화들이 보지도 못한 것을 멋대로 늘이고 줄이고 있지 않느냐 말이다. 그런 그림이 무슨 소용이 있을까? 도대체 그들은 무엇 때문에 그런 그림을 그렸을까? 그 대부분은 몇 년도 안 되어 흥미를 잃고 따분하게 보일 텐데. 어쩌면 지금까지 그런 그림을 잘도 그렸으니, 앞으로도 그렇게 될지 모르지.

미술전문가가 벤자민 콘스탕의 작품과 흡사한 그림이나, 스페인 추기경이 개최하는 피로연을 그린 그림 앞에 서면 아주 의미심장한 분위기로 '능숙한 기술'에 대해 말하는 건 거의 관례적이다. 같은 미술전문가가 농촌 생활을 다룬 그림이나 라파엘리 같은 사람의 데생을 볼 때면, 여전히 의미심장한 분위기를 연출하면서 그 기술을 비판할 것이다.

이런 말을 하는 건 옳지 않다고 생각할지 모르지만, 나는 정말이지 그 모든 이국적인 그림을 작업실 안에서 그렸다는 사실에 충격을 받았다. 밖으로 나가 현장에서 직접 그려야지! 온갖 사건이 현장에서 일어나고 있는데. 이번에 작업한 캔버스 네 점도 먼지나 모래는 말할 것도 없고, 족히 100마리는 될 파리떼를 쫓아내면서 완성했다. 그림을 몇 시간씩 황야나 나무울타리 너머로 가지고 다니다 보면, 꼭 한 군데는 나뭇가지에 긁히게 된다.

이런 날씨에 몇 시간씩 걸어 황야까지 가면, 도착했을 때는 피로에 지쳐 있게 마련이다. 게다가 모델이 직업모델처럼 꼼짝 않고 서 있어주는 것도 아니고. 그림을 그리다 시간이 지나면 애초에 그리고 싶었던 인상은 사라져 버리기 일쑤다.

너는 어떨지 모르지만, 나는 농촌에서 작업하면 할수록 이곳 생활에 더 깊이 빠져든다. 그래서 카바넬의 그림은 더 이상 신경 쓰지도 않게 되지. 흔히 높은 평가를 받고 있지만 이루 말할 수 없을 정도로 헛되고 건조한 기술을 구사하는 화가들, 즉 자케, 요즘 화가로는 벤자민 콘스탕, 그리고 이탈리아와 스페인 화가도 마찬가지다. 그들은 '대중판화 제작가'라는 자크의 표현을 떠올리게 한다.

어쩌면 내가 너무 편파적인지도 모르지. 농부가 아니라 다른 대상을 그린 라파엘리에 감동하고, 농부와 전혀 상관없는 것을 표현하는 앨프리드 스티븐스, 제임스 티솟에 감동하니까. 그러나 아름다운 초상화에는 감동할 수밖에 없다.

농부나 넝마주이를 그리는 것보다 더 단순한 일은 없을 것 같지만, 사실 회화에서는 일상적인 인물만큼 그리기 힘든 소재도 없다. 땅을 파는 농부, 바느질하는 여자, 화덕 위에 냄비를 올려놓는 여자, 여자 재봉사 등을 스케치하고 유화로 그리는 법을 가르치는 미술학교가 있다는 말은 들어보지 못했다. 반면에 어떤 도시에서든 다양한 모델 중 원하는 대로 선택해서 그릴 수 있는 미술학교가 하나 정도는 있게 마련이다. 그곳에서는 역사적 인물이든 아라비아 사람이든 루이 15세든 모든 종류의 인물을 그리는 게 가능하다. 단지 그들이 지금 실제로 존재하는 사람이어서는 안 된다는 조건이 있을 뿐이다.

밭에서 그린 연작 중 밭갈이 하는 농부나 잡초 뽑고 이삭 줍는 여인을 그린 습작 몇 점을 너와 세레가 받아 보면, 여러 가지 결함을 발견하게 될 것

◆ **낫질하는 농부** 41×51cm · 1885년 · 검은색 크레용

◆ **몸을 숙이고 있는 여인**
52×43cm · 1885년 · 검은색 크레용

◆ **이삭 줍는 여인**
52×43cm · 1883~1885년 · 검은색 크레용

이다. 충고나 지적은 진심으로 고맙게 받겠다.

그러나 그 전에 한 가지 말하고 싶은 게 있다. 아카데미의 인물화는 모두 같은 방식으로 잘 구성되어 있다. 더 이상 고칠 곳도 없고, 실수 하나 없이 매끄럽게 그려졌지. 그러니 '그 이상 더 잘할 수 없다'는 점은 인정하겠다. 그러나 그런 그림은 우리가 새로운 가치를 발견하게끔 이끌어주지 못한다.

밀레, 레르미트, 레가메이, 도미에 등이 그린 인물은 그렇지 않다. 그들도 물론 구성을 잘했지만, 아카데미가 가르치는 방식은 아니다. 인물이 아무리 아카데미식으로 옳게 그려졌어도 현대 회화의 특징인 개인적이고 친밀한 느낌과 행동이 결여된다면, 앵그르가 그렸을지라도 피상적인 그림에 불과하다(앵그르의 「샘」은 예외다. 그 그림은 과거에도 현재에도 미래에도 항상 새로운 것을 담고 있었고, 담고 있으며, 담고 있을 것이기에).

그러면 인물이 더 이상 피상적이지 않다는 건 무엇을 의미할까? 그건 땅을 파는 사람이 땅을 파고, 농부가 농부답고, 시골 아낙이 시골 아낙다울 때다. 전혀 새로울 게 없는 말이지? 그러나 오스타데와 테르보르히가 그린 사람조차도 요즘 사람이 일하는 모습을 하고 있지는 않다.

이 문제에 대해서는 아직 할 말이 많다. 내가 새로 시작한 그림을 얼마나 향상시키고 싶어하는지, 또 내 그림보다 다른 화가의 작품을 얼마나 더 높이 평가하는지도 말해 주고 싶다. 그런데 옛 네덜란드 화파의 그림에서 밭갈이 하는 농부나 바느질하는 여자를 단 한 명이라도 본 적이 있니? 그 화가들이 일하는 사람을 그리려고 노력한 적이 한 번이라도 있었나? 벨라스케스가 그의 「물장수」속에 일하는 사람을 그리거나, 민중 속에서 모델을 찾은 적이 있을까? 전혀 그런 적이 없다. 전 시대 그림의 등장인물이 하지 않은 것, 그건 바로 노동이다.

작년 겨울 눈 속에서 당근을 뽑고 있는 여인을 보았는데, 지난 며칠 동안은 그 모습을 그렸다. 밀레도 일하는 사람을 그렸지. 레르미트, 이스라엘스 같은 농촌화가들 중 상당수가 노동을 다른 무엇보다 아름다운 것으로 간주했다.

그런데 이제는 인물을 그리는 화가가 얼마나 적은지 모른다. 그래, 다른 무엇보다 인물 자체를 위해서, 형식과 입체적인 표현을 위해 그리는 사람은 드물다. 그러나 인물을 그린다면, 움직이고 있는 모습으로 그리는 것 외에 다른 가능성은 상상할 수 없다. 움직임 자체를 위해, 그것을 포착해서 그리고 싶다. 관습적인 동작을 많이 그렸던 옛 거장들과 네덜란드 거장들조차 피하고 싶어 하던 바로 그 움직임을 그리고 싶은 것이다. 그러니 유화든 데 생이든 인물 자체를 위한 인물화, 이루 말할 수 없이 조화로운 인간 육체의 형식을 위한 인물화, 그러나 동시에 눈 속에서 당근을 뽑고 있는 인물화라 야 한다. 제대로 설명했는지 모르지만, 네가 잘 이해했기를 바란다. 이 이야 기를 세레에게도 전해다오.

더 간결하게 말할 수도 있다. 카바넬의 누드화, 자케의 귀부인 초상화, 아 카데미에서 데생을 배운 한 파리 화가가 그린 시골 여인(바스티앙 르파주가 그린 게 아니라), 그런 것은 사람의 팔다리와 몸의 구조를 늘 동일한 방식으 로 표현하고 있다. 그 중에는 물론 아주 매력적으로 그린 것도 있다. 비례도 정확하고 해부학적으로도 세부 묘사가 사실적이다. 반대로 이스라엘스, 도 미에, 레르미트의 인물화를 보면, 몸의 형태는 더 잘 감지할 수 있지만 비례 가 제멋대로인 경우가 많고, 전체적인 구성이나 해부학적 묘사도 아카데미 사람들 눈에는 잘못된 것으로 보이기 십상이다. 그러나 그 그림은 살아 있 다. 들라크루아의 그림도 마찬가지다.

아직도 설명이 미진한 것 같다. 내 그림 속 인물이 훌륭하게 표현된 걸로 보인다면 내가 절망할 것이라고 세레에게 전해라. 나는 인물이 아카데미식으로 정확하기를 바라지 않는다. 밭갈이 하는 농부의 사진을 찍는다면, 사진 속의 농부는 더 이상 밭을 갈고 있지 않을 게 분명하다.

미켈란젤로의 인물은 어떠냐? 다리는 길쭉하고 엉덩이도 펑퍼짐하지만 아주 근사하지 않니. 세레에게 전해다오. 밀레와 레르미트야말로 진정한 예술가라고. 그건 그들이 건조하고 분석적인 방식으로 대상을 검토한 후 사실적으로 그리지 않고, 대상에서 받은 느낌에 따라 그렸기 때문이다.

대상을 변형하고 재구성하고 전환해서 그리는 법을 배우고 싶다. 그 '부정확성'을 배우고 싶다. 그걸 거짓말이라 부르겠다면, 그래도 좋다. 그러나 그 거짓말은 있는 그대로의 융통성 없는 진실보다 더 '진실한 거짓말'이다.

이제 편지를 끝맺어야 할 때가 되었지만 다시 한 번 말하고 싶다. 농부의 삶이나 대중의 삶을 그리는 화가는 '상류사회'에서 높은 평가를 받지 못한다. 그러나 길게 봤을 때 이국적인 하렘 풍경이나 추기경의 성찬식을 그린 화가보다 더 높은 위치에 오르게 될 것이다.

시기가 좋지 않을 때 돈 부탁을 하는 게 별로 유쾌하지 않다는 건 알고 있다. 굳이 변명하자면, 가장 흔하게 보이는 대상을 그리는 것이 어떤 경우에는 가장 어렵고 돈도 많이 든다. 그림을 그리는 데 꼭 필요한 비용은 생활비와 비교하면 엄청난 액수이다. 농촌에서 살면서 농부처럼 생활하지 않았다면 견디기 힘들었을 것이다. 개인적인 안락을 위해서는 아무것도 남겨두지 않았기 때문이다. 나는 농부가 원하는 것보다 많은 것을 요구하고 싶지 않다. 단지 물감과 모델이 필요할 뿐이다.

이 편지를 읽은 뒤에는 내가 인물화에 얼마나 몰두하고 있는지 알게 될 것이다. 그런데 지난번 네 편지를 읽으니 세라가 「감자 먹는 사람들」의 구성에서 결함을 발견했다지. 나도 그런 결점이 있다는 건 알고 있다. 그러나 그것은 희미한 램프 불빛 아래에서 그 시골 농가를 바라보느라 무수히 많은

◆ 삽질하는 여인 　　　　　　　　　　◆ 삽질하는 여인
37.5×25.7cm · 1885년 7~8월 · 캔버스에 유채　42×32cm · 1885년 8월 · 캔버스에 유채

밤을 지샌 후에, 그리고 사람의 두상을 40여 차례 그려본 후에 얻은 인상을
내 나름의 관점에서 그렸기 때문이다.

　인물화 이야기를 하다보니 할 말이 계속 떠오른다. 너도 라파엘리가 '개
성적 인물'이란 개념을 사용하는 걸 알고 있을 것이다. 이 용어를 설명하기
위해 그가 선택한 말은 아주 적절했고, 그의 데생이 이 개념을 잘 보여주기
도 한다. 그러나 파리의 미술계와 문학계를 드나드는 라파엘리는 시골에서
작업하는 나 같은 사람과는 아주 다른 생각을 하고 있는 것 같다.

　그들은 자기 생각을 요약할 수 있는 용어를 찾고 있는 듯하다. 라파엘리
는 '개성적 인물'이라는 말을 미래의 인물화 이념을 압축해 주는 용어로 제
시한다. 그 의미에는 나도 동의한다. 그러나 나는 다른 말의 정확성에 대해

◆ 삽질하는 농부
45.5×31.5cm · 1885년 7~8월 · 캔버스에 유채

◆ 삽질하는 여인
41.5×32cm · 1885년 7월 · 캔버스에 유채

서 아무런 믿음이 없는 것처럼, 그 말의 정확성에 대해서도 별로 신뢰하지 않는 편이다. 사실 나는 내가 구사하는 언어의 정확성이나 그것의 효과도 그리 믿지 않는다.

나라면 "밭갈이 하는 농부에게 개성이 있어야 한다"고 말하기보다는 "농부는 농부다워야 하고, 밭을 가는 사람은 밭을 가는 사람다워야 한다"고 말하겠다. 그럴 때 그 그림은 진정으로 현대적인 성격을 띠게 된다. 사실 이런 말은 아무리 장황한 설명을 덧붙여도 오해를 불러일으킬 가능성이 크다.

지금도 큰 부담이지만 모델비를 줄이기보다는 조금 더 써야겠다고 생각한다. 그럴 필요가 있다. 내가 목표로 삼는 것은 '작은 인물' 데생과는 큰 차이가 있으니까.

움직이고 있는 농부의 동작을 보여주는 것, 그것이 진정한 현대 인물화가 해야 하는 일이다. 그것이야말로 현대 예술의 진수이고, 그리스에서도, 르네상스 시기에도, 옛 네덜란드 화파도 하지 않은 것이다.

1885년 7월

화가는 캔버스를 두려워하지 않는다

테오에게 ◆◆◆

사람들은 기술을 형식의 문제로만 생각한다. 그래서 부적절하고 공허한 용어를 마음대로 지껄인다. 그냥 내버려두자.

진정한 화가는 양심의 인도를 받는다. 화가의 영혼과 지성이 붓을 위해 존재하는 게 아니라 붓이 그의 영혼과 지성을 위해 존재한다.

진정한 화가는 캔버스를 두려워하지 않는다. 오히려 캔버스가 그를 두려워한다.

1885년

앤트워프, 파리에서
1885년 11월~1888년 2월

생명이 깃든 색채

1885년 11월 고흐는 도시 풍경과 초상화를 그려 생계를 유지하려는 희망을 품고 앤트워프〔지금의 안트웨르펜〕로 떠났다. 떠들썩한 항구의 풍경이 그에게 강렬한 인상을 주었다. 1886년 1월에 앤트워프의 미술 아카데미에 입학했으나, 신경과민 증세가 심해져 2월이 끝나기 전에 그곳을 떠났다.

파리에 온 고흐는 탕기 영감이 운영하던 클로젤 거리의 그림물감 상점에서 툴루즈 로트레크, 앙크탱, 베르나르, 러셀 등을 만났다. 이들은 코르몽의 화실에서 그림을 그리고 있었는데, 4월에 이들과 합류하면서 그는 인상주의 회화의 의미를 알게 되었다. 그러나 그는 그 화실에서 무엇을 추구하는지 알 수 없어서 넉 달 만에 떠나고 말았다. 여름에는 색 다루는 연습을 위해 꽃을 다룬 정물화 연작을 그렸다.

인상파 화가들과 어울리면서 과음과 퇴폐적인 생활을 한 그는 건강이 나빠질 수밖에 없었다. 그러나 그들의 영향을 받아 화풍에 변화가 생겼고 한때 점묘파의 기법에 심취하기도 했다. 베르나르와 가깝게 지내던 고흐는 클리시 거리에 있는 포세라는 대중 식당에서 그와 함께 전시회를 열었다. 그러나 고흐가 그 식당의 주인과 다투는 바람에 탬버랭이라는 선술집에서 작품을 전시했다. 그 선술집의 주인이며 이탈리아 화가의 모델이었던 세가토리와 사귀었지만 곧 헤어지고 말았다.

6월, 뱅 화랑에 전시된 일본 그림에 강한 충격을 받았다. 이를 계기로 그의 그림의 색채는 더 밝아지고 양식도 많이 변했다. 11월에는 샬레 레스토랑에서 「프티 불르바르의 인상파 화가들」이라는 전시회를 열었는데, 그의 작품과 함께 앙크탱, 베르나르, 드 코닝, 툴루즈 로트레크 등의 작품을 전시했다. 이 전시회를 통해 고갱, 기요맹, 쇠라 등을 알게 되었다.

파리에 온 지 1년 6개월이 지나자 이 도시에 대해 염증을 느끼게 되었다. 그는 더 많은 빛과 색을 찾아 남프랑스의 아를로 떠났다. 파리에서 고흐는 자화상, 정물화, 몽마르트르 풍경 등 200점이 넘는 작품을 남겼다.

◆ **자화상** 57×43.5cm · 1889년 8월 말 · 캔버스에 유채

사람의 눈

테오에게 ◆◆◆

어제는 성당이 보이는 곳으로 가서 약간의 습작을 하고 돌아왔다. 공원을
그린 습작도 있다.

성당보다는 사람의 눈을 그리는 게 더 좋다. 사람의 눈은, 그 아무리 장엄
하고 인상적인 성당도 가질 수 없는 매력을 담고 있다.

거지든 매춘부든 사람의 영혼이 더 흥미롭다.

1885년

내가 간절히 바라는 것

테오에게 ◆◆◆

방금 몇 점의 습작을 완성했다. 그림을 그리면 그릴수록 나아지고 있다는
느낌이 든다. 보내준 돈을 받자마자 멋진 모델을 구해 작업을 시작했다. 그
녀의 얼굴을 실물 크기로 그렸는데, 검은 머리카락을 제외하고는 꽤 밝은
그림이다. 그림 전체가 희미하게 가물거리는 황금빛을 띠고 있거든.

사용한 색을 열거하면, 피부는 부드러운 색조로 칠했고, 목은 청동빛을
띠고 있으며, 머리카락은 양홍색과 프러시안 블루를 이용해서 칠흑같이 검
게 했다. 상의는 희미한 흰색이고, 배경은 그보다 훨씬 더 밝고 환한 노란색
이다. 칠흑같은 머리카락에는 불꽃 같은 빨간색으로 몇 번의 붓질을 했고,
흰옷의 약간 지저분한 부분도 짙은 빨간색으로 표현했다.

모델은 카페에서 일하는 여자인데, 내가 그리고 싶었던 것은 '면류관을 쓴 그리스도' 같은 모습이다. 그녀는 밤새 꽤 바쁘게 일했음이 분명한 모습을 하고 찾아왔다. 인상적이게도 그녀는 이렇게 말했다. "솔직히 샴페인은 나를 즐겁게 해주지 않아요. 오히려 아주 슬프게 해요."

그 순간 나는 어떻게 그려야 할지 알 것 같았고, 관능적이면서도 동시에 마음을 쥐어뜯을 것 같은 그림을 그리려고 했다. 같은 모델을 놓고 옆모습으로 두 번째 습작을 시작했다.

그 밖에 거의 끝나간다고 말했던 초상화를 끝냈고, 내 두상 습작을 했다. 이제는 다른 사람의 초상화를 그리고 싶다. 요즘은 작업할 때 아주 기분이 좋다. 여기 있는 것이 나에게 도움이 되는 것 같다.

어제는 이제까지 보지 못했던 렘브란트의 그림을 사진으로 보았는데, 큰 감동을 받았다. 빛이 가슴, 목, 턱, 코와 뺨 위로 비치고 있는 한 여인의 초상화인데, 이마와 눈은 붉은 깃털이 달린 큰 모자에 가려 그늘져 보이고, 가슴이 깊게 파인 상의에도 노란색과 붉은색 깃털이 달려 있다. 배경은 아주 어둡다. 여인은, 포도주 잔을 들고 있는 렘브란트의 자화상에서 볼 수 있는 미소를 연상시키는 신비스러운 미소를 띠고 있다.

요즘은 온통 렘브란트와 프란스 할스 생각뿐이다. 그들의 그림을 많이 봤기 때문이 아니라, 그 시대를 생각하게 하는 사람을 이곳에서 많이 발견할 수 있기 때문이다.

모델을 서는 여자들이 누구든, 그들을 그리면 다른 어떤 일보다 얻는 게 많다. 아주 아름다운 그림이 나올 수 있을 것 같다. 게다가 시간이 지나면 그런 그림은 기반을 확보하게 되어 있거든. 가장 고차원적인 예술을 살펴봐도 여기에는 반박의 여지가 없다. 사람을 그리는 것, 그것이 옛 이탈리아 예술이고, 밀레의 예술이며, 브레통의 예술이니까.

문제는 사람부터 그리기 시작해야 할지 옷부터 시작해야 할지 모르겠다
는 점이다. 그리고 형식을 세부적인 것이 하나로 보이게끔 그려야 할지, 혹
은 형식을 인상과 감정을 드러내는 수단으로 간주해야 할지, 그렇지 않으면
대상이 너무 아름답기 때문에 오직 그것을 부각하기 위해서 그려야 할지 판
단하기 어렵다. 첫번째 생각을 따라 그린다면 덧없는 그림이 나오겠지만,
두번째, 세번째를 따른다면 수준 높은 작품을 완성하게 될 것이다.

너무 오랫동안 제대로 된 식사를 하지 못한 탓에 네가 보내준 돈을 받았
을 때는 어떤 음식도 소화시킬 수 없는 형편이었다. 꼭 치료하도록 노력하
마. 사실 그림을 그리고 있을 때면 에너지가 넘치고 정신이 명료한데, 집 밖
으로 나가기만 하면, 야외에서 작업하는 게 너무 힘든지 순식간에 허약해지

◆ 머리카락을 늘어뜨린 여인
35×24cm · 1885년 12월 · 캔버스에 유채

◆ 빨간 리본을 한 여인의 초상
60×50cm · 1885년 12월 · 캔버스에 유채

는 것 같다.

그림이 사람을 아주 지치게 하나보다. 이곳으로 오기 얼마 전, 반 데르 루 선생에게 내 건강에 대해 상담한 적이 있는데, 그는 내가 비교적 건강한 편이라면서, 완벽한 작품을 그릴 수 있을 만한 나이까지 살 테니 걱정하지 말라고 했다. 나도 그에게 신경쇠약 등에도 불구하고 60이나 70세까지 살았던 화가들을 여럿 알고 있는데 나 또한 그렇게 되기를 바란다고 말했다.

우리가 삶에 대한 열정을 간직하면서도 평온함을 유지한다면 살아가는데 많은 도움이 될 것이다. 그런 점에서 이곳에 온 것은 다행이다. 원하던 것을 표현할 새로운 아이디어와 새로운 수단을 찾았기 때문이다. 더 질 좋은 붓을 쓰게 된 것도 큰 도움이 된다.

요즘은 양홍색과 코발트색에 푹 빠져 있다. 코발트는 아주 신비로운 색으로, 사물 주변에 분위기를 만들 때 이보다 더 적합한 색은 없지 싶다. 카르민은 포도주의 붉은색으로 따뜻한 느낌을 주며 포도주처럼 강렬하다. 에메랄드 그린도 마찬가지다. 이런 색을 사용하지 않는 것은 어리석은 절약이다. 카드뮴색〔노란색 계열〕도 마찬가지다.

상상하기 어려울지 모르지만, 내가 돈을 받을 때 간절하게 바라는 것은 무엇을 먹는 것이 아니라 그림을 그리는 것이다. 비록 그동안 밥을 못 먹고 있었지만, 아니 어쩌면 그렇기 때문에 더욱더 그림을 원하는 것이다. 그래서 돈이 손에 들어오는 즉시 모델을 구하러 나가서는 돈이 떨어질 때까지 계속 작업한다.

계속 그림을 그리려면, 이곳 사람들과 함께하는 아침 식사와 저녁에 찻집에서 약간의 빵과 함께 마시는 커피 한 잔은 꼭 필요하다. 형편이 허락한다면, 야식으로 찻집에서 두 잔째의 커피를 마시고 약간의 빵을 먹거나 가방에 넣어둔 호밀 흑빵을 먹어도 좋겠지. 그림을 그리고 있을 때면 그런 것만으로 충분하다는 생각이 든다. 그러나 모델이 떠나버리고 혼자 남게 되면 갑자기 나약한 감정이 나를 덮치곤 한다.

이곳의 모델은 시골의 모델과 완벽하게 다르기 때문에 관심을 끈다. 특히 그들의 외모가 전적으로 다른데, 그런 차이가 사람의 피부색에 대해 여러 가지 새로운 생각을 떠오르게 한다. 가장 최근에 그린 자화상은 아직 만족스러울 정도는 아니지만 과거의 작품과는 많이 달라졌다.

너 역시 진실을 중요하게 여긴다고 생각하기 때문에 솔직하게 말하는데, 농촌 아낙을 그릴 때 그들이 농촌 아낙답기를 원했던 것과 같은 이유로 매춘부를 그릴 때는 매춘부답게 표현하고 싶다. 그래서 렘브란트가 그린 매춘부의 초상화에 그토록 강렬한 충격을 받았는지 모른다. 그는 신비스러운 미소를 특유의 무게를 갖고 아름답게 포착해서 그렸지. 렘브란트는 마술가 중의 마술가다.

무슨 수를 써서라도 그렇게 그리는 법을 알아내고 싶다. 마네는 그렇게 하는 데 성공했다. 쿠르베도 그랬고. 아, 망할 자식들! 나도 그들과 같은 야망이 있다. 졸라, 도데, 공쿠르 형제, 발자크 같은 문학의 거장들이 묘사한 여인의 아름다움을 골수 깊숙한 곳에서부터 느낄 때면 그 욕망은 더 강하게 불타오른다.

1885년 12월 28일

물감에서 솟아오르는 인물을 그리기 위해

테오에게 ◆◆◆

이번 주는 몹시 바쁘게 보냈다. 유화 수업 이외에 저녁에도 스케치 수업에 갔고 그후 클럽에서 모델을 두고 10시 30분부터 11시 30분까지 작업하거든. 이런 클럽에 다니면서 그림을 잘 그리는 친구들도 알게 되었다.

이번 주에는 대형 나체 흉상을 두 점 그렸다. 베를라의 수업인데 모델이 아주 맘에 든다. 석고 데생시간에도 같은 모델을 스케치했다. 이제 막 두 점의 커다란 인물화를 끝냈는데, 이와 관련해서 두 가지 할 말이 있다. 첫번째는 몇 년 동안 옷 입은 모델들을 보고 그림을 그려온 후 다시 누드를 보고 고대의 작품을 보는 것이 무척 흥미로웠고 많은 것을 확인할 수 있었다는 점이다. 두번째는, 만일 파리의 학교에 입학할 수 있으려면 그전에 다른 어딘가에서 그림을 배워야 하며, 더 이상 완전 초보에 머물지 않으려면 길든 짧든 아카데미에서 작업한 경험이 있는 사람들과 어울려야 한다는 것이다.

베를라가 내게 아주 엄격한 충고를 했는데, 데생 수업의 빈크 역시 같은 말을 한다. 그들은 내게 최소한 1년은 스케치에 몰두하라고 하는구나. 가능하면 석고상과 누드 데생만 말이다. 그게 가장 빠른 길이며, 그후 아주 다른 사람이 되어 야외 그림이나 초상화로 돌아갈 수 있을 거라고 한다. 나도 그 말이 옳다고 생각한다. 그러니 석고상과 누드모델을 접할 수 있는 곳에 있도록 노력해야겠지.

제리코나 들라크루아의 그림을 보면 정면을 향하고 있는 인물들도 등을 가지고 있다. 인물들 주변으로 공간이 있는 것이지. 그들은 마치 물감에서 솟아오르는 것처럼 보인다. 내가 열심히 노력하는 것도 이런 기술을 익히기

◆ 여성 나체 석고 흉상
46.5×38cm · 1886년 봄 · 합판에 붙인 마분지에 유채

◆ 여성 나체 석고 흉상
41×32.5cm · 1886년 봄 · 캔버스에 유채

위해서이다. 베를라나 빈크의 이야기는 별로 신경 쓰지 않는다. 그들이 이런 기술을 내게 가르쳐줄 수 있다고 생각하지도 않을 뿐더러, 그들 둘 다 색채와 관련해서는 옳지 못하거든.

내 습작과 다른 동료들의 습작을 비교해 보면 거의 아무런 공통점이 없다는 게 놀라울 정도이다. 그들은 그림에 맨살과 똑같은 색을 쓰는데, 가까이서 봤을 때는 그들이 옳다는 생각을 하게 된다. 하지만 조금만 뒤로 물러나서 바라보면 그들의 그림은 지독할 정도로 밋밋해 보인다. 분홍색, 섬세한 노란색 등의 부드러운 색조들은 거친 효과를 만들어내니까. 반대로 내가 그린 그림을 가까이에서 보면 초록빛을 띤 빨강, 노랑이 섞인 회색, 흰색과 검은색, 그리고 많은 색이 뒤섞여 보인다. 하지만 조금만 뒤로 물러나서 바라보면 인간의 살이 물감에서 튀어나오는 듯 주변에 공간이 생기며 진동하는 빛줄기가 그 위로 쏟아진다. 아주 조금의 채색만으로도 효과가 강조되는 것이다.

내게 부족한 것은 훈련이다. 아마 그런 그림을 50점은 더 그린 후에야 뭔가 얻을 수 있을 거라 생각한다. 지금 나는 시간을 끌며 아주 정성을 들여서 채색한다. 충분한 훈련을 못했기 때문에 그림 속에서 생명을 끌어내기 위해 너무 오래 망설이게 되더구나. 하지만 이건 시간의 문제, 연습의 문제다. 더 짧은 시간 안에 정확한 붓질을 구사할 수 있을 때까지는 계속 달라붙어 훈련해야겠지.

몇몇 동료들이 내 스케치를 보았는데 그중 한 명이 내 농부 그림에 영향을 받아 다음 누드 수업시간에 모델을 훨씬 더 활기차게 그리기 시작했다. 명암을 분명하게 부각하면서 말이다. 그가 그 스케치를 내게 보여주었고 우린 많은 얘기를 나눴다. 그건 이곳에서 내가 본 동료들의 스케치 중 가장 훌륭하고 생명력이 넘치는 것이었다. 그런데 이곳 사람들이 그 그림에 대해 어떻게 생각하는지 아니? 한 선생님은 일부러 그를 불러서 또다시 감히 그런 식으로 그림을 그린다면 자신을 비웃는 것으로 간주하겠다고 말했다고 한다. 내가 확언하건대 그건 제대로 된 유일한 스케치였다.

너도 이곳이 어떤지 알겠지? 하지만 문제될 건 없다. 우린 그런 일에 화내서는 안 된다. 사람들은 나쁜 습관에서 벗어나고 싶어하는 것처럼 보이지만 불행히도 항상 같은 실수를 되풀이한다. 그들이 그리는 인물은 거의 항상 머리를 거꾸로 박고 넘어질 것처럼 불안정해 보인다. 단 한 인물도 두 발로 단단하게 서 있지 않는다. 인물이 안정되게 서 있으려면 처음 구도를 잡을 때부터 견고하게 자리를 잡아야 한다.

그래도 내가 이곳에 온 것은 정말 잘한 일이라 생각한다. 어떤 일이 있든, 결과가 어떻든, 내가 베를라와 잘 지내든 그렇지 못하든 간에 말이다. 나는 이곳에서 내가 머릿속으로 원하던 것과 현실이 충돌하는 것을 발견한다. 그러면서 내 작업을 새로운 눈으로 보게 되었고 약점이 무엇인지 더 잘 판단하여 그걸 고칠 수 있게 되었다.

1886년 초

루브르에서 만나자

테오에게 ♦♦♦

내가 이렇게 갑자기 파리로 와버렸다고 화내지 않길 바란다. 많이 생각해봤는데 이게 시간을 절약할 수 있는 방법일 것 같았다. 괜찮으면 정오부터 루브르에서 기다리마.

네가 언제쯤 카레 홀로 올 수 있는지 알려다오. 비용 문제는 전에 말한 것과 똑같을 거다. 물론 아직 돈이 조금 남아 있는데, 그걸 쓰기 전에 너와 이야기를 나누고 싶구나. 만나서 함께 의논해 보자.

1886년 3월

🔲 빈센트의 파리행은 이미 결정되었지만 테오는 더 넓은 집을 얻어 옮겨갈 6월까지 기다리기를 바랐다. 하지만 더 버틸 수 없었던 빈센트는 3월에 불쑥 파리로 와버렸다. 이 편지는 역에서 검은 크레용으로 써서 짐꾼에게 들려 보낸 것이다. 두 형제는 한동안 라발 가에 있는 테오의 집에 머물다 6월에 몽마르트르의 르픽 가로 이사했다.

불확실한 미래

테오에게 ◆ ◆ ◆

편지와 돈 고맙게 받았다. 설령 성공을 거두더라도 그림을 그리는 데 든 돈을 고스란히 되찾지 못할 거라 생각하면 우울해진다.

"가족들은 아주 잘 지내지만, 그래도 그들을 보면 슬프다"라고 쓴 네 편지를 읽고 마음이 아팠다. 네가 결혼한다면 어머니께서 아주 기뻐하시겠지. 네 건강과 일을 위해서라도 독신으로 지내서는 안 될 테고. 하지만 나는 결혼이나 아이에 대한 욕망을 잃어버린 것 같다. 이따금 서른다섯이라는 나이에 벌써 그런 느낌을 갖는다는 사실이 나를 슬프게 한다. 그 반대여야 할 텐데 말이다. 그리고 가끔은 이 지긋지긋한 그림에 염증을 느끼기도 한다. 어디선가 리슈팽이 그랬지. "예술에 대한 사랑은 진정한 사랑을 잃게 만든다"고. 그건 정말 옳은 말이라 생각한다. 하지만 진정한 사랑 역시 예술에 대해 넌더리를 내게 만든다.

가끔 내가 이미 늙고 쇠약해져 버린 느낌이 든다. 그림에 이토록 열성적이지 않았더라면 누군가의 연인이 될 수도 있었을 텐데. 성공하려면 야망을 가져야 하는데, 내겐 야망이 어리석게 느껴진다. 미래가 어떻게 될지도 잘 모르겠다. 무엇보다 네게 짐이 되지 않았으면 좋겠다. 미래에는 불가능한 일도 아니겠지. 열심히 그림 실력을 쌓아서 네 체면을 구기지 않고도 당당하게 내 그림들을 보여줄 수 있게 되면 좋겠다.

그러면 나는 남부 어딘가로 내려가서 인간적으로 구역질나는 많은 화가들을 보지 않고 지낼 테다.

◆ **탕기 영감의 초상** 92×75cm · 1887년 · 캔버스에 유채

어제 탕기 영감을 만났다. 그는 내가 막 완성한 그림을 가게 진열장에 걸었단다. 네가 떠난 후 네 점을 완성했고 지금은 큰 그림을 그리고 있다.

이 길고 큰 그림들을 팔기는 어렵다는 걸 나도 알고 있다. 하지만 나중에는 사람들도 그 안에서 야외의 신선함과 편안한 분위기를 느끼게 될 것이다. 그래서 식당이나 시골집의 장식에 잘 어울린다는 사실을 말이다.

언젠가 네가 사랑에 빠져 결혼한다면 너도 다른 화상들처럼 시골에 집을 살 수도 있을 게다. 네가 안락한 생활을 하려면 더 많은 돈을 써야겠지만, 그런 식으로 기반을 형성하는 것 아니겠니. 요즘은 누추해 보이는 것보다 부유해 보이는 것이 훨씬 유리하거든. 자살하는 것보다 유쾌한 삶을 사는 게 더 낫다.

1887년 여름

생명이 깃든 색채

친애하는 레벤스에게 ◆◆◆

앤트워프에 있을 때는 인상파 화가들이 어떤 그림을 그리는지도 몰랐는데, 파리에 와서 그들을 직접 만나 보니 아직 그 일원이 되진 않았지만 그들의 그림을 정말 좋아하게 되었다네. 특히 드가의 누드화와 모네의 풍경화가 맘에 드네.

내가 하고 있는 작업 이야기를 하자면, 모델에게 지불할 돈이 없어서 인물화는 완전히 포기했네. 그 대신 유화로 채색하는 연습을 위해 빨간 양귀비꽃, 파란 수레국화와 물망초, 하얀 장미와 분홍 장미, 노란 국화 등 꽃 그

◆ **백일초와 다른 꽃들이 있는 꽃병** 50.2×61cm · 1886년 여름 · 캔버스에 유채

림을 그리고 있네. 파란색과 오렌지색, 빨강과 초록, 노랑과 보라의 대립을 추구하기 위해서지. 회색빛 조화를 피하고 강렬한 대립을 조화롭게 다루기 위해 강렬한 색을 사용하려 노력하고 있다네.

이런 훈련을 마치고 최근에는 두 점의 두상 습작을 그렸는데 빛과 색에서 전에 그린 것보다 훨씬 낫다고 감히 말할 수 있네. 예전에 우리가 그런 얘기를 하지 않았나. 색에서 생명을 추구해야 한다고, 진정한 데생은 색과 함께 틀이 만들어진다고 말일세.

풍경화도 열두 점 그렸는데 순전히 초록색과 파란색으로 그렸네. 나는 이런 식으로 그림의 생명을 얻고 진보하려고 분투하고 있네.

◆ 양귀비, 수레국화, 작약, 국화가 있는 꽃병 99×79cm · 1886년 여름 · 캔버스에 유채

봄이 되면, 2월이나 어쩌면 더 빨리, 나는 푸른 톤과 화려한 색채의 땅 남프랑스로 가게 될 것 같네. 자네도 나와 같은 것을 추구해 온 것을 잘 알고 있으니 우리가 함께하는 건 어떨까 싶기도 하네.

그곳에 있을 당시 자네가 철저한 색채주의자라는 느낌을 강하게 받았네. 내가 인상파 화가들을 만나 보니 자네의 색채와 내 색채가 모두 그들의 이론과 정확히 일치하지 않는다는 사실을 확신하게 되었네. 하지만 우리가 동료를 발견할 수 있는 좋은 기회라는 생각이 들었다네.

1887년 8~10월

네 자신을 즐겨라

여동생 윌에게 ♦♦♦

나무와 비에 대해 쓴 너의 짧은 희곡에 대해 내가 뭐라고 말할 수 있을까? 너도 자연 속에서 많은 꽃들이 발에 짓밟히고, 얼어버리거나 시드는 걸 직접 보았을 것이다. 그리고 잘 익은 곡식이라고 모두 흙으로 돌아가 싹을 틔우고 잎을 피울 수 있는 건 아니라는 사실도 알고 있을 것이다.

사람도 곡식에 비유할 수 있다. 한 알의 곡식에도 싹을 틔울 힘이 있는 것처럼, 건강하고 자연스러운 사람에게도 그런 힘이 있다. 자연스러운 삶이란 싹을 틔우는 것이거든. 사람들이 싹을 틔울 수 있는 힘은 바로 사랑에서 나오는 것이겠지.

싹을 틔우지 못한 곡식알이 힘없이 맷돌 사이에 놓이게 되는 것처럼, 우리도 자연스러운 성장이 저지되고 아무런 희망 없는 상황 속에 놓이게 될 때가 있다. 그럴 때면 당황해서 어쩔 줄 모르곤 하지.

자연스러운 생명활동이 저지되었을 때, 어쩔 수 없다고 굴복해 버리기보다 스스로에 대한 믿음을 저버리지 않고 문제가 무엇인지, 또 실제로 일어나고 있는 일이 어떤 것인지 알아내려는 사람이 있다. 그처럼 훌륭한 의지로 세상의 어둠을 밝혀온 소중한 위인을 책 속에서 찾아볼 수 있지. 그러나 그런 사람이 늘 위안이 되어주지는 못한다.

문명화된 사람들 대부분은 우울증과 비관론이라는 병에 걸려 있다. 나도 웃고 싶은 마음을 잃고 살아온 게 몇 년인지……. 이게 내 잘못인지 아닌지는 따지지 말자. 어쨌든 나는 좋은 웃음의 필요성을 누구보다 절실히 느낀다. 그 웃음을 모파상한테서 발견했다. 웃음의 의미를 잘 전해준 다른 사람도 있다. 오래된 작가 중에는 라블레가 있고, 오늘날에는 앙리 로슈포르가 있다. 그리고 『캉디드』를 쓴 볼테르도 있다.

반대로, 있는 그대로의 삶과 진실을 원한다면, 『제르미니 라세르투』와 『소녀 엘리자』를 쓴 공쿠르 형제가 있고, 『삶의 환희』와 『목로주점』을 쓴 졸라가 있다. 그 밖에도 많은 걸작이 있다. 그들은 우리가 공감하는 삶을 묘사하고 있어서 진실을 듣고자 하는 사람들의 욕구를 만족시켜 준다.

졸라, 플로베르, 모파상, 공쿠르 형제, 리슈팽, 도데, 위스망스 등 프랑스 자연주의자들의 소설은 정말 훌륭하다. 그런 소설을 읽지 않는다면, 우리가 살고 있는 시대에 대해서 아무것도 알지 못할 것이다. 모파상의 걸작은 『좋은 친구』라고 생각하는데, 너를 위해 구해보마.

성경은 우리에게 부족함이 없을까? 예수님이 오늘날 다시 재림한다면, 우울증에 빠져 있는 사람들에게 "이곳에서가 아니라 저 위에서다. 왜 너는 죽은 자들 가운데서 산 자를 찾느냐"라고 같은 말을 반복하시겠지. 세상의 빛이 말이나 글에 의해 유지된다면, 우리가 살고 있는 시대를 묘사해서 널리 알릴 권리와 의무가 있다. 그런 글이 전 사회를 변화시킬 만큼 위대하고 훌륭하고 창의적이고 설득력이 있다면, 그 가치는 옛 기독교인들에 의해 기록된 혁명에 비견할 만하다.

나는 성경을 요즘 사람들보다 더 세심하게 읽었다는 것을 다행으로 생각한다. 그토록 고상한 이상이 늘 존재했다는 걸 생각하면, 마음의 평화를 얻을 수 있다.

옛것이 아름다운 만큼 새것도 아름답다고 생각한다. 과거나 미래는 우리와 간접적인 관계밖에 맺지 않지만, 우리가 살고 있는 시대에 대해서는 직접 행동을 취할 수 있기 때문이다.

너도 알다시피, 나는 그동안 힘든 일을 많이 겪은 탓에 빨리 늙어버린 것 같다. 주름살, 거친 턱수염, 몇 개의 의치 등을 가진 노인이 되어버렸지. 그러나 이런 게 무슨 문제가 되겠니? 내 직업이란 게 더럽고 힘든, 그림 그리는 일 아니냐. 스스로 원하지 않았다면 이런 일은 하지 않았겠지. 그러나 즐겁게 그림을 그리게 되었고, 비록 내 젊음은 놓쳐버렸지만 언젠가는 젊음과 신선함을 담은 그림을 그릴 수 있을 것이라고 불확실하나마 미래를 상상하며 지낸다.

테오가 없었다면 그림을 제대로 그릴 수 없었을 것이다. 친구 같은 테오가 있었기에 내 그림의 수준이 높아지고 모든 게 제자리를 찾을 수 있었다.

될 수 있으면 빨리 더 많은 색채와 더 많은 태양을 볼 수 있는 남부에서 지낼 계획이다.

내가 정말로 하고 싶은 일은 좋은 초상화를 그리는 것이다.

네 작품 문제로 돌아와서, 우리를 돕거나 위안하기 위해 개입하는 어떤 힘이 우리 위에 존재한다는 믿음은 내가 받아들이기에도 또 다른 사람에게 권하기에도 꺼림칙하다. 신은 이상한 존재여서 솔직히 무엇을 할 수 있을지 걱정된다. 네 작품은 좀 감상적이고, 형식도 앞에서 언급한 신의 섭리에 대한 설화를 연상시킨다. 혹은 그 섭리를 염두에 두고 있다고 말할 수 있을 것 같다. 그런데 그런 설화들은 대개 이치에 맞지 않고 반박의 여지도 많다.

내가 가장 불안하게 생각하는 점은, 글을 쓰려면 공부를 더 해야 한다는 네 믿음이다. 제발 그러지 말아라, 내 소중한 동생아. 차라리 춤을 배우든지, 장교나 서기 혹은 누구든 네 가까이 있는 사람과 사랑을 하렴. 한 번도 좋고 여러 번도 좋다. 네덜란드에서 공부를 하느니 차라리, 그래 차라리 바보짓을 몇 번이든 하렴. 공부는 사람을 둔하게 만들 뿐이다. 공부하겠다는 말은 듣고 싶지도 않다.

나는 아직도 말도 안 되는 연애사건을 일으키곤 한다. 대개는 그런 사건으로 창피와 망신만 당할 뿐이지만, 그래도 그렇게 한 것이 전적으로 옳았다고 생각한다. 과거에 종교나 사회주의에 심취한 적이 있는데, 그때 사실은 사랑에 빠졌어야 했다는 생각이 들곤 한다. 사랑에 빠지지 못해서 종교나 이념에 깊이 몰두하게 된 것이지. 그때는 예술도 지금보다 더 성스러운 것이라고 생각했다.

종교나 정의나 예술이 그렇게 신성할까? 자신의 사랑과 감정을 어떤 이념을 위해 희생시키는 사람보다 사랑에 빠지는 사람이 더 거룩한데. 그건 그렇다 치고, 글을 쓰고 싶다면 행동을 해라. 인생에 대해 무언가를 담고 있는 그림을 그리든지.

우리는 우리 자신으로 살아 있어야 한다. 그러니 네 스스로 퇴보하길 바라지 않는 이상 공부는 필요하지 않다. 많이 즐기고 많은 재미를 느껴라. 그리고 오늘날 사람들이 예술에서 요구하는 것은 강렬한 색채와 강한 힘을 가진 살아 있는 어떤 것임을 명심해라. 네 건강을 돌보고 힘을 기르고 강하게

◆ 두 개의 초상화와 몇몇 세부묘사
31.5×24.5cm · 1886년 가을 · 연필, 펜

◆ 자화상
39.5×29.5cm · 1886년 가을 · 캔버스에 유채

살아가는 것, 그것이 최고의 공부다.

내 그림 이야기를 하자면, 누에넨에서 그린 「감자 먹는 사람들」이 내가 그린 그림 중 제일 낫다고 생각한다. 그후로는 모델을 구할 수 없었다. 그 대신에 색채 문제를 고민할 기회를 가질 수 있었다.

나중에라도 인물화를 위한 모델을 발견한다면, 내가 단순히 녹색 톤의 풍경화나 꽃 그림이 아닌 다른 어떤 것을 추구하고 있다는 걸 보여줄 수 있을 텐데.

작년에는 회색, 분홍색, 부드럽거나 환한 녹색, 밝은 청색, 보라색, 노란색, 오렌지색, 찬란한 빨간색 외의 색에 익숙해질 수 있도록 주로 꽃 그림만 그렸다. 그 덕에 올 여름 아시니에르에서 풍경화를 그릴 때, 과거보다 더 많은 색을 볼 수 있었다. 지금은 그것을 초상화에도 적용해 보려 한다. 물론 그런 작업을 하느라고 과거보다 못한 그림을 그려서는 안 되겠지. 그건 화가에게도 그림에도 좋지 않으니까.

◆ **아시니에르의 음식점**　72×60cm · 1887년 여름 · 캔버스에 유채

　나는 우울증에 걸리거나 비뚤어지고 적의에 차서 성을 잘 내는, 그런 사람이 되고 싶지 않다. 모든 것을 이해한다는 것은 모든 것을 용서하는 것이다. 우리가 모든 것을 알고 있다면, 마음의 평정을 찾을 수 있을 것이다. 심지어 우리가 어떤 것에 대해 거의 알지 못하거나 전혀 알지 못할 때라도, 평정을 유지하는 것이 약국에서 파는 약보다 더 좋은 약이 될 것이다. 대부분의 일은 저절로 이루어지는 것이고, 우리는 자연스럽게 성장하고 발전하게 돼 있다.

　그러니 너무 기를 쓰고 공부하지는 말아라. 공부는 독창성을 죽일 뿐이다. 네 자신을 즐겨라! 부족하게 즐기는 것보다는 지나치게 즐기는 쪽이 낫다. 그리고 예술이나 사랑을 너무 심각하게 받아들이지는 마라. 그건 주로 기질의 문제라서 우리가 어떻게 할 수 있는 게 아니다.

글을 쓰는 것보다 나와 함께 그림을 그리는 것이 너에게 더 도움이 될지도 모르며, 네 감정을 그 방식으로 더 쉽게 표현할 수 있을지도 모른다는 생각도 든다. 우리가 가까이 살고 있다면, 너에게 납득시킬 수도 있을 텐데. 여하튼 네가 그림을 그린다면 내가 뭔가 도울 수도 있겠지만, 글 쓰는 일에는 별로 도움이 되지 못할 것 같다.

예술가가 되려는 생각은 나쁘지 않다. 마음속에 타오르는 불과 영혼을 가지고 있다면 그걸 억누를 수는 없지. 소망하는 것을 터뜨리기보다는 태워버리는 게 낫지 않겠니. 그림을 그리는 일은 내게 구원과 같다. 그림을 그리지 않았다면 지금보다 더 불행했을 테니까.

어머니께 깊은 사랑을 전해다오.

추신 : 『행복을 찾아서』를 읽고 깊은 감동을 받았다. 그리고 모파상의 『오리올 산』을 읽었다. 네가 말한 것처럼, 예술은 아주 숭고하고 신성한 것이라는 생각이 든다. 사랑도 마찬가지겠지.

문제는 모든 사람이 그렇게 생각하는 건 아니라는 데 있다. 그래서 예술적 감성을 타고나 예술에 모든 것을 바치는 사람들이 고통을 받는 경우가 많다. 그들은 흔히 사람들의 오해를 받고, 또 그만큼 그들의 영감이 이 세상에는 부적절하게 비치는 경우가 많아 좌절하기도 한다.

우리는 두 가지(예술적 삶과 현실적 삶) 이상의 일을 동시에 할 수 있어야 한다. 그리고 예술이 신성하거나 좋은 것이라는 사실이 불분명해지는 때도 있다.

『행복을 찾아서』를 보면, 우리 본성에는 우리가 만들어내지 않은 악이 존재한다고 하지 않더냐? 나는 현대 작품이 이전의 작품처럼 도덕적인 설교를 하지 않아서 아주 좋다. "선과 악도 설탕이나 황산처럼 화학생성물에 불과하다"란 말을 듣는다면 대부분의 사람은 기겁을 하고 분개하겠지만.

1887년 여름~가을

아를에서
1888년 2월~1889년 5월

내 영혼을 주겠다

1888년 2월 20일 고흐는 하얗게 눈 내린 아를에 도착했다.

이곳에서 그는 꽃이 핀 과일나무 연작을 그렸다. 1880년대 말, 모네가 여러 작품으로 구성된 연작을 그렸던 것처럼 고흐도 꽃나무 그림을 각각 분리된 작품이 아니라 하나의 연작으로 생각하며 작업을 했다. 3월 말에는 처음으로 그의 작품이 파리 앵데팡당 살롱전〔관선官選의 살롱에 대항하여 신파 화가들이 1884년에 창립한 전람회〕에 다른 인상파 화가의 작품과 함께 전시되었다.

아를에 와서도 테오를 통해 파리에 있는 젊은 화가들과 편지를 주고받던 고흐는, 노란집을 아틀리에로 꾸며서 화가 공동체의 거점으로 삼으려 했다. 이 계획의 일환으로 그는 고갱을 초대했다. 9월 16일 고흐는 고갱이 와주기를 기대하며 노란집으로 이사했고, 10월 23일 도착한 고갱과 공동생활을 시작했다.

초기에는 두 사람 모두 작업에 몰두하여 많은 그림을 그렸다. 그러나 12월 들어 예술에 대한 견해 차이로 두 사람 사이에 불화가 심해졌다. 12월 23일 고갱과 심하게 다툰 고흐가 자신의 귀를 잘랐다. 고갱은 급히 파리로 떠났고 고흐는 2주 동안 병원에 입원했다.

1889년 1월 예상 밖으로 빨리 회복한 그는 노란집으로 돌아왔고, 「귀에 붕대를 감고 있는 자화상」, 「양파가 있는 정물」, 「자장가」 등을 그렸다.

그러나 여전히 환각 증상이 나타났고, 그를 불안하게 여기던 주민들의 고발로 3월 말까지 병원에 강제 입원되었다.

4월 17일, 동생 테오가 조안나 봉제르와 암스테르담에서 결혼했다.

아를 시절에 고흐는 이런 고초를 겪으면서도 200여 점에 이르는 그림을 그렸다.

◆ **귀에 붕대를 감고 있는 자화상** 60×49cm · 1889년 1월 · 캔버스에 유채

형이 없으니 텅 빈 느낌이다

여동생 윌에게 ◆◆◆

형이 지난 일요일에 남부로 떠났다. 우선 아를에 가서 그 지역을 둘러본 후 아마도 마르세유로 갈 것 같다.

2년 전 형이 여기로 왔을 때만 해도 난 우리가 이토록 서로 의지하게 될지 몰랐단다. 하지만 이제 아파트에 나 혼자 남고보니 텅 빈 느낌이구나. 적당한 사람을 구해 함께 지낼 생각이지만, 형을 대신할 만한 사람은 찾을 수 없을 것 같다. 형의 지식과 세상에 대한 명석한 시각은 정말 믿기 어려울 정도란다. 그러니 형이 더 나이 들기 전에 유명해질 거라고 확신한다. 형 덕분에 난 많은 화가들을 알게 되었지. 그들 역시 형에 대해 아주 좋게 생각한다. 형은 새로운 생각의 챔피언이거든. 물론 하늘 아래 새로운 건 아무것도 없다는 말을 생각한다면, 더 정확히 말해 낡은 생각들을 뒤집는 일의 챔피언이라 해야겠지. 평범함 때문에 퇴보했거나 그 가치를 잃어버린 생각들에 대해 말이다. 게다가 형은 항상 남들을 위해 해줄 수 있는 무언가를 찾는 따뜻한 마음의 소유자란다.

형의 편지는 정말 재미있어. 형이 더 자주 쓰지 않는 게 아쉬울 따름이다.

1888년 2월

▶ 반 고흐가 남프랑스로 떠난 후 테오가 여동생에게 보낸 편지이다.

화가 공동체에 대한 구상

테오에게 ◆◆◆

화가 공동체를 만들어서 그림 판 돈을 나누어 갖자고 화가들을 설득하는 것
보다는 화상과 미술애호가들을 설득해서 인상파 화가들의 그림을 사도록
하는 게 더 쉬울지도 모르겠다. 그러나 화가들이 연합해서 자기 그림을 공
동체 소유로 하고, 그림 판 돈을 나누어 가지는 것보다 더 이상적인 방법을
찾을 수 없을 것 같다. 그런 식으로 작업하면 공동체가 회원들의 생계와 지
속적인 활동을 보장해 줄 수 있을 테니까.

　드가, 모네, 르누아르, 시슬레, 피사로 이 다섯 사람이 앞장서서 "우리가
각각 그림 열 점씩을 넘기겠소"(혹은 그림의 형태로 자본을 출자해서, 공동
체에 동참하는 테르스테이흐 씨나 너 같은 전문회원이 한 화가의 작품당 가
격을 1만 프랑으로 매기든지)라고 말하고, 그림을 해마다 일정한 가격으로
넘기기로 하는 거지. 그후 기요맹, 쇠라, 고갱 등 다른 화가도 참여하게 유
도하는 것이다. 물론 그들의 그림도 전문회원의 평가를 거쳐야 하겠지.

　그랑 불바르의 위대한 인상파 화가들이 그림을 공동소유로 출자한다면
자신의 권익을 유지할 수 있을 것이다. 그들의 명성은 무엇보다 개인의 노
력과 재능 그리고 그 집단의 노력으로 얻은 것이다. 그러므로 그 명성을 이
용한다고 해서 다른 사람들이 비난하는 일은 더 이상 없을 것이다. 이 공동
체 사업이 실현되고, 또 테르스테이흐 씨와 네가 그 공동체의 전문회원이
되기를 바란다(어쩌면 포르티에 씨도 동참할 수 있지 않을까).

　최근에는 풍경화 두 점을 그렸다. 작업이 꾸준히 진행되기를 바라고 있
다. 그러면 한 달 후에는 작품 몇 점을 보낼 수 있을 것이다. 굳이 한 달 후
라고 말하는 것은, 너에게 최고의 작품만 보내고 싶기 때문이고, 그림이 마

◆ 아를 역 근처 플라타너스 거리 46×49.5cm · 1888년 3월 · 캔버스에 유채

르길 기다려야 할 뿐 아니라 운송료 때문에 한 번 보낼 때 적어도 한 다스를 보내고 싶기 때문이다.

여러 가지 이유 때문에 파리의 삯마차를 모는 가련한 말들이 피곤한 몸을 쉴 수 있을 풀밭과 같은 쉼터를 만들고 싶다. 그 말들이란 너나 여러 친구들, 그리고 불쌍한 인상파 화가들이다.

얼마 전에 원근법적 틀을 이용한 습작을 세 점 시도해 보았다. 그 틀을 이용하는 데 각별한 의미를 부여하는 것은, 옛 독일이나 이탈리아 화가뿐 아니라 현대의 많은 예술가들도 머지않아 이 방법을 사용하게 될 것이라고 생각하기 때문이다. 플랑드르 화가들도 원근법적 틀을 사용했다고 믿고 있다.

물론 도구의 현대적인 사용법은 과거와는 다를 수 있다. 과거의 유화기법으로 오늘날 그 기법의 창안자들과는 다른 효과를 낼 수 있게 된 것처럼. 이런 말을 하는 것은 내가 나 자신만을 위해 작업하는 게 아니라는 사실을 너에게 말해 주고 싶어서이다.

이제 새로운 색채 예술과 데생, 새로운 예술적 삶이 요구되고 있다. 이런 신념을 가지고 일한다면, 우리 희망이 수포로 돌아가지는 않겠지.

아직 물감이 마르지 않아서 그림을 말 수가 없다. 늘 너에게 보낼 그림을 준비해 두고 있다는 걸 잊지 마라.

1888년 3월 10일

모두가 낯설게 보인다

테오에게 ◆◆◆

최근 며칠간은 바람이 불고 비가 내려서 집에서 작업했다. 그 그림을 베르나르에게 부치는 편지에 스케치했다. 그 그림은 유리창에 굵은 선으로 데생한 후 색칠한 것 같은 느낌을 줄 수 있었으면 한다.

요즘 모파상의 『피에르와 장』을 읽는 중인데, 참 아름다운 소설이다. 이 소설의 서문을 읽어보았니? 서문에는 "소설가에게는 소설을 통해 자연을 더 아름답고, 더 단순하며, 훨씬 큰 위안을 줄 수 있게 과장하고 창조할 자유가 있다"고 씌어 있다. 그 다음에 "재능은 오랜 인내로 생겨나고, 창의성은 강한 의지와 충실한 관찰을 통한 노력으로 생긴다"라는 플로베르의 말이 의미하는 것에 대해 쓰고 있다.

이곳에는 고딕 양식의 회랑이 있는데 요즘 들어 아주 멋지다는 걸 발견했다. 그러나 그 회랑은 이해할 수 없는 중국어가 들리는 악몽처럼 차갑고 기괴한 느낌이어서, 아무리 위대한 양식으로 지어진 아름다운 건물이라 하더라도 나에게는 다른 세계의 것처럼 느껴진다. 네로가 지배하던 고대 로마시대에 태어나지 않은 걸 다행으로 생각하는 것처럼 그 세계에 속하지 않은 걸 다행스럽게 여긴다.

낯설게 보이는 건 그뿐만이 아니다. 알제리 군인들, 사창가, 처음으로 성체 배령拜領을 하러 가는 귀여운 아를의 아이들, 미사복을 입은 신부들, 위험한 코뿔소를 닮은 사람들, 압생트〔압생트 식물에서 추출한 독한 술로 초록빛을 띠며 중독성이 강하다〕를 마시는 사람들……. 이 모두가 다른 세계의 사람처럼 보인다. 내가 예술적 환경에서만 편안함을 느낀다는 말을 하려는 게 아니다. 외로움을 느끼기보다는 농담을 하는 쪽이 더 낫다는 말을 하고 싶을 뿐이다.

이 모든 것을 농담으로 생각하지 않는다면, 너무 괴로울 것 같다. 파리에는 아직도 눈이 많이 쌓여 있겠지.

1888년 3월

쇠가 뜨거울 때 두들기는 수밖에

테오에게 ♦♦♦

여전히 꽃이 만발한 과일나무를 그리느라 바쁘다. 이곳의 공기는 나에게 큰 도움이 된다. 너도 이 공기를 마실 수 있다면 좋을 텐데. 나는 그 덕분에 코냑 한 잔만 마셔도 머리가 맑아지는 것 같고, 따로 자극제를 복용하지 않아도 피가 잘 돌고 긴장이 풀리는 것 같다. 유일한 문제는 위가 너무 약해졌다는 것인데, 참고 기다리면 좋아지겠지.

올해는 바라던 대로 그림이 나아졌으면 정말 좋겠다. 과일나무를 하나 그렸는데, 분홍색 복숭아나무 그림과 창백한 분홍색의 살구나무 그림만큼 잘 그려졌다. 지금은 수많은 검은색 가지를 뻗고 있는 연노랑의 자두나무를 그리고 있다. 캔버스와 물감을 무척 많이 쓰고 있는데, 단순한 돈 낭비가 아니기를 바란다.

이번 달은 너에게나 나에게나 힘든 시간이 될 것 같다. 그러나 네 사정이 허락한다면 꽃이 핀 과일나무 그림을 최대한 많이 그리고 싶다. 지금도 열심히 그리고 있지만, 같은 소재로 적어도 열 점은 더 그려야 할 듯하다.

◆ **꽃이 핀 복숭아나무** 65×81cm · 1888년 4월 · 캔버스에 유채

　너도 알다시피 나의 작업은 변덕이 아주 심하다. 과일나무 그림을 그리고 싶어 하는 지금의 열정이 언제까지 계속될지. 다음에는 경기장 그림을 그릴지도 모른다. 그후에는 데생을 많이 하고.

　일본 판화의 양식에 따라 무언가를 그려보고 싶다. 쇠가 뜨거울 때는 두들기는 수밖에 없지 않겠니. 과일나무 그림은 20호, 25호, 30호 캔버스에 그리고 있어서, 작업을 끝내면 많이 지칠 것 같다. 그래서 아주 많이 그릴 수는 없을 것이다.

　너도 분홍색 복숭아나무들이 아주 열정적으로 그려졌다는 걸 볼 수 있을 것이다. 사이프러스나무 옆으로, 혹은 잘 익은 밀밭 위로 별이 빛나는 밤을 그리고 싶다. 이곳의 밤은 지독하게 아름다울 때가 있다. 그걸 그리고 싶은 마음이 굴뚝같다.

이런 식으로 1년을 보내면 어떤 결과를 얻게 될지 궁금하다. 그때쯤이면 건강이 나빠져서 그림을 그리지 못하게 되는 일은 없었으면 좋겠다. 며칠 동안 꽤 아플 때가 있는데, 크게 걱정은 하지 않는다. 이게 모두 지난겨울, 정상적이지 못한 생활을 했기 때문이다. 이제 피가 맑아지고 있으니 아무런 문제가 없을 거다.

내 그림의 가격이 경비를 충당할 수 있어야 할 텐데. 경비를 넘어선다면 정말 좋겠지만. 지금까지 사용한 돈이 얼마인지 생각해 보면……. 아, 그래, 꼭 그렇게 될 것이다. 물론 모든 걸 이룰 수는 없겠지. 그러나 작업은 잘 진행되고 있다. 지금까지는 내가 돈을 쓰는 것에 대해 네가 불평한 적이 없었지. 그러나 미리 말해 두겠는데, 지금 같은 속도로 작업을 계속해 나간다면 수입과 지출의 균형을 맞추기 힘들 것 같다. 지나치게 많은 양의 작업을 하고 있거든.

너무 힘들다고 생각되면 언제라도 말을 해라. 즉시 유화를 그만두고 경비가 덜 드는 데생을 하마. 별다른 이유 없이 너를 궁지에 몰아넣어서는 안 될 테니까. 원하는 곳에 잠시 앉아 있을 수도 없는 파리와 달리, 이곳에서는 그림 그릴 소재가 아주 많고 여러 방식의 습작이 가능하다.

1888년 4월 9일

사람, 모든 것의 뿌리

테오에게 ◆◆◆

오늘 아침, 꽃이 핀 자두나무가 있는 과수원을 그리고 있는데, 갑자기 멋진 바람이 불어오더니 다른 곳에서는 한 번도 본 적이 없는 광경을 보았다. 그럴 때면 작고 하얀 꽃잎들이 햇빛을 받아 불꽃처럼 반짝이곤 한다.

그 장면이 얼마나 아름답던지! 순간순간 땅이 진동하는 걸 바라볼 각오를 하고 그림을 그렸다. 이 하얀색 화면에는 파란색과 라일락색, 노란색이 많이 있다. 하늘은 하얗고 파랗다. 그러나 이렇게 야외에서 그린 작품에 대해 사람들은 뭐라고 할까? 기다려볼 일이다.

별로 이익이 안 되더라도 탕기 씨에게 물감을 주문할 걸 그랬다. 아주 재미있는 사람인데 말이다. 이따금 그분 생각이 난다. 혹시 만나게 되거든 내가 안부를 묻더라고, 그리고 가게에 진열할 그림이 필요하다면 이곳에서 좋은 걸 구할 수 있을 거라고 꼭 전해다오.

요즘은 사람이야말로 모든 것의 뿌리라는 생각이 든다. 일상적인 삶을 살아가지 못한다는 우울한 감상이 영원히 지속된다 할지라도, 아니 바로 그렇기 때문에 물감과 석고가 아니라 사람의 살과 피로 작업하는 게 더 가치를 갖는지도 모르지. 그런 의미에서는 그림을 그리거나 사업을 하는 것보다 아이를 낳는 게 더 가치 있는 삶이겠지. 그러나 그런 생각을 하다가도 역시 나처럼 일상적인 삶을 누리지 못하는 다른 친구들을 생각하면, 나는 살아 있다는 느낌이 든다.

인상주의가 주로 다루는 소재는 모두 쉽게 변하는 것이다. 그렇기 때문에라도 과감하게 아주 강렬한 원색을 사용해야 한다. 시간이 지나면 그 색채는 아주 부드러워진다.

◆ **꽃이 핀 자두나무** 55×65cm · 1888년 4월 · 캔버스에 유채

　내가 주문한 물감들, 즉 오렌지색, 노란색, 레몬색, 프러시안 블루, 에메랄
드 그린, 번들거리는 빨간색, 베로네즈 그린 등은 마리스, 모베, 이스라엘스
같은 네덜란드 화가들이 별로 사용하지 않았던 색이다. 들라크루아의 그림
에서만 그런 색을 찾을 수 있는데, 그는 거의 사용이 금지되다시피 한 레몬
색과 프러시안 블루에 특히 광적으로 열중해서 그 두 가지 색으로 뛰어난
작품을 그렸다.

1888년 4월

인내와 끈기가 필요하다

테오에게 ◆◆◆

이 빌어먹을 건강 문제만 아니라면 두려울 게 하나도 없겠다. 그러나 파리에 있을 때보다는 훨씬 좋아졌다. 내 위장이 너무 약해진 것도 그곳에서 싸구려 포도주를 너무 많이 마신 탓이지. 여기에도 싸구려 포도주가 많지만 거의 마시지 않는다.

나에게 필요한 것은 인내와 끈기뿐이다. 우리가 이미 많은 돈을 이 빌어먹을 그림에 쏟아부었으니, 그림이 그동안 들어간 돈을 회수할 수 있어야 한다는 걸 잊지 말자. 새 작업실은 두 사람이 지내기에도 괜찮을 것 같아서, 혹시 고갱이 남부로 올 수 있지 않을까 생각해 봤다. 어쩌면 맥 나이트와 함께 지낼 수도 있고. 그렇게 되면 집에서 요리를 해 먹을 수 있겠지.

아틀리에가 너무 커서 아무리 무던한 여자라도 이곳에 살 마음을 갖지는 못할 것 같고, 그러니 여자의 꽁무니를 쫓아다닌다 해도 함께 살기는 힘들 것 같다. 물론 이곳은 파리만큼 비인간적이거나 부자연스럽지는 않다. 그러나 내 기질상 결혼생활과 작품생활을 동시에 해 나가는 건 힘들 것 같다. 그러니 주어진 환경에서 그림을 그릴 수 있다는 사실에 만족해야겠지. 물론 그런 건 진정한 행복도 아니고 진정한 삶도 아니겠지. 그러나 도대체 뭘 원하겠니? 진정한 삶이 아니라는 걸 잘 알고 있는 이 예술적 삶조차도 나에게는 생생하게 느껴진다. 여기에 만족하지 않는다면, 배은망덕하고 분수를 모르는 것이지.

1888년 5월 1일

내 그림의 값어치

테오에게 ◆◆◆

너는 내가 보내는 그림이 가치가 있다고 생각하고, 또 그것이 너에게 진 빚을 갚아주는 것으로 받아들인다고 했지. 그러나 나로서는 너에게 1만 프랑 정도를 가져다줄 수 있게 되는 날 마음이 편해질 것 같다. 지난날 이미 써버린 돈도 우리 손에 되돌아와야 할 것이다. 적어도 그 정도 값어치가 있는 물건의 형태로라도. 아직은 그렇게 되기 힘들겠지.

◆ **아를의 다리와 빨래하는 여인들** 54×65cm · 1888년 3월 · 캔버스에 유채

이런 자연에는 좋은 그림을 그리는 데 필요한 모든 것이 갖추어져 있다고 생각한다. 그러니 내가 성공하지 못한다면, 순전히 내 잘못이다. 모베는 단 한 달 동안 6,000프랑의 가치가 있는 수채화를 그렸고, 팔았다. 그 당시 네가 들려주었던 이야기지. 그래, 이런 것이 요즘 고민하고 있는 문제다. 그러나 나에게도 가능성은 있다고 생각한다.

이번에 부치는 짐 속에는 거친 캔버스에 그린 분홍색 과일나무 그림과 폭이 넓은 하얀 과일나무 그림, 그리고 다리 그림이 있다. 그걸 보관해 두면 나중에 가격이 오를 거라고 생각한다. 이런 수준의 그림이 50점 정도 된다면, 별로 운이 없었던 우리의 과거를 보상받을 수 있겠지. 그러니 이 그림 세 점을 네 집에 두고 팔지 말아라. 시간이 지나면 이 그림들은 각각 500프랑의 가치를 갖게 될 것이다.

1888년 5월 10일

이 세상은 신의 실패작

테오에게 ♦♦♦

필요한 물감의 목록을 써놓았다. 그걸 즉시 보내지 못한데도, 데생을 좀더 많이 할 테니 별문제는 없다. 그래서 급한 것과 덜 급한 것을 구분해서 썼다.

가장 급한 것은 데생이다. 붓으로 직접하든 펜이나 다른 것으로 하든 데생은 아무리 많이 해도 충분하지 않다.

요즘은 핵심적인 것을 강조하고 중요하지 않은 것은 일부러 흐릿하게 하는 방법을 시도하고 있다.

이 세계를 가만히 보면, 선량한 신에 대해 섣불리 판단해서는 안 된다는 생각이 점점 강하게 든다. 왜냐하면 이 세계는 그가 망쳐버린 습작에 불과하다는 생각이 들기 때문이다.

아주 좋아하는 화가가 그림 하나를 망쳤다고, 무엇을 어떻게 할 수 있겠니. 그럴 때 우리는 비판은 하지 않고 그저 입을 다물 뿐이지. 물론 더 나은 작품을 그리라고 요구할 권리는 있다. 꼭 해야 할 일은 같은 손으로 그린 다른 작품을 살펴보는 것이겠지.

이 세상은 신이 뭘 해야 하는지 잘 모를 때, 제정신이 아닌 불행한 시기에 서둘러서 만들었음이 분명하다. 선량한 신에 대해 우리가 알고 있는 것, 그것은 자신의 습작을 만들기 위해 그가 많은 수고를 했다는 정도지.

정말 그렇다는 생각이 든다. 습작은 다양한 방식으로 망가졌다. 그렇게 실수할 수 있는 사람은 주인밖에 없다. 그래, 그게 아마도 가장 훌륭한 위안이 되겠지. 그때부터는 바로 그 창조적인 손에 의해 응분의 보상이 주어지기를 희망할 권리가 우리에게 있기 때문이다.

다시 태어난다면 지금보다 더 나은 삶을 살 수 있기를.

1888년 5월

고갱과 함께 지낸다면

테오에게 ◆◆◆

고갱 생각을 했다. 그가 이곳에 온다면, 우선 교통비가 들 테고 침대나 매트리스도 두 개 필요하겠지. 그러나 고갱은 선원이었기 때문에 함께 살게 되면 집에서 음식을 만들어 먹을 수 있을 것 같다. 그렇다면 지금까지 나 혼자 써오던 돈으로 두 사람이 살 수 있는 것이지.

화가들이 혼자 사는 건 어리석은 일이라고 늘 생각해 왔다. 고립되어 있으면 늘 패배하기 마련이거든. 게다가 이건 그를 그곳에서 떠나게 하려는 네 생각과도 잘 맞지 않겠니.

사실 네가 브르타뉴에 있는 그에게 생활비를 보내면서 프로방스에 있는 나에게도 생활비를 보내는 건 불가능하다. 우리 두 사람이 한 달에 250프랑을 나눠 쓴다면 누구보다 네가 편해질 테고, 게다가 내 그림뿐 아니라 고갱의 그림도 얻게 되겠지. 따라서 예산을 초과하지 않는다면 모든 사람에게 이득이 될 수 있을 것이다.

이 계획에는 다른 사람들과 함께 공동체를 결성하려는 의도도 있다. 그래서 고갱에게 보낼 편지 초안을 너에게 보낸다. 네가 좋다면 조금 손질해서 다시 써 보낼 생각이다.

일을 단순하게 바라보자. 그게 모두에게 좋다. 네가 모든 걸 부담할 수는 없으니 나한테도 일을 맡겨라. 고갱도 친구로서 나와 함께할 것이다.

너도 나처럼 고갱이 제대로 인정받지 못하는 걸 안타깝게 생각하고, 그래서 돕고 싶어 한다는 걸 알고 있다. 물론 하루아침에 상황이 달라지지는 않겠지. 그러나 우리가 이보다 더 나은 제안은 할 수 없을 뿐더러 다른 사람도 이런 제안은 하지 않을 것이다.

나 혼자서 그렇게 많은 돈을 쓴다는 게 가슴 아프다. 그걸 해결하려면 함께 살 여자를 찾든지 그림을 위해 함께 일할 수 있는 친구를 찾아야겠지. 나는 여자를 찾지 않고 친구를 찾는다. 그에게도 좋은 일이라면, 그가 기다리게 해서는 안 될 것이다.

테오야, 이건 화가 공동체의 출발점이 될 것이다. 베르나르도 남부로 와서 우리와 합류할 것이다. 그리고 무엇보다 내가 너를 프랑스에서 인상파 화가 공동체의 선두에 있는 인물로 생각한다는 걸 잊지 마라. 내가 그들을 모으는 데 도움이 된다면, 기꺼이 그들을 만나보겠다.

그들보다 더 많은 돈을 쓰고 있다는 사실 때문에 얼마나 양심의 가책을 느끼는지 모른다. 너를 위해서도 그들을 위해서도 더욱 큰 이득이 되는 방법을 찾아야 한다.

그래서 내가 찾아낸 방법이 바로 고갱과 함께 지내는 것이다. 너도 잘 생각해 봐야겠지. 좋은 동반자가 있어서 함께 생활한다면, 더 적은 돈으로도 생활할 수 있지 않겠니.

1888년 5∼6월

함께할 친구가 필요하다

테오에게 ◆◆◆

우리 같은 사람은 아프지 않도록 신경 써야 한다. 아프게 되면 방금 죽은 불쌍한 관리인보다 더 고독해질 것이다. 그런 사람은 주변에 사람이 있고, 집 안일을 돌보면서 바보같이 살아간다. 그러나 우리는 생각만 하고 홀로 지내면서 가끔은 바보처럼 살고 싶어 한다.

우리의 육체를 보더라도 우리는 함께 살아갈 친구가 필요하다.

1888년 5∼6월

그림 속 색의 힘

테오에게 ◆◆◆

요즘은 밀밭이 보이는 풍경을 그리고 있다. 하얀 과일나무 그림보다 못한 그림이 되지는 않을 것이다. 그 그림은 앵데팡당 전에 출품했던 두 점의 풍경화「몽마르트르 언덕」과 비슷하다. 그러나 오늘 그린 그림이 더 강렬하고 맵시 있다고 생각한다. 이 그림과 한 쌍을 이루게 될 그림의 소재도 생각하고 있다. 그것은 농장과 건초더미를 그린 그림이다. 고갱이 어떻게 하려는지 몹시 궁금하다. 나는 그가 이곳에 올 수 있기를 바란다. 너는 미래에 대해 생각하는 건 소용 없는 짓이라 하겠지만, 그림은 천천히 진행되는 것이어서 예측을 잘해야 한다.

고갱의 그림이 팔린다면 그뿐만 아니라 나에게도 도움이 될 것이다. 그림을 그리려면 생계를 유지할 수 있는 확고한 기반이 필요하다.

고갱과 내가 이곳에 오래 머문다면, 점점 더 개성적인 그림을 그리게 될 것이다. 이 지역 특유의 소재를 깊이 고민하게 될 테니까.

남부에서 시작한 이상 다른 곳으로 옮기는 일은 상상하기 어렵다. 이 지역에서 계속 그림을 그리고 싶다.

너무 작은 그림에 스스로를 묶어두는 것보다 스케일이 큰 소재에 도전하는 쪽이 성공할 기회가 더 많다고 생각한다(사업도 마찬가지다). 바로 그 때문에 더 큰 캔버스에 그림을 그리려고 과감하게 30호 크기의 캔버스를 사용할까 한다. 여기서는 이 캔버스 하나에 4프랑씩 하는데, 운송료를 생각하면 그리 비싼 편은 아니다.

최근에 그린 캔버스는 다른 그림을 눈에 띄지 않게 죽여버린다. 푸른색과 노란색의 커피 주전자와 커피잔, 접시 등을 다룬 정물화에 불과한데도. 아

◆ **밀밭 풍경** 73×54cm · 1888년 6월 · 캔버스에 유채

마도 데생이 잘 되어서 그런 것 같다.

이제 타는 듯한 날씨가 시작되고 봄과는 분명히 다르겠지만 자연을 사랑하는 내 마음에는 변함이 없다. 이제 모든 것이 낡은 황금이나 청동, 구릿빛깔을 띠게 될 테고, 창백하고 뜨거운 청록색 하늘 아래 모든 것이 들라크루아의 그림에서처럼 달콤하고 조화로운 색이 될 것이다.

고갱이 동참한다면, 우리에게는 앞으로 한 걸음 더 나아갈 기회가 된다. 우리는 남부의 개척자로 확고하게 자리 잡게 될 것이고, 누구도 그걸 부정할 수 없을 것이다.

나는 다른 모든 것을 죽여버린다는 그 그림 속 색의 힘을 확보하려 노력해야 한다. 포르티에 씨는 자신이 소유한 세잔의 그림을 따로 보면 아무것도 아닌 것 같은데, 다른 캔버스 옆에 놓고 보면 다른 그림의 색채를 죽여버린다고 말했지. 세잔의 그림은 황금색 배경에서 훌륭해 보이는데, 그것은 그림의 색조가 뛰어나고 모든 단계의 색이 아주 짙게 칠해졌기 때문이다.

그러니 어쩌면, 그래, 어쩌면 나도 옳은 경로를 밟고 있는 것이고, 내 눈도 이곳의 자연에 익숙해지고 있는지도 모른다. 좀더 기다려보면 알게 되겠지.

최근에 그린 그림은 작업실 바닥의 붉은 벽돌을 배경으로 해도 색감이 죽지 않는다. 그림을 벽돌처럼 짙은 빨간색 바닥에 두고 본 적이 있는데, 그림의 색이 바래거나 창백하게 보이지 않았다.

1888년 6월 12~13일

「씨 뿌리는 사람」, 영원한 것에 대한 동경

베르나르에게 ◆◆◆

요즘은 고갱과 자네와 내가 같은 곳으로 가지 않은 게 얼마나 어리석었던가 하는 생각을 종종 하네. 고갱이 이곳을 떠났을 때는 내가 다른 데로 옮길 수 있을지 확실하지 않았고, 자네가 떠날 때는 짜증스럽게도 돈 문제가 걸려 있었지. 그래서 내가 이곳이 생활비가 많이 든다고 전하는 바람에 자네가 오지 못하고 말았네.

우리가 모두 아를로 왔더라면 그런 일은 벌어지지 않았을 텐데. 우리 세 사람이 같이 지낸다면 가사일도 함께할 수 있었을 테고. 이제 이곳 사정에도 밝아지고 보니 함께 지냈더라면 득이 되었을 점을 많이 발견하게 되네.

나는 북부지방에 있을 때보다 잘 지내고 있네. 그늘이 전혀 없는 한낮의 밀밭에서 작업하는 게 매미처럼 즐겁네. 서른다섯 살이 되어서가 아니라 스물다섯 살이었을 때 이곳에 올 수 있었다면 얼마나 좋았겠나! 그 당시 나는 회색이나 색이 없는 것에 빠져 있었네. 늘 밀레를 꿈꾸었고 모베나 이스라엘스 같은 네덜란드 화가들과 사귀곤 했지.

「씨 뿌리는 사람」의 스케치를 보내네. 흙을 온통 파헤친 넓은 밭은 선명한 보랏빛을 띠고 있네. 잘 익은 보리밭은 양홍빛을 띤 황토색이고.

하늘은 황색 1호와 2호를 섞어 칠했는데, 흰색이 약간 섞인 황색 1호 물감으로 색칠한 태양만큼이나 환하네. 그래서 그림 전체가 주로 노란색 계열이라네. 씨 뿌리는 사람의 상의는 파란색이고 바지는 흰색이네. 크기는 정사각형의 25호 캔버스.

노란색에 보라색을 섞어서 중성적인 톤으로 칠한 대지에는 노란 물감으로 붓질을 많이 했네. 실제로 대지가 어떤 색인가에는 별로 관심이 없네. 낡

◆ **씨 뿌리는 사람** 64×80.5cm · 1888년 6월 · 캔버스에 유채

은 달력에서 볼 수 있는 소박한 그림을 그리고 싶었거든. 나이든 농부의 집
에서 볼 수 있는 달력에는, 눈이나 비가 오는 장면이나 날씨 좋은 날의 풍경
이 아주 유치한 양식으로 묘사되어 있지 않나. 앙크탱이 「추수」에서 성공적
으로 사용하고 있는 그런 양식 말일세. 솔직히 내가 시골에서 자라 그런지
시골 풍경에 대해 반감은 전혀 갖고 있지 않네. 과거의 단편적인 기억은 아
직도 나를 황홀하게 하며 영원한 것에 대한 동경을 갖게 한다네. 씨 뿌리는
사람이나 밀짚단은 그 상징이지.

　언제쯤이면 늘 마음속으로 생각하고 있는, 별이 빛나는 하늘을 그릴 수 있
을까? 멋진 친구 시프리앙이 말한 대로, 가장 아름다운 그림은 침대에 누워

◆ **황혼의 밀밭** 73.5×92cm · 1888년 6월 · 캔버스에 유채

서 파이프 담배를 입에 물고서 꿈
꾸는, 그러나 결코 그리지 않은
그림인지도 모르지. 압도될 것 같
은 자연의 아름다움과 표현할 수
없을 것 같은 완벽함 앞에서 아무
리 큰 무력감을 느끼더라도 우선
시작은 해야겠지.

또 하나의 풍경 스케치를 편지
에 했는데, 해가 지는 것처럼 보
이나, 달이 뜨는 것처럼 보이나?

◆ **그림 그리는 고흐** 1887년 · 베르나르 작

여하튼 여름 태양이네. 마을은 보랏빛이고, 태양은 노란색, 하늘은 청록색
이네. 밀밭은 오래된 황금빛, 구릿빛, 녹색을 띠는 황금빛, 혹은 붉은 황금
빛, 노란 황금빛, 노란 청동빛, 적록색 등 모든 색을 담고 있네. 크기는 정사
각형의 30호 캔버스네.

미스트랄〔지중해 연안에 부는 북서풍〕이 한창일 때 이 그림을 그렸는데, 오
죽했으면 이젤을 말뚝으로 고정해야 했네. 이 방법을 자네에게도 권하고 싶
군. 이젤 다리를 흙속에 박고 50센티미터 길이의 말뚝을 그 옆에 박았네. 그
러고는 이 모두를 로프로 묶어야 했네. 그렇게 하면 바람이 불어도 작업을
계속할 수 있지.

흰색과 검은색에 대해 하고 싶은 말이 있는데, 「씨 뿌리는 사람」을 예로
들겠네. 이 그림은 위쪽 절반은 노란색, 아래쪽 절반은 보라색, 이렇게 두 부
분으로 나눌 수 있네. 그럴 때 노란색과 보라색이 너무 지나치게 대조되어
거슬리는 면이 있는데, 바지를 하얀색으로 칠해서 눈을 쉬게 하고 시선을
다른 곳으로 보내게 해준다네. 이걸 말해 주고 싶었네.

고갱도 퐁타방에서 지내는 게 싫증이 났는지 자네와 마찬가지로 외롭다고 하더군. 자네가 그를 한번 만나러 가도 좋을 텐데. 그런데 그가 계속 그곳에 머무를 생각이 있는지는 잘 모르겠군. 파리로 갈 것 같기도 하고……. 그는 자네가 퐁타방으로 올지도 모른다고 생각하더군. 우리 세 사람이 여기에서 함께 지낼 수 있다면! 자네는 거리가 너무 멀다고 할지 모르지. 사실 멀기는 하지만 겨울을 생각해 보게. 이곳에서는 1년 내내 일할 수 있다네. 내가 이곳을 좋아하는 이유도 혈액순환을 막거나, 아무 일도 못하게 하는 추위를 두려워할 필요가 별로 없다는 데 있네.

1888년 6월 18일

예술은 예술가들에게

테오에게 ◆◆◆

12명의 라파엘 전파前派 연합〔19세기 중엽 영국에서 일어난 예술 운동으로 라파엘로 이전처럼 자연에서 겸허하게 배우는 예술을 표방하여 새로운 도덕적 진지함과 성실함을 표현하고자 했다〕과 비슷한 성격을 띠는 인상파 화가들의 공동체 결성은 꼭 실현될 것이라고 믿고 있다. 화가들이 공동체에 일정 분량의 그림을 제공하고 그에 따른 손실뿐 아니라 이익도 공동소유한다면, 서로의 생활을 보장할 수 있을 뿐 아니라 화상들로부터 독립을 유지할 수 있게 된다. 물론 이런 공동체가 무한정 지속되지는 않겠지만, 공동체가 존속하는 동안은 화가들이 용기를 갖고 그림을 그릴 수 있을 것이다.

나는 있는 그대로의 사물을 좋아한다. 그걸 다시 구성하는 것보다 있는 그대로 받아들이고 싶다.

예술은 예술가들에게! 이건 위대한 혁명이다. 그게 유토피아에 불과하다면 할 수 없지.

인생은 너무 짧고 너무 빨리 지나간다. 화가라면 그래도 그림을 그려야겠지.

지난겨울, 피사로나 다른 화가들과 우연찮게 화가 공동체 구상에 대해 많은 이야기를 나누었다는 걸 너도 알고 있지. 이제 나는 내년이 오기 전에 50점의 그림을 그릴 계획이라는 말만 덧붙이고 싶다. 결심을 꼭 지킬 것이다.

그림 한 점을 완성해서 돌아온 날이면, 이런 식으로 매일 계속하면 잘될거라고 혼자 중얼거리곤 한다. 반대로, 아무런 성과 없이 빈손으로 돌아와서는 그래도 먹고 자고 돈을 쓰는 날이면, 내 자신이 못마땅하고 미친놈이나 형편없는 망나니, 혹은 빌어먹을 영감탱이 같다는 생각이 든다.

1888년 6월

그림은 사진이 아니다

테오에게 ◆◆◆

피사로는 색채가 서로 조화를 이루거나 부조화를 이루면서 만들어내는 효과를 대담하게 과장해야 한다고 말했는데, 정말 옳은 말이다. 그건 데생에서도 마찬가지다.

실제와 똑같이 그리고 색칠하는 게 우리가 추구해야 할 일이 아니다. 설령 현실을 거울로 비추는 것처럼 색이나 다른 모든 것을 있는 그대로 그리는 일이 가능할지라도, 그렇게 만들어낸 것은 그림이 아니라 사진에 불과하기 때문이다.

1888년 6월

영생의 예술

베르나르에게 ◆◆◆

성경은 때로 우리를 절망에 빠뜨리고 분노하게 하며, 다른 사람들에게 전염될 수 있는 어리석음과 편협함으로 우리를 공격하고 혼란스럽게 하네. 결국 우리를 깊은 슬픔에 잠기게 만들고. 그러나 성경이 주는 위안도 있지 않은가. 딱딱한 껍질 속에 숨어 있는 쌉쌀한 과육과도 같은 위안, 그것은 그리스도라네. 오직 들라크루아와 렘브란트만이 내가 생각하는 방식으로 그리스도의 얼굴을 그렸네. 그리고 밀레는 그리스도의 가르침을 그렸지.

회화적 관점이 아니라 종교적 관점에서 그려진 종교화들은 나를 웃길 뿐이네. 보티첼리 같은 초기 이탈리아 화가들, 혹은 반 에이크 같은 초기 플랑드르 화가들, 크라나흐 같은 독일 화가들, 그런 사람들은 그리스 화가들이나 벨라스케스, 그리고 다른 많은 자연주의 화가들과 같은 이유에서만 내 관심을 끈다네.

철학자들과 마술가들이 많이 있었지만, 오직 그리스도만이 영생을 확신했고, 시간의 무한성, 죽음의 무의미함, 평온과 헌신의 필요성과 의미를 인정했지. 그는 다른 모든 예술가보다 더 위대한 예술가로서, 대리석, 점토, 물감을 경멸하면서 살아 있는 육신으로 일했고 평온하게 살았네. 신경질적이고 둔한 우리 현대인의 두뇌로는 전혀 이해할 수 없는 존재인 이 두려움 없는 예술가는 조각을 하지도, 그림을 그리지도, 글을 쓰지도 않았네. 단지 자신의 말을 통해 살아 있는 사람을 불멸의 존재로 만들었지.

여보게, 베르나르. 이런 생각은 우리를 예술 자체를 넘어서 아주 멀리 있는 세계로 데려가네. 그래서 생명을 창조하는 예술, 죽지 않고 영원히 살아 있는 예술을 볼 수 있게 해주지. 이 생각은 회화와 밀접한 관련을 갖는다네. 흔히 한 마리의 황소로 상징되는 누가는 복음서의 저자인 동시에 의사이자 화가였기에 흔히 화가들의 성자라 불리면서 우리에게 희망을 준다네.

그러나 '예술에 대한 사랑이 진정한 사랑을 빼앗아가는' 이 냉혹한 행성에서 화가들이 꾸려가는 생활은 정말 초라하지. 그뿐만 아니라 실천하기 힘든 사명 때문에 허리가 부서져라 멍에를 지고 고통에 시달리고 있네.

그래도 다른 무수한 행성이나 태양에도 선과 형태와 색채가 존재한다는 가설을 반박하지는 못하기 때문에, 언젠가는 다른 존재가 되어 그림을 그리게 될지도 모른다고 믿을 자유가 우리에게 있지. 유충이 나비가 되고 굼벵이가 딱정벌레가 되는 것보다 더 놀라울 것도 신기할 것도 없는 어떤 현상에 의해 완전히 달라진 존재 말일세.

지상에 머무르는 동안 지도 위에 검은 점으로 표시되어 있는 마을이나 도시에 직접 가볼 수 있는 것처럼, 어쩌면 나비가 화가로 활동하고 있는 무수한 별이 있을지도, 그리고 죽은 후에는 우리도 그곳에 갈 수 있게 될지도 모르지 않겠나.

1888년 6월 26일

급하게 그린 그림

테오에게 ♦♦♦

이따금 그림이 아무리 돈을 들여도 결코 만족시킬 수 없는 정부情婦처럼 느껴질 때가 있다. 그래서 혹시라도 그럭저럭 쓸 만한 그림이 나온다면 다른 걸 더 많이 살 수 있을 거라고 혼자 중얼대다 보면 가슴이 몹시 아프다.

클로드 모네가 2월에서 5월까지 열 점의 그림을 그릴 수 있었다니 정말 훌륭하다. 작업을 빨리 진행한다고 진지하지 않게 일하는 건 아니다. 그건 그 순간의 상태와 경험에 달린 문제이다.

미리 말해 두고 싶은 게 있는데, 사람들은 아마도 내가 너무 급하게 그림을 그린다고 할 것이다. 그런 말에 귀 기울이지 말아라.

우리를 이끌어주는 것은 우리의 감정, 그리고 자연에 대한 진지한 느낌 아니냐. 그런데 이런 감정이 너무 강할 때면, 그림을 그리고 있다는 걸 느끼지 못한 채 붓을 휘두르게 된다. 그럴 때는 연설이나 편지에 나오는 낱말들이 그렇듯이, 붓질이 연속적으로 이어지면서 서로 관련을 맺는다. 그런 순간이 늘 오는 것도 아니고, 앞으로도 영감이 떠오르지 않는 답답한 날이 계속될 수 있다는 사실도 기억해야지. 쇠방망이를 얻으려면 쇠가 달구어졌을 때 두드려야 하지 않겠니.

도데의 책에서 그토록 많이 읽었던 남프랑스 특유의 유쾌함을 이곳에서는 찾아볼 수 없다. 도리어 멋없이 꾸민 태도, 비열한 무관심을 볼 수 있을 뿐이다. 그렇다고 이곳이 아름답지 않다는 것은 아니다.

1888년 6월

나를 꿈꾸게 하는 밤하늘

테오에게 ◆◆◆

물감을 사용할 때도 펜과 종이를 대할 때처럼 부담이 없었으면 좋겠다. 색을 망칠까 싶어 두려워하다 보면 꼭 그림을 실패하기 때문이다. 내가 만약 부자였다면 지금보다 물감을 덜 썼을 것이다.

모파상의 소설에 등장하는 토끼 사냥꾼을 기억하니? 10년 동안 사냥감을 쫓아 열심히 뛰어다녀서 녹초가 되었는지, 결혼할 생각을 했을 때는 더 이상 그게 서지 않던 사람을. 그 때문에 그는 아주 초조해지고 슬퍼했지.

결혼을 해야 하는 것도 아니고 하고 싶지도 않지만, 육체적으로 나는 그와 비슷해지고 있다. 뛰어난 선생 지엠에 따르면, 남자는 더 이상 발기할 수 없는 순간부터 야망을 품게 된다고 한다. 그런데 발기하느냐 마느냐가 더 이상 문제가 안 된다면, 나는 야심을 품을 수밖에 없지.

시인, 음악가, 화가……. 그 모든 예술가들이 불우하게 살았다는 건 이상한 일이다. 네가 최근에 모파상에 대해 했던 말도 그 사실을 증명해 주는 것 아니냐. 이건 영원히 되풀이되는 물음을 다시 묻게 한다. 우리는 삶 전체를 볼 수 있을까 아니면 죽을 때까지 삶의 한 귀퉁이밖에 알 수 없는 것일까?

죽어서 묻혀버린 화가들은 그 뒷세대에 자신의 작품으로 말을 건다.

지도에서 도시나 마을을 가리키는 검은 점을 보면 꿈을 꾸게 되는 것처럼, 별이 반짝이는 밤하늘은 늘 나를 꿈꾸게 한다. 그럴 때 묻곤 하지. 왜 프랑스 지도 위에 표시된 검은 점에게 가듯 창공에서 반짝이는 저 별에게 갈 수 없는 것일까?

◆ **별이 빛나는 밤** 72.5×92cm · 1888년 9월 · 캔버스에 유채

타라스콩이나 루앙에 가려면 기차를 타야 하는 것처럼, 별까지 가기 위해서는 죽음을 맞이해야 한다. 죽으면 기차를 탈 수 없듯, 살아 있는 동안에는 별에 갈 수 없다. 증기선이나 합승마차, 철도 등이 지상의 운송 수단이라면 콜레라, 결석, 결핵, 암 등은 천상의 운송 수단인지도 모른다.

늙어서 평화롭게 죽는다는 건 별까지 걸어간다는 것이지.

1888년 6월

그림을 그리는 일은 힘든 노동

테오에게 ◆◆◆

네 편지를 받고 고갱이 우리 제안을 받아들였다는 사실을 알게 되었다. 그가 서둘러서 파리를 거쳐서 온다면 여러 가지 귀찮은 일을 겪게 될 테니 이곳으로 바로 오는 게 나을 듯하다.

리카르도의 그림이나 레오나르도 다 빈치의 그림이 수가 적다고 아름답지 않은 것은 아니다. 또한 몽티셀리, 도미에, 코로, 도비니, 밀레가 그림을 아주 빨리 그렸고 많은 그림을 그렸다고 해서 그들의 그림이 추한 것도 아니다.

내 경우에는, 풍경화를 그릴 때 빨리 그린 작품이 더 나은 경우가 많다는 걸 깨달았다.

너에게 보낸 「수확」의 데생도 마찬가지다. 그림의 모양새를 약간 다듬기 위해, 또 전체적으로 붓질을 조화롭게 하기 위해 그림을 다시 손질할 수밖에 없었지만, 그림의 주요 부분은 단 한 번에 쉬지 않고 그렸고, 다시 손질할 때도 기본틀은 유지하려고 했다.

그런데 그런 식으로 한 번 만에 그림을 그리고 나면 아주 피곤해진다. 게다가 「수확」을 그릴 때처럼 다시 그림을 손질하고 나면, 더 이상 일상적인 일을 할 수 없을 정도가 된다.

그럴 때면 이제 혼자서 지내지 않게 되리라는 사실이 그리 나쁘게 여겨지지 않는다. 특히 여섯 가지 주요색, 즉 빨강, 파랑, 노랑, 오렌지색, 라일락색, 초록색을 조화롭게 사용하기 위한 정신노동을 끝냈을 때면, 지독한 술꾼에다 정신착란에 빠졌다던 훌륭한 화가 몽티셀리를 떠올리곤 한다.

그림 그리는 일은 힘든 노동과 딱딱한 계산을 병행하는 일이다. 그래서 작업 중에는 어려운 배역을 맡고 무대 위에 선 배우처럼 극도로 긴장하게 되고, 단 30분 동안 수만 가지 생각을 해야 할 때도 있다.

그런 작업을 마치고 나서 긴장을 풀고 기분을 전환할 수 있는 유일한 방법은, 다른 사람들도 그렇겠지만 술 한잔 마시거나 독한 담배를 피우면서 멍하니 취해 있는 것이다. 별로 품위 있는 행동은 아니지만.

몽티셀리 이야기로 돌아가자. 나는 화판 앞에서 혹은 무대 위에서 술에 취해 있는 사람이 있다면 한 번 보고 싶다는 생각이 든다. 사실, 몽티셀리에 대해 라로켓 부인이 들려주는, 예수회 특유의 위선적이고 심술 사나운 이야기들이 아주 저속한 거짓말에 불과하다는 건 두 번 생각해 볼 필요도 없는 문제다.

몽티셀리는 채색을 아주 잘한 화가로 널리 알려져 있다. 여러 가닥으로 세분된 색조와 톤을 세심하게 계산해서 아주 균형 있게 그림을 그렸지. 그의 두뇌는 이런 노동으로 혹사되었던 게 틀림없다. 들라크루아나 바그너가 그랬듯.

그러니 그가 술을 마셨다면, 들라크루아보다 육체적으로 더 강하면서도

◆ 수확, 몽마주르를 배경으로 73×92cm · 1888년 6월 · 캔버스에 유채

더 많은 고통을 받았기 때문이 아닐까. 사실 들라크루아는 더 부유했잖아. 술을 마시지 않았다면 아마 곤두선 신경 때문에 다른 일을 당했을지도 모르지. 쥘 드 공쿠르와 에드몽 드 공쿠르도 격렬하게 글을 구상하다가 "잠시 자신을 잊기 위해 독한 담배를 피운다"고 하지 않니.

그러니 내가 열광적으로 그림을 그리는 이 상태를 억지로 유지한다고 생각하지는 말아라. 급하게 그린 그림이 잇따라 나오는 것은 이미 오래전에 복잡한 계산을 많이 해둔 덕분이다.

누군가 내 그림이 성의 없이 빨리 그려졌다고 말하거든, "당신이 그림을 성의 없이 급하게 본 것"이라고 말해 주어라.

요즘은 너에게 그림을 보내기 위해서 조금씩 손을 보고 있는 중이다. 「수확」을 그리는 동안 밭에서 직접 수확을 하고 있는 농부보다 결코 편하지 않은 생활을 했다.

1888년 7월

나에겐 그림밖에 없다

테오에게 ◆◆◆

누가 뭐라고 해도, 내가 그림을 그린 캔버스가 아무것도 그리지 않은 캔버스보다 더 가치가 있다. 그 이상을 주장하고 싶지는 않다. 단지 그 사실이 나에게 그림을 그릴 권리를 주며, 내가 그림을 그리는 이유라는 걸 말하고 싶었다. 그래, 나에게는 그럴 권리가 있다!

그림은 나에게 건강을 잃은 앙상한 몸뚱아리만 남겨주었고, 내 머리는 박

애주의자로 살아가기 위해 아주 돌아버렸지. 넌 어떠냐. 넌 내 생활을 위해 벌써 15만 프랑가량의 돈을 썼다. 그런데…… 우리에게 남은 건 아무것도 없다.

우리가 계획한 일의 배후에는 늘 난관이 도사리고 있다.

계획을 짠다고 저절로 이루어지는 건 아닐 테니, 우리 처지가 불안정하다는 걸 걱정하지는 않는다. 단지 상황이 그렇다는 걸 알고 있다면 눈을 크게 뜨고 일을 할 수 있겠지. 그렇게 행동하면 잘못을 범하지는 않을 거라고 생각한다. 우리에게도 무언가 남겠지.

고갱이 난관에 봉착한 걸 볼 때, 아무런 예상도 하지 말자. 그저 그를 위해 그리고 나를 위해 출구가 있기를 바라자. 불길한 가능성을 미리 생각한다면 아무 일도 할 수 없을 테니까.

그림에 나 자신을 완전히 던져버린 채 작업을 하다가, 습작을 완성하면 비로소 깨어난다. 작품 속에 있던 비바람이 계속해서 휘몰아칠 때면, 잠시 취하기 위해 한잔 마시곤 한다. 그것은 미련과 후회 앞에서 미쳐버리는 것과 같다.

전에는 내가 화가라는 생각을 지금처럼 분명하게 하지 않았다. 그런데 이제 나에게 그림은 기분전환으로 사냥감을 쫓아다니는 미친 사람들에게 토끼 사냥이 의미하는 것과 같게 되었다.

집중력이 좀더 나아졌고 손은 더 확신에 차게 되었다. 그렇기에 더 좋은 그림이 나올 거라고 감히 너에게 말할 수 있다. 나에겐 그림밖에 없다.

공쿠르 형제의 글을 읽어보면, 쥘 뒤프레도 미친놈처럼 보였다던데, 그 글을 읽은 적이 있니? 쥘 뒤프레는 그를 후원해 주는 예술애호가를 만났다지. 나도 그럴 수 있었더라면……. 그래서 이렇게 무거운 짐을 너에게 지우지 않아도 되었더라면!

이곳에 오면서 겪었던 발작 후에 나는 더 이상 어떤 계획도 세울 수가 없고 어떤 것도 할 수가 없다. 건강은 확실히 좋아졌지만 희망이나 무언가를 이루려는 욕망은 완전히 부서져버렸다. 이제는 오직 필요에 의해, 정신적으로 너무 많이 고통받지 않기 위해, 그리고 마음을 다른 데로 돌리기 위해 그림을 그릴 뿐이다.

1888년 7월

내가 더 지치고 더 아파할수록

테오에게 ♦♦♦

"우리가 점점 늙어가고 있다는 건 어쩔 수 없는 사실이다. 그 밖의 다른 것은 모두 상상이고 실제로 존재하지 않는다"고 끝맺었던 내 편지를 기억하는지 모르겠다. 그것은 너에게 한 말이 아니라, 나에게 한 말이었다. 나에게 그런 말을 하고 싶었던 이유는, 이제 행동을 취할 필요가 있다는 사실을 느끼기 때문이었다. 그 행동이란 건, 더 열심히 그림을 그리는 게 아니라 더 진지하게 그리는 것을 의미한다.

너는 종종 공허함을 느낀다고 했지. 나도 그렇다. 가끔 공허해질 때가 있지.

생각해 봐라. 우리가 살고 있는 시대는 진정으로 위대한 예술의 부흥기다. 구더기가 득시글거리는데도 아직 공식적인 전통이 유지되면서 세상을 지배하지만, 궁극적으로 볼 때 이제 전통은 무능하고 나태하다. 물론 혁신적인 화가들은 여전히 외롭고 가난하며 미친 사람 취급을 받고 있다. 바로 이런 시선이 그들을 광기로 몰아넣지. 적어도 그들의 사회생활은 그렇다. 그런데 네가 하는 일은 바로 이 소박한 화가들이 하는 일과 정확하게 똑같다는 사실을 잊지 마라. 너는 그 화가들에게 돈을 대주거나 그림을 팔아줌으로써 그들이 다른 그림을 그릴 수 있도록 돕고 있으니까.

화가가 자기 그림에 너무 몰두해서 감정적으로 점점 피폐해지고 가정생활이나 다른 일에는 적합하지 않은 사람이 되어간다고 할 때, 그래서 그가 단지 물감으로 그림을 그리는 게 아니라 자기 희생과 자기 부정, 그리고 상처받은 영혼으로 그림을 그린다고 한다면, 지금 네가 하고 있는 일 역시 그만큼 힘든 일이다. 너는 자의반 타의반으로 그 화가와 똑같은 방식으로 너 자신을 희생하고 있는 것이다.

물론 너는 그림과 간접적인 방식으로 인연을 맺고 있을 뿐이지만, 결국 나보다 네가 더 생산적이다. 네가 그림 매매에 깊이 관계할수록 더욱더 예술가가 되어가는 것이다. 나도 더욱더 그랬으면 좋겠다. 아마 내가 더 많이 지치고 더 많이 아파할수록, 우리가 말한 이 위대한 예술의 부흥기에 훨씬 창의적인 예술가가 될 수 있을 것이다.

◆ **그림 그리러 가는 화가** 48×44cm · 1888년 7월 · 캔버스에 유채

의심의 여지가 없는 것이지만, 예술을 창작하는 데 드는 것보다 적은 경비로 생명을 창조할 수 있으리란 생각을 하면 우울해지지 않을 수 없다.

예술은 살아 있다는 걸 너에게 다시 느낄 수 있게 해준다면 좋을 텐데⋯⋯. 어쩌면 나보다 더 예술을 사랑하는지도 모를 네가 말이다.

혼자서 중얼거리곤 한다. 그건 예술 자체의 문제가 아니라 내 잘못이라고. 그리고 마음의 평화와 믿음을 다시 얻을 수 있는 길은 오직 그림을 더 잘 그리는 것뿐이라고.

1888년 7월 25일

가족과 조국은 상상 속에서 더 매력적이다

테오에게 ◆◆◆

오늘부터 내가 방을 얻어 살고 있는 카페 내부를 그리기 시작할 생각이다. 저녁에 가스 불빛 아래에서. 사람들은 이곳을 '밤의 카페'라고 부르는데, 밤새도록 열려 있는 카페다. 돈이 없거나 너무 취해서 여관에서 받아주지 않는 '밤의 부랑자들'이 이곳에서 잠시 쉬어간다.

가족이나 조국은 현실보다 상상 속에서 더 매력적인지 모른다. 우리는 가족뿐 아니라 조국에서도 떠난 채 그럭저럭 잘 지내고 있으니. 그래서인지 몰라도 나는 항상 어떤 목적지를 향해 떠나는 나그네처럼 느껴진다. 내가 그 '목적지'가 어디에도 존재하지 않는다고 말한다면, 아주 솔직하게 들리겠지.

그런데 사창가의 기둥서방이 문 앞에서 취객을 몰아낼 때도 비슷한 논리를 가지고 있을 테고, 그는 자기가 옳다고 생각할 것이다. 그런 것처럼 인생의 마지막에 가서는 내 생각이 틀렸다는 게 밝혀질지도 모른다. 그림뿐 아니라 다른 모든 것도 한낱 꿈에 불과하고, 우리도 아무것이 아니었음을 알게 될 것이다.

우리가 그렇게 가벼운 존재라면 다행스러운 일이다. 내세가 존재할 가능성이 있기 때문이다.

요람에 누워 있는 아이를 바라보면, 눈 속에 무한無限이 담겨 있음을 느낄 수 있다. 그게 정확히 어떤 것인지는 잘 모르겠다. 그러나 '잘 모르겠다'는 이 느낌이 현재의 우리 삶을 단순한 철도여행에 비유할 수 있게 해준다.

기차를 타고 빨리 전진할 때면, 아주 가까이서 지나치는 대상도 분간할 수 없고 무엇보다 기관차 자체를 볼 수 없다.

1888년 8월

파란 하늘에 떠 있는 별 하나처럼

테오에게 ◆◆◆

파리에서는 나 자신을 피폐하게 하는 일밖에 배우지 못했다. 요즘은 인상파 화가들을 알기 전에 시골에서 지낼 때 품었던 생각으로 되돌아가고 있다. 그러니 오래 지나지 않아 인상파 화가들이 내 작업방식에서 잘못을 발견한다 해도 그리 놀랄 일은 아니다. 요즘 작업하는 방식은 인상파 화가들보다는 들라크루아의 생각에 따라 만들어진 것이다.

즉, 눈앞에 보이는 것을 정확하게 복제하기보다는 나 자신을 강렬하게 표현하기 위해 색채를 더 임의적으로 쓰고 있다.

최근에는 평소에 알고 지내던 한 화가의 초상을 그릴 생각을 하고 있는데, 그는 원대한 꿈을 갖고 있으며, 천성적으로 나이팅게일이 노래하듯 작업하는 친구다. 그에 대한 애정을 표현하는 그림을 그리고 싶다. 우선은 그를 있는 그대로, 충실하게 그릴 것이다.

그러나 그것이 그림의 목적은 아니다. 그림을 완성하기 위해서는 색에 대해 강박적으로 집착하는 사람이 되어야 한다. 나는 그의 금발을 과장되게 강조하면서, 오렌지색, 황토색, 흐린 노란색 톤을 활용할 것이다. 그림의 바탕도 누추한 아파트의 벽 색깔을 그대로 칠하는 대신에, 무한의 느낌을 줄 수 있도록 내가 만들어낼 수 있는 한 가장 선명하고 강렬한 파란색으로 배경을 칠할 것이다. 선명한 파란색 바탕에 대비되어 빛나는 금발의 단순한 조합은 파란 하늘에 떠 있는 별 하나처럼 신비스러운 느낌을 줄 것이다.

농부의 초상화를 그릴 때에도 같은 방법으로 접근했다. 물론 농부를 그릴 때는 파란색의 무한한 하늘에 창백한 별 하나가 신비롭게 반짝이는 것을 그리려 하지 않았다. 그 대신에 내가 그리려는 훌륭한 농부가 찌는 듯한 한낮의 열기 속에서 곡식을 거둬들이고 있다고 상상하면서, 빨갛게 달궈진 다리미처럼 빛나는 오렌지색과 황금색의 반짝이는 톤을 담은 그림을 그렸다.

사랑하는 동생아, 높은 양반들은 이런 과장을 봐도 단지 서투르게 모방한 탓으로 생각하겠지. 그러나 그게 우리와 무슨 상관이냐? 우리는 『대지』와 『제르미날』을 읽은 사람이다. 농부를 그린다면, 우리가 읽은 작품이 우리의 일부가 되었다는 걸 보여주고 싶다.

1888년 8월 11일

나를 지배하는 열정에 따라

테오에게 ◆◆◆

나는 성공이 끔찍스럽다. 인상파 화가들이 성공해서 축제를 열 수도 있겠지. 내가 두려워하는 것은 그 축제의 다음날이다. 지금의 이 힘든 나날이 후에는 '좋았던 시절'로 기억되겠지.

글쎄, 적어도 비를 피할 수 있는 지붕 아래에서 잠들 수 있으려면, 그리고 우리가 살아 있는 동안은 계속될 실패를 피하기 위해 꼭 해야 할 일을 해 나가려면, 고갱도 나도 각오를 단단히 해야 하겠지. 바로 그 때문에라도 우리는 돈이 가장 덜 드는 곳에 정착해야 한다. 그래야 많은 그림을 그리기 위해 필요한 평온을 누릴 수 있게 될 것이다. 그림을 얼마 못 팔거나, 전혀 팔지 못하더라도.

결론을 내렸다. 수도사나 은둔자처럼 편안한 생활을 포기하고 나를 지배하는 열정에 따라 살아가기로.

아름다운 자연과 좋은 날씨는 남프랑스의 미덕이다. 그러나 고갱이 파리에서의 성공을 포기하리라고는 생각하지 않는다. 그는 성공에 크게 집착하고 있고, 한번 얻은 성공이 오래 지속된다고 믿고 있다. 그것이 나에게 해가 될 건 없겠지. 아니, 어쩌면 내가 너무 절망하고 있는 것인지도 모른다. 그러니 그가 그런 환상을 갖게 내버려두자.

그에게 정말 필요한 것은 몸이 쉴 수 있는 거처와 매일매일 먹을 빵, 그리고 다양한 색채의 물감이다. 그의 잘못은 이 사실을 잊고 있다는 데 있다. 그리고 그가 지금 처량한 처지에 놓인 까닭은 빚에 쪼들리고 있기 때문이다. 우리는 그를 도와서, 언젠가는 그가 파리에서 성공을 거둘 수 있도록 해야 할 것이다.

내가 그와 같은 야심을 가졌더라면 우리는 잘 지내지 못했겠지. 그러나 나는 성공에도 행복에도 관심이 없다. 내가 신경 쓰는 문제는 인상파 화가들의 열의에 넘치는 기획을 오래 지속시키는 일이다. 그들의 안식처와 양식을 보장하는 문제에 관심이 있기 때문이다. 사실 두 명이 쓸 수 있을 경비를 혼자서 쓰는 것만으로도 나는 범죄자가 된 듯한 기분에 휩싸인다.

우리가 화가라고 말하면, 세상 사람들은 우리를 미친 사람으로 보든지 아니면 부자라고 볼 것이다. 1프랑을 주고 우유 한 잔을 마시고, 2프랑을 주고 버터 바른 빵을 먹는다. 그런데 그림은 팔리지 않는다. 그래서 늙은 수도승처럼 살아야 하는 것이다.

그래, 고갱이 성공을 바라고 있는 것은 이미 알고 있었다. 그는 파리를 벗어나서는 견디지 못할 것이다.

가난이 계속될 수 있다는 상상은 하지도 않는다. 그렇다면 그가 여기 머무르든 다른 어딘가로 가든 나와는 상관없다. 그가 원하는 전투를 치르게 내버려두자. 그는 분명 승리할 것이다. 게다가 그는 파리에서 너무 멀리 떨어지면 활동을 하지 않고 빈둥거린다고 생각할 것이다. 그러나 성공이나 실패에 대해 집착하지 말자.

내 그림에 서명을 하기 시작했다가 곧 멈춰버렸다. 그런 짓이 너무 어리석어 보였다. 그러나 바다 그림에는 지나칠 정도로 눈에 띄는 붉은색으로 내 이름을 넣었다. 녹색 배경에 붉은색을 집어넣고 싶었기 때문에.

1888년 8월

커다란 해바라기

테오에게 ◆◆◆

마르세유 사람이 부이야베스 생선수프를 먹는 것처럼 열심히 그림을 그리고 있다. 커다란 해바라기를 그리고 있다는 것에 너도 놀라지 않겠지.

캔버스 세 개를 동시에 작업중이다. 첫번째는 초록색 화병에 꽂힌 커다란 해바라기 세 송이를 그린 것인데, 배경은 밝고 크기는 15호 캔버스다. 두번째도 역시 세 송이인데, 그 중 하나는 꽃잎이 떨어지고 씨만 남았다. 이건 파란색 바탕이며 크기는 25호 캔버스다. 세번째는 노란색 화병에 꽂힌 열두 송이의 해바라기며, 30호 캔버스다. 이것은 환한 바탕으로, 가장 멋진 그림이 될 거라고 기대하고 있다.

어쩌면 여기서 끝내지 않을지도 모른다. 고갱과 함께 우리들의 작업실에

◆ 꽃병에 꽂힌 세 송이 해바라기
73×58cm · 1888년 8월 · 캔버스에 유채

◆ 꽃병에 꽂힌 열네 송이 해바라기
93×73cm · 1888년 8월 · 캔버스에 유채

◆ **꽃병에 꽂힌 열두 송이 해바라기** 91×72cm · 1888년 8월 · 캔버스에 유채

서 살게 된다고 생각하니 작업실을 장식하고 싶어졌거든. 오직 커다란 해바라기로만 말이다. 네 가게 옆에 있는 레스토랑이 아주 아름다운 꽃으로 장식되어 있다는 걸 너도 알겠지. 나는 그곳 창문에 있던 커다란 해바라기를 늘 기억하고 있다.

이 계획을 실천에 옮기려면 열두 점 정도의 그림을 그려야 한다. 그 그림을 모두 모아놓으면 파란색과 노란색의 심포니를 이루겠지.

매일 아침 해가 뜨자마자 그림을 그리고 있다. 꽃은 빨리 시들어버리는데다, 단번에 전체를 그려야 하기 때문이다.

이곳 남부지방이 점점 좋아진다.

먼지 덮인 엉겅퀴꽃 주위로 무수한 나비들이 날아다니는 그림도 그리고 있다.

늘 염두에 두고 있는 인물화를 위한 모델은 아직 구하지 못했다.

새로운 그림의 아이디어가 많다. 오늘은 석탄을 실은 배에서 일꾼들이 짐을 내리고 있는 광경을 다시 바라보았다. 같은 장소를 그린 데생을 너에게 보낸 적이 있지. 그건 굉장한 소재가 될 것이다.

요즘은 점점 더 단순한 기술을 시도하고 있는데, 어쩌면 인상주의적인 방법은 아닐 것이다. 눈이 달린 사람이라면 분명하게 알아볼 수 있도록 엄밀하게 그릴 생각이다.

1888년 8월

노력이 통하지 않는 시대

테오에게 ◆◆◆

네 번째 해바라기 그림을 그리고 있다. 한 다발로 묶인 네 송이 해바라기를 그리는데, 예전에 그린 마르멜로 열매와 레몬이 있는 정물화처럼 노란 바탕이다. 이번 그림이 아주 크기 때문에 독특한 효과가 난다. 마르멜로 열매와 레몬을 그릴 때보다 더 단순하게 그리기도 했고.

언젠가 드루오 호텔에서 마네의 훌륭한 그림을 본 적이 있는데, 기억하고 있는지 모르겠다. 환한 바탕에 커다란 분홍색 모란 몇 송이와 녹색 잎이 그려진 것 말이다. 꽃에도 색을 섞어 두텁게 그린 그림이지. 그게 바로 내가 '기술의 단순성'이라 부르는 것이다. 요즘은 점이나 간단한 붓질만으로 채색하는 방법을 익히고 있다.

우리는 노력이 통하지 않는 시대에 살고 있는 것 같다. 그림을 팔지 못하는 건 말할 것도 없고, 고갱을 봐도 알 수 있듯 완성한 그림을 담보로 돈을 빌리는 일도 불가능하니. 아주 중요한 그림으로 얼마 안 되는 금액을 빌리지도 못하다니. 이런 일이 우리 다음에도 계속될까 두렵다. 다음 시대의 화가들이 더 풍족한 생활을 할 수 있도록 우리가 발판이 될 수 있다면, 그것만으로도 무언가 이루었다고 할 수 있을 것이다. 그러나 인생은 너무 짧고, 특히 모든 것에 용감히 맞설 수 있을 만큼 강한 힘을 유지할 수 있는 건 몇 년 되지 않는다.

1888년 8월

색채를 통해 뭔가 보여줄 수 있기를

테오에게 ♦♦♦

음악에서 발견할 수 있는, 마음을 달래주는 어떤 것을 그리고 싶다. 그리고 영원에 근접하는 남자와 여자를 그리고 싶다. 옛날 화가들은 영원의 상징으로 인물 뒤에 후광을 그리곤 했는데, 이제 우리는 광휘를 발하는 선명한 색채를 통해 영원을 표현해야 한다.

들라크루아가 「감옥에 갇힌 타소」〔들라크루아의 1824년 살롱 출품작. 시인 타소(Tasso, 1544 ～ 1595)는 페라라의 공작 알폰소의 여동생 레오노라를 사랑한다는

◆ **아를의 고흐 집(노란집)** 72×91.5cm · 1888년 9월 · 캔버스에 유채

이유로 정신병원에 갇혔다. 보들레르 등 낭만주의 예술가들이 그를 소재로 다루었다)에서, 혹은 실재했던 인물을 그린 다른 많은 인물화를 통해 표현하려 노력했고 결국 성공한 것처럼, 모델의 마음, 모델의 영혼을 담고 있는 초상화야말로 정말 그려야 할 그림이다.

나는 늘 두 가지 생각 중 하나에 사로잡혀 있다. 하나는 물질적인 어려움에 대한 생각이고, 다른 하나는 색에 대한 탐구다. 색채를 통해서 무언가 보여줄 수 있기를 바라는 것이다. 서로 보완해 주는 두 가지 색을 결합하여 연인의 사랑을 보여주는 일, 그 색을 혼합하거나 대조를 이루어서 마음의 신비로운 떨림을 표현하는 일, 얼굴을 어두운 배경에 대비되는 밝은 톤의 광채로 빛나게 해서 어떤 사상을 표현하는 일, 별을 그려서 희망을 표현하는 일, 석양을 통해 어떤 사람의 열정을 표현하는 일, 이런 건 결코 눈속임이라 할 수 없다. 실제로 존재하는 걸 표현하는 것이니까. 그렇지 않니.

1888년 9월 3일

파괴와 광기의 공간, 밤의 카페

테오에게 ◆◆◆

우체국에서 얼마 전에 그린 그림을 부치면서, 새 그림 「밤의 카페」의 스케치도 함께 넣었다. 이제 일본 판화의 성격을 약간 가미하면 완성될 것이다.

카페는 사람들이 자신을 파괴할 수 있고, 미칠 수도 있으며, 범죄를 저지를 수도 있는 공간이라고 생각한다. 「밤의 카페」를 통해 그런 느낌을 표현

◆ **아를의 라마르틴 광장에 있는 밤의 카페** 44.4×63.2cm · 1888년 9월 · 수채

◆ **씨 뿌리는 사람** 33×40cm · 1888년 9월 · 캔버스에 유채

하고 싶었다. 부드러운 분홍색을 핏빛 혹은 와인빛 도는 붉은색과 대비해서, 또 부드러운 녹색과 베로네즈 녹색을 노란빛 도는 녹색과 거친 청록색과 대비해서, 평범한 선술집이 갖는 창백한 유황빛의 음울한 힘과 용광로 지옥 같은 분위기를 부각하려 했다. 물론 이 모든 것은 일본 회화 특유의 경쾌함을 담고 있다.

인상파 화가 중 가장 겸손하고 예민한 시슬레의 작품을 보고 "화가가 술에 취해서 그린 것 같다"고 했던 테르스테이흐 씨가 이 그림을 본다면, 정신착란 중에 그렸다고 할 것이다.

전시회를 열자는 네 의견에는 전혀 반대할 이유가 없다. 그곳에서 늘 전시회를 열던 사람들에게 방해가 되지 않는다면 말이다. 그전에 그들에게 미리 말해야 할 것은, 이번 전시회는 습작으로만 구성될 것이고, 내년에 완성작을 가지고 두 번째 전시회를 열고 싶다는 것이다. 그래도 좋다면 두 차례의 전시회가 끝난 후에, 전시했던 그림을 그들에게 모두 기증할 수도 있다.

내가 전시회에 큰 의미를 두고 있다고는 생각하지 말아라. 단지 습작을 완성작으로 받아들이는 일이 없도록 분명히 하고 싶고, 첫번째 전시는 습작으로 이루어진다는 사실을 미리 밝히고 싶을 뿐이다. 「씨 뿌리는 사람」과 「밤의 카페」 단둘만 완성된 유화 작품이 될 것이다.

이 편지를 쓰고 있는데, 아버지와 닮은 초라한 농부가 카페로 들어왔다. 정말 놀랄 만큼 닮았다. 특히 속을 알 수 없어 보이고 권태로워 보이는 분위기나 분명치 않은 입모양새가……. 그 모습을 그리지 못한 게 아쉽다.

1888년 9월 8일

◆ 아를의 포럼 광장에 있는 밤의 카페 테라스 81×65.5cm · 1888년 9월 · 캔버스에 유채

흥미로운 밤 그리기

테오에게 ♦♦♦

이번 주에 그린 두 번째 그림은 바깥에서 바라본 어떤 카페의 정경이다. 푸른 밤, 카페 테라스의 커다란 가스등이 불을 밝히고 있다. 그 옆으로 별이 반짝이는 파란 하늘이 보인다. 세 번째 그림은 흐릿한 베로네즈 녹색 바탕에 잿빛 톤으로 그린, 퇴색한 느낌을 주는 자화상이다.

모델을 구하지 못해서, 그 대신 내 얼굴을 그리기 위해 일부러 좀 좋은 거울을 샀다. 내 얼굴색을 칠하는 어려움을 극복하면 다른 사람도 쉽게 그릴 수 있겠지.

밤 풍경이나 밤이 주는 느낌, 혹은 밤 그 자체를 그 자리에서 그리는 일이 아주 흥미롭다.

이번 주에는 그림 그리고, 잠자고, 먹는 일 외에 다른 일은 전혀 하지 않았다. 그러다 보니 한 번에 6시간씩 총 12시간의 작업을 했고, 단번에 12시간 동안 잠을 잤다.

1888년 9월

빈털터리 지갑

테오에게 ♦♦♦

오늘 아침 이른 시간에 너에게 편지를 쓴 후 태양이 비치는 정원 그림을 그리러 나가서 작업을 마쳤다. 그림을 가지고 집으로 돌아와서 다시 새 캔버스를 가지고 나갔고, 그것도 끝내고 들어왔다. 그리고 이제 너에게 또다시 편지를 쓰고 싶어 펜을 들었다.

너도 알고 있겠지만, 과거에 이런 행운을 누려본 적이 없다. 이곳의 자연은 정말 아름답다. 모든 것이, 모든 곳이 그렇다. 하늘은 믿을 수 없을 만큼 파랗고, 태양은 창백한 유황빛으로 반짝인다. 천상에서나 볼 수 있을 듯한 푸른색과 노란색의 조합은 얼마나 부드럽고 매혹적인지. 도저히 그렇게 아름답게 그릴 수 있을 것 같지는 않지만, 그 광경에 어찌나 열중했던지 규칙 따위는 조금도 생각하지 않은 채 그림을 그리게 되었다.

덕분에 집 맞은편에 있는 정원을 소재로 해서 그림 세 점을 그렸다. 또 두 점의 카페 그림과 해바라기를 그렸고, 보쉬의 초상화도 그렸다. 그 다음에 붉은 태양을 그렸고, 모래부대를 내려놓는 사람들, 오래된 물방앗간을 그렸다. 다른 습작은 차치하더라도 얼마나 많은 작업이 진행되고 있는지 알겠지.

그 바람에 오늘 물감과 캔버스가 다 떨어졌고, 지갑도 완전히 비었다. 마지막으로 그린 그림은 마지막 물감으로 마지막 캔버스에 그린 것이다. 정원 그림이므로 녹색을 띠고 있지만 녹색 물감은 전혀 사용하지 않았다. 그 대신 프러시안 블루와 황토색을 썼다. 처음 이곳에 왔을 때와는 완전히 다른 기분이다. 이제는 더 이상 어떤 의문도 없다.

이 기분을 유지하면 좋은 결과를 얻을 수 있을 것 같다.

1888년 9월 17일

'강제 휴식'에 대한 복수

테오에게 ◆◆◆

너에게 작업 방향을 조금이라도 알려주고 싶어서 작은 스케치를 동봉한다. 아직 눈은 좀 피곤하다. 그러나 오늘은 기분이 아주 좋은 날이다. 새로운 아이디어가 떠올랐는데, 그 구성을 스케치해 보았다. 늘 그렇듯 크기는 30호 캔버스다.

이번에 그린 작품은 나의 방이다. 여기서만은 색채가 모든 것을 지배한다. 그것을 단순화하면서 방에 더 많은 스타일을 주었고, 전체적으로 휴식이나 수면의 인상을 주고 싶었다. 사실 이 그림을 어떻게 보는가는 마음 상태와 상상력에 달려 있다.

벽은 창백한 보라색이고, 바닥에는 붉은 타일이 깔려 있다. 침대의 나무 부분과 의자는 신선한 버터 같은 노란색이고, 시트와 베개는 라임의 밝은 녹색, 담요는 진홍색이다. 창문은 녹색, 세면대는 오렌지색, 세숫대야는 파란색이다. 그리고 문은 라일락색.

그게 전부다. 문이 닫힌 이 방에서는 다른 어떤 일도 일어나지 않는다. 가구를 그리는 선이 완강한 것은 침해받지 않는 휴식을 표현하기 위해서이다. 벽에는 초상화와 거울, 수건, 약간의 옷이 걸려 있다. 그림 안에 흰색을 쓰지 않았기 때문에 테두리는 흰색이 좋겠지.

이 그림은 내가 강제로 휴식을 취할 수밖에 없었던 데 대한 일종의 복수로 그렸다.

내일도 하루 종일 이 그림에 매달릴 생각이다. 구상이 아주 단순한 그림인 만큼, 그림자나 미묘한 음영은 무시하고 일본 판화처럼 환하고 명암이 없는 색조로 채색했다. 이 그림은 「타라스콩의 합승마차」나 「밤의 카페」와

◆ **아를에 있는 고흐의 침실(나의 방)** 72×90cm · 1888년 10월 · 캔버스에 유채

◆ **타라스콩의 합승마차** 72×92cm · 1888년 10월 · 캔버스에 유채

좋은 대조를 이룰 것이다. 그림을 완성하려면 내일 아침 일찍부터 작업을
해야 하니 편지를 길게 쓰지는 않겠다.

아픈 건 좀 덜해졌니? 나에게 알려주는 걸 잊지 마라.

곧 답장을 보내주기 바란다. 언젠가는 너를 위해 다른 방도 스케치할 생
각이다.

1888년 10월 16일

너의 짐이 조금이라도 가벼워지기를

테오에게 ◆◆◆

편지와 50프랑 고맙게 받았다. 전보를 받아 알고 있겠지만 고갱이 건강한 모습으로 도착했다. 나보다 더 건강해 보일 정도였다.

그는 네가 그림을 팔아주어서 아주 즐거워하고 있다. 나도 당연히 기쁘다. 아직도 정착에 필요한 지출을 해야 하는데, 더 이상 기다릴 필요도 없고 네가 그걸 다 떠맡지 않아도 되니 말이다. 고갱이 오늘 너에게 편지를 쓸 것이다.

그는 정말 재미있는 친구다. 그와 함께 지내면서 우리가 얻는 게 많을 거라고 확신하고 있다. 그는 이곳에서 그림을 많이 그릴 것 같은데, 나도 그럴 수 있기를 바란다.

너의 짐이 조금이라도 가벼워지기를, 될 수 있으면 아주 많이 가벼워지기를 바란다. 아무리 생각해도 나에겐 우리가 써버린 돈을 다시 벌 수 있는 다른 수단이 전혀 없다. 그림이 팔리지 않는걸…….

그러나 언젠가는 내 그림이 물감값과 생활비보다 더 많은 가치를 가지고 있다는 걸 다른 사람도 알게 될 날이 올 것이다. 지금 원하는 건 빚을 지지 않는 것이다.

사랑하는 동생아, 너에게 진 빚이 너무 많아서 그걸 모두 갚으려면(꼭 갚게 되리라고 믿고 있다) 내 전 생애가 그림 그리는 노력으로 일관되어야 하고, 생의 마지막에는 진정으로 살아본 적이 없다는 느낌을 받게 될 것 같다. 그러나 그런 건 문제가 아니다. 유일한 문제는 그림 그리는 일이 점점 더 어려워질지도 모른다는 생각, 그리고 늘 이렇게 많이 그리지 못할 거라는 사실이다.

지금 그림이 팔리지 않는다는 사실이 나를 괴롭히는 까닭은, 네가 그로 인해 고통을 받고 있기 때문이다. 그러나 네 말처럼 내가 아무런 소득이 없다는 사실이 너에게 폐가 되지 않는다면, 사실 나에게도 큰 문제가 되지는 않는다.

돈 문제와 관련해서 내가 기억해야 할 것은, 50년을 살면서 1년에 2,000프랑을 쓴 사람이라면 평생 10만 프랑을 쓴 게 되는데, 그렇다면 그는 당연히 10만 프랑을 벌어야 한다는 사실이다. 예술가로서 평생 100프랑짜리 그림을 1,000점 그려야 한다는 말인데, 그건 너무 너무 너무 힘든 일이고, 실제로 그림이 100프랑에 팔리고 있으니…… 그렇다면 우리의 과업을 이루기는 너무 어려울 것이다. 그러나 힘들다고 상황이 바뀌지는 않겠지.

언젠가 내 그림이 팔릴 날이 오리라는 건 확신하지만, 그때까지는 너에게 기대서 아무런 수입도 없이 돈을 쓰기만 하겠지. 가끔씩 그런 생각을 하면 우울해진다.

너도 네덜란드인 화가와 함께 지내게 되었다니 얼마나 기쁜지 모르겠다. 이제 너도 외롭지 않겠구나. 그건 정말, 대단히 반가운 소식이다. 이제 곧 겨울이 올 테니 정말 다행이다.

밖에 나가서 다른 크기의 캔버스로 다시 작업을 해야 하기 때문에 서둘러 편지를 맺는다.

곧 고갱이 너에게 편지를 띄울 텐데, 그때 나도 다른 편지를 함께 보내마. 물론 고갱이 우리 생활에 대해 뭐라 말할지 모르겠다. 어쨌든 그는 네가 자신의 그림을 잘 팔아준 것에 대해 아주 기뻐하고 있다.

1888년 10월 24일

형이 아무런 근심 없이 지내기를

빈센트 형에게 ◆◆◆

브뤼셀에서 돌아오니 형이 보낸 전보와 내 편지에 대한 답장이 와 있어서 무척 기뻤어.

이제 두 사람이니 혼자 지낼 때보다 생활이 더 빠듯할 것 같아 우편환을 같이 보내. 이번 경우처럼 혹시 내가 이곳에 없을 때나 돈을 한 번에 다 부치지 못하는 상황일 때는 식료품상에서 외상으로 장을 보는 게 어떨까? 고갱이 형과 합류했다니 정말 기뻐. 그가 가지 못할 상황에 처한 건 아닌가 걱정했거든.

형 편지를 보니 건강도 별로 좋지 않은데다 아주 많이 고민하고 있다는 생각이 들었어. 이번 기회에 형에게 확실하게 말해 두고 싶은 게 있어. 난 돈 문제와 그림을 파는 문제, 그리고 경제적인 것과 결부된 모든 일을 존재한 적이 없는 일처럼 생각해. 설령 존재한다 해도 질병 같은 거라고 말이야.

돈 문제는 거대한 혁명이 연속적으로 일어나기 전에는 사라지지 않을 거라는 게 분명해. 그러니 돈 문제에 부딪힌다면 그걸 천연두 같은 걸로 치부할 필요가 있어. 물론 있을 수 있는 사고에 대비해 필요한 만큼 조심할 필요는 있겠지. 하지만 그 문제로 너무 머리 아파하지는 마.

최근에 형은 그 문제를 지나치게 고민해 왔어. 문제가 생겼다는 징후가 없을 때도 형은 그 문제로 끙끙 앓는 것 같아. 내가 문제라고 말할 때는 비참한 곤궁을 말하는 거야. 이런 일을 피하려면 매사를 가볍게 생각하고 과도한 지출을 하지 않는 것, 그리고 다른 질병을 가능한 한 피하려고 노력하는 것이 필요하겠지.

형은 내게 빚진 돈 애기를 하면서 내게 갚고 싶다고 말하는데, 그런 이야기는 듣고 싶지 않아. 내가 형에게 원하는 것은 형이 아무런 근심 없이 지내는 거야. 내가 돈을 벌기 위해 일을 해야 한다는 건 맞아. 우리 둘 다 가진 게 별로 없으니 너무 많은 짐을 지지 않도록 노력해야겠지. 하지만 그 정도만 염두에 둔다면 앞으로도 계속 이렇게 지낼 수 있을 거야. 아무것도 팔지 않더라도 말이지.

형이 자신을 위해 일할 필요를 많이 느낀다면 계속 그렇게 해. 그렇다 해도 난 우리가 끝까지 버텨낼 수 있을 거라 생각해. 하지만 그 많은 그림을 한 점당 100프랑으로 계산하는 건 이해할 수가 없어. 그 그림이 100프랑씩에 팔리기를 바란다면 그건 아무 가치가 없다는 말이야. 우리가 살아가고 있는 이 지긋지긋한 사회는 그걸 필요로 하지 않는 사람들 편이거든. 하지만 이 사실을 알고 있다면 우리도 사회가 하는 대로 하면서 이렇게 말하자고. 우리도 그거 필요 없다고 말이야.

형이 원한다면 날 위해 중요한 일을 할 수 있어. 그건 과거에 하던 대로 계속하는 것이지. 우리 주변에 예술가들, 친구들이 모여들게 하는 일 말이야. 나로서는 결코 해낼 수 없는 일이지만, 형은 프랑스에 온 이후 계속 해왔던 일이잖아. 예술가들이 길을 보여주면 다른 사람들이 뒤따를 거야. 그렇잖아? 나 자신은 그렇다고 굳게 믿고 있어. 형이 너무 힘들게 일해 와서 마치 살아본 적이 없는 것 같다고 말할 때면 내가 얼마나 고통스러운지 모를 거야.

다른 무엇보다 난 그게 사실이라고 믿지 않아. 실제로 형은 살아가고 있으니까. 그것도 이 땅의 위대한 사람들처럼 품위 있게. 물론 형이 지나치게 곤궁하게 살아왔다고 느끼지 않도록, 살아가기 위해 필요한 빵을 갖지 못해 아프게 되는 일이 없도록 적절하게 내게 미리 경고를 해주기를 바라. 고갱과 함께 지내는 일이 형에게 즐거움을 주었으면, 그리고 형이 빨리 몸을 회복했으면 좋겠어.

1888년 10월 27일

언젠가는 승리할 것이다

테오에게 ◆◆◆

요즘 우리는 낮에는 계속 작업, 작업의 연속이다. 밤이 되면 녹초가 되어서 카페로 쉬러 갔다가 일찍 잠자리에 든다. 요즘 우리 생활이 그렇다.

아직은 날씨가 좋을 때도 있지만 이제 여기도 겨울이다. 그래서 실내에서 작업할 수 있도록 상상으로 작업하는 일을 시도해 볼까 한다. 난로의 열기 속에서 작업하는 건 문제가 되지 않겠지만, 너도 알다시피 추위는 정말 끔찍하구나. 하지만 누에넨의 정원을 그렸던 건 망쳐버렸다. 상상으로 작업하는 데도 훈련이 필요한 것 같다.

전에 우체부의 초상화를 그린 적이 있었지. 이번에는 그의 가족 전체의 초상화를 그렸단다. 우체부, 그의 아내, 아기, 어린 아들, 그리고 열여섯 살 된 아들. 우체부는 러시아인처럼 생겼지만, 다른 가족들은 모두 전형적인 프랑스인의 모습이다. 모두 15호 캔버스다. 넌 내가 이 그림들에 대해 어떻게 느끼는지 알고 있겠지. 마치 내 활동영역에 있는 느낌이다. 나는 그들과 잘 지내기를, 그리고 초상화에서 더 세심한 자세를 그려낼 수 있기를 희망한다. 만일 내가 가족 전체를 다룬 이 그림을 잘 그릴 수 있다면 적어도 내가 원하는 어떤 것, 뭔가 개인적인 것이 담긴 그림을 그려내게 될 것이다. 이제껏 나는 완전히 습작들에 빠져 지냈고 앞으로도 한동안 이건 계속될 것이다. 아직은 마음이 아플 정도로 많은 실패작을 만들지라도 내가 마흔 살이 될 때쯤엔 뭔가 성과를 거두게 되겠지.

이따금씩은 좋은 작품이 될 만한 그림도 있다. 「씨 뿌리는 사람」 같은 것 말이다. 난 그게 전에 그린 그림보다 더 낫다고 생각하고 있다.

우리가 시련 속에서도 계속 버텨낼 수 있다면 언젠가는 승리할 것이다. 비록 우리가 흔히 이야기되는 사람들 속에 들지는 못할지라도 말이다. '사람들 앞에서는 기쁨을, 집에서는 슬픔을' 이라는 속담이 생각나는구나.

뭘 기대할 수 있겠니? 우리 앞에 아직도 싸움이 남아 있다면 그저 조용히 성숙하기를 바랄 수밖에.

넌 항상 내게 양보다 질을 위해 더 많이 노력하라고 했지.

이제 우리가 그런 습작을 많이 하는 걸 막는 건 아무것도 없다. 그런 그림이 팔기 위한 것은 아니지만, 만일 그걸 팔아야 하는 상황에 처한다면 어떻게든 더 높은 가격으로 팔도록 하자꾸나. 이제껏 쏟아온 진지한 노력을 생각해 보더라도 물러설 수는 없는 노릇이다.

고갱은 아주 열심히 작업하고 있다. 나는 배경도 전경도 모두 노란색으로 칠해진 정물화를 아주 좋아한다. 고갱은 내 초상화도 그리고 있는데 쓸데없는 짓을 하고 있다는 생각은 들지 않는다. 지금은 풍경화들을 그리고 있고, 최근에는 빨래하는 여인들을 다룬 훌륭한 그림을 완성했는데 정말 좋은 작품이라 생각한다.

1888년 11월

혼자가 아니라 다행이다

테오에게 ◆◆◆

온통 자주색과 노란색으로 그린 포도밭 그림을 막 완성했다. 작게 그린 인물들은 푸른색과 보라색이고 태양은 노랗다. 내 생각에 몽티셸리의 풍경화 중 하나와 나란히 걸어두면 좋을 것 같다.

요즘은 자주 기억에 의지해서 그림을 그려보려 한다. 기억으로 그린 그림들은 직접 나가 자연 속에서 그린 그림들보다 덜 어색하고 더 예술적인 느낌을 준다. 특히 미스트랄이 불어올 때는 유용한 방법이다.

◆ **붉은 포도밭** 75×93cm · 1888년 11월 · 캔버스에 유채

지금 이곳은 바람이 불고 비가 온다. 혼자가 아니라서 정말 다행스럽구나. 날씨가 나쁜 날이면 기억을 더듬어 작업하는데, 내가 혼자였다면 그렇게 하지 않았겠지.

고갱도 「밤의 카페」를 거의 완성했다. 그는 정말 재미있는 친구다. 고갱은 요리도 완벽하게 할 줄 안단다. 나도 배워볼까 한다. 정말 편하거든.

1888년 11~12월

고갱과의 갈등

테오에게 ◆◆◆

편지와 동봉한 100프랑 수표, 그리고 50프랑짜리 우편환 모두 아주 고맙게 받았다. 고갱은 아를이라는 훌륭한 도시, 우리가 작업하고 있는 작고 노란 집, 그리고 무엇보다 나에게 조금 싫증이 난 것 같다.

사실 우리 둘 모두 두손 들게 만드는 심각한 문제가 있다. 그 원인은 물론 다른 무엇보다 우리 자신에게 있다. 결론만 말하자면, 그는 당연히 그냥 떠나버리거나 머무르거나 둘 중 하나를 선택할 것이다. 그에게 결정을 내리기 전에 깊이 생각해 보라고, 또 이익과 손해를 잘 따져보라고 말했다.

고갱은 아주 강하고 창의력이 뛰어난 친구다. 그러나 바로 그 때문에라도 그는 평화로운 환경이 필요하다. 그가 이곳에서 평화를 얻지 못한다면 다른 어느 곳에서 그걸 찾게 될까? 묵묵히 그의 결정을 기다리겠다.

1888년 12월 23일

◆ **해바라기를 그리고 있는 고흐** 1888년 11월 · 폴 고갱 작

그동안 고흐와 고갱은 여러 가지 문제로 갈등을 겪었다. 그런데 이 편지를 쓴 12월 23일, 그들 사이의 긴장은 극으로 치달았고 이미 잘 알려진 결정적인 사건이 일어난다. 고갱의 말에 따르면, 저녁에 라마르틴 광장의 정원을 산책하고 있는데, 뒤에서 갑자기 나타난 고흐가 면도칼로 위협했다고 한다. 고흐를 진정시킨 고갱은 불안한 나머지 노란집으로 돌아가지 않고 호텔로 갔다. 밤 11시 30분경, 사창가에 나타나서 라첼이라는 매춘부를 불러낸 고흐는 "이걸 잘 간수해"라는 말과 함께 스스로 잘라낸 귓불을 싼 종이를 넘겨주었다. 다음날 아침, 의식을 잃은 채 자기 침대에 누워 있는 고흐를 경찰이 발견하고 병원으로 옮겼다. 고갱이 전보로 알려준 소식을 들고 테오가 급히 아를로 왔으며 고흐는 그 지역의 병원에 잠시 입

◆ **파이프를 물고 귀를 싸맨 자화상** 51×45cm · 1889년 1월 · 캔버스에 유채

원해 있었다. 다음 편지[‘멋진 세상, 악의는 없었소’]는 고갱이 테오에게 전보를 쳐서 걱정을 끼치고 아를까지 오게 만들었다고 생각한 고흐가 화가 나서 고갱에게 쓴 것이다.

멋진 세상, 악의는 없었소

고갱에게 ♦♦♦

자네에게 깊은 우정을 전하기 위해 퇴원하자마자 편지를 쓰네. 병원에서 자네 생각을 많이 했네. 높은 열에 시달리고 정신이 희미해진 순간에도.

그런데 내 동생 테오가 여기까지 올 필요가 있었다고 생각하나?

이제 내 동생을 안심시켜 주겠지. 그리고 부탁인데, 모든 일이 늘 좋아지고 있는 이 멋진 세상에서 결코 어떤 악의도 없었다는 점을 자네도 분명히 알아주기 바라네.

슈페네커에게 안부를 전해주기를, 우리의 초라하고 작은 노란집에 대해 나쁜 말을 삼가주기를 바라네. 또 파리에서 내가 알고 지내던 화가들에게 안부를 전해주게. 파리에서의 행운과 번영을 기원하네.

추신 : 룰랭은 나에게 정말 친절했네. 다른 누구보다 먼저 나를 퇴원시킬 생각을 했던 사람이네.

부디 답장을 보내주기를.

1888년 12월

테오야, 걱정하지 마라

테오에게 ◆◆◆

내 건강 상태에 대해 너를 안심시키기 위해, 너도 직접 만난 적이 있는 내과 의사 레이 선생의 진찰실에서 몇 자 적는다. 아직 며칠 더 병원에 머물러야 하겠지만, 그 다음에는 아주 조용하게 집으로 돌아갈 생각이다.

너에게 부탁하고 싶은 것은, 제발 걱정하지 말라는 것이다. 네가 지나치게 나를 걱정할까 싶어 도리어 내가 불안하다.

이제 우리 친구 고갱에 대해 이야기 좀 해보자. 내가 그를 두렵게 했니? 그런데 왜 그는 아무런 소식이 없지? 분명 너와 함께 떠났을 텐데. 그건 그렇고, 상황이 달랐더라도 그는 다시 파리로 돌아갔으리라는 생각이 든다. 고갱은 이곳보다 파리가 더 편안할 것이다. 그더러 나에게 편지 좀 하라고, 또 나는 늘 그를 생각하고 있다고 전해다오.

봉제르 가족〔후에 테오의 아내가 되는 조안나의 가족〕을 만났다는 편지를 읽고 또 읽었다. 정말 완벽하다. 나는 지금 이 상태로 지내는 데 만족하고 있다.

1889년 1월 2일

두 개의 빈 의자

테오에게 ◆◆◆

도대체 어쩌면 좋단 말이냐? 불행하게도 일이 복잡하게 얽혀 있구나. 아무 쓸모도 없는 그림들 때문에 나는 너무 비싼 값을 치러왔다. 심지어 내 피와 이성까지도 내놓아야 했으니. 같은 말을 되풀이하진 않겠다. 내가 네게 무슨 말을 할 수 있겠니?

고갱 얘기를 하자면…… 아아, 그가 원하는 대로 하게 내버려두자. 원하는 대로 독립해서(독립이라니 대체 무슨 말을 하는 건지 알 수 없다만) 자기 뜻대로 자기 길을 가라고 해라. 자기가 우리보다 더 영리하다고 생각하고 있으니 말이다.

그가 이곳에 두고 간 습작들 대신에, 혹은 그걸 선물로 주면서 내 해바라기 그림들 중 하나를 요구하는 건 정말 우습다는 생각이 든다. 그의 습작들은 그에겐 도움이 될지 몰라도 내겐 전혀 소용없다. 모두 고스란히 보내줄 생각이다.

하지만 내 그림들은 여기 둘 것이고, 특히 내 「해바라기」는 계속 보관할 것이다. 그는 이미 내 해바라기 그림을 두 점이나 가지고 있으니 그걸로 만족하라고 해라. 만일 그가 나와 교환했던 방식이 마음에 들지 않는다면 마르티니크 섬에서 그린 소품과 그가 브르타뉴에서 내게 보냈던 자화상을 돌려주겠다고 해라. 그 대신 그가 가져간 내 초상화와 해바라기 그림 두 점도 돌려줘야 한다고 말이다. 그가 다시 이 문제를 들먹이거든 꼭 그렇게 전해라.

무슨 일이 있든 내가 여기 계속 머무른다면 조금씩 힘을 되찾게 되겠지. 변화나 옮겨가는 일을 두려워하는 건 또다른 지출이 생길까 두려워서다. 이제까지 오랫동안 한숨 돌릴 여유도 없이 살아왔다. 나는 내 일을 포기하지 않을 것이다. 일이 제대로 진척되는 순간이 꼭 올 것이다. 인내를 갖고 기다리면 목표에 도달할 수 있고, 내 그림들이 언젠가는 그것들을 위해 사용한 돈을 되돌려줄 것이라고 믿는다.

◆ **고갱의 의자** 90.5×72.5cm · 1888년 12월 · 캔버스에 유채

◆ **파이프와 담배 주머니가 놓여 있는 의자** 93×73.5cm · 1888년 12월 · 캔버스에 유채

드한에게 빨강과 초록으로 채색한 빈 의자 그림을 보여줬으면 좋겠구나. 불을 켠 양초와 두 권의 소설(하나는 노란색, 다른 하나는 분홍색)이 놓여 있는 고갱의 의자 그림 말이다. 오늘은 그 그림과 한 쌍을 이룰 다른 그림을 그렸다. 바로 나 자신의 빈 의자이다. 파이프와 담배 주머니가 놓여 있는 하얀 전나무 의자란다. 다른 작품에서도 그렇지만 이 두 작업에서 나는 선명한 색을 이용하여 빛의 효과를 주기 위해 노력했다. 내 편지를 드한에게 보여주면 그는 아마도 내가 무엇을 추구했는지 정확히 이해할 것 같다.

고갱과 나는 이따금씩 프랑스 미술과 인상주의에 대해 이야기를 나누곤 했다. 나는 인상주의가 조직을 갖고 기반을 형성하는 일이 불가능하다는 느낌이 든다. 정말이지 있을 수 없는 일처럼 여겨지는구나. 왜 라파엘 전파의 시대에 영국에서 일어났던 일이 여기서는 일어날 수 없는 것일까? 동맹은 결렬되었다. 아마도 내가 이 모든 것을 마음에 너무 많이 담아두고 있는 것인지도, 그래서 지나치게 슬퍼하는 건지도 모르겠다.

다행히도 고갱이나 나나, 혹은 다른 화가들도 아직 진짜 기관총이나 다른 파괴적인 전쟁무기로 무장하진 않았다. 나는 앞으로도 붓과 펜 외에는 다른 어떤 것으로도 무장하지 않을 것이다.

1889년 1월 17일

우리는 늘 친구라는 사실을 잊지 말게

고갱에게 ◆◆◆

요즘은 모든 것이 내 잘못이라고 책망하고 있네. 괜히 자네가 이곳에 머무르면서 때를 기다려야 한다고 고집을 부리는 바람에 결국은 자네가 그렇게 행동하게 될 이유를 내가 너무 많이 제공했는지도 몰라. 그래, 자네가 떠나버린 원인을 제공한 건 바로 나였다고 자책하고 있네. 물론 그 출발이 미리 계획된 게 아니었다면. 그런 건 아니겠지? 요즘은 내가 아직도 그림을 그릴 권리가 있다는 걸 보이는 것도 나에게 달린 문제라고 생각하네.

자네가 편지에 내 그림(노란 바탕에 그린 해바라기)에 대해 언급하면서 그걸 갖고 싶다고 썼더군. 나쁜 선택은 아니라고 생각하네. 자네에게 작약 그림이 있고 코스트에게 접시꽃 그림이 있다면 나에겐 해바라기 그림이 있지.
나는 자네가 이곳에 두고 떠난 물건을 돌려주겠네〔고갱은 고흐의 해바라기 그림 두 점을 갖는 대신 자신이 노란집에 두고 간 습작을 고흐에게 주겠다고 제안했다〕. 그동안 일어났던 일을 생각해 볼 때, 이 그림을 자네에게 줄 수 없을 것 같네. 그러나 이것을 선택한 자네의 안목을 높이 평가하는 뜻에서 똑같은 해바라기 그림을 정확히 다시 그려주겠네.

내 동생은 자네를 잘 이해하고 있네. 언젠가 테오가 자네도 나처럼 불쌍한 사람이라고 말한 적이 있는데, 그건 바로 그가 우리를 잘 이해하고 있다는 얘기지.
자네 소지품을 보내주겠네. 하지만 아직도 가끔 기력이 약해지면서 손가락 하나도 까딱할 수 없는 상태가 되곤 하기 때문에 당장 보내주지는 못할 것 같네. 며칠 지나면 나도 용기를 낼 수 있겠지.

신경의 열기 혹은 정신적인 광기 속에서(어떻게 써야 할지, 뭐라 불러야 할지 잘 모르겠네) 내 생각은 많은 바다를 항해했네. 네덜란드 유령선의 꿈도 꾸었지.

요람을 흔드는 여인이 선원을 잠에 빠지게 하려고 노래하는 것을 듣기도 했고, 음악을 모르는 문외한인 주제에 베를리오즈의 음악을 색의 배치를 통해 그림으로 표현하려던 모습도 떠올랐고, 어릴 때 들었던 자장가를 듣기도 했다네.

이른 시일에 자네 편지를 받아볼 수 있다면 기분이 좋을 것 같네.

우리는 늘 친구라는 사실 잊지 말게.

1889년 1월 22일

내 영혼을 주겠다

테오에게 ◆◆◆

내 건강과 작업이 진행되는 속도가 그다지 나쁘지 않다는 말을 전하기 위해 몇 자 적는다. 요즘은 한 달 전에 비해 놀라울 정도로 몸 상태가 좋다. 팔다리가 부러져도 시간이 지나면 낫는다는 것은 전부터 알고 있었지만 머릿속의 뇌가 망가져도 낫는다는 건 몰랐단다.

이전이라면 감히 바랄 수도 없었을 정도로 좋아지고 있다는 데 놀라면서도, 한편으로는 '몸이 더 좋아진들 무슨 소용이 있을까' 하는 생각에 휩싸이곤 한다.

네가 이곳에 왔을 때 고갱의 방에 걸려 있던 30호짜리 해바라기 그림 두 점을 봤을 거라 생각한다. 조금 전에 그 복제 그림을 마무리했다. 원래 그림과 완벽하게 동일하다. 이 그림들 외에 내가 쓰러지기 직전까지 작업중이던 「룰랭 부인의 초상」에 대해서도 말한 적이 있는 것 같은데, 요즘 이것을 복제한 두 점의 그림도 진행중이다.

전에 고갱에게 이 그림에 대한 아이디어를 말한 적이 있다. 아이슬란드의 어부들에 대해 이야기하던 중이었지. 막막한 바다 위에서 온갖 위험에 노출되어 지내는 그들의 서글픈 고독을 생각해 보자. 어린아이 같으면서도 동시에 순교자의 모습을 지닌 그 어부들이 고기잡이 배의 선실에서 바라보면 좋을 그림, 어린 시절 요람에서 흔들리던 때의 감각이 되살아나고 어릴 때 듣던 자장가가 떠오르는 그런 그림을 그리고 싶다는 생각이 들더구나.

이 그림은 싸구려 가게에서 파는 서툰 판화처럼 보일 수도 있다. 오렌지색 머리카락에 초록색 옷을 입은 여인이 분홍색 꽃 그림이 그려진 초록색 벽지를 배경으로 앉아 있다. 생소할 정도로 거친 분홍색, 거친 오렌지색, 거친 초록색이 눈에 거슬릴 정도로 부조화를 이루면서도 단조로운 빨간색과 초록색 덕분에 나름의 온화함을 회복한다.

난 이 그림이 해바라기 그림들 사이에 걸려 있는 것을 상상해 보았다. 이 그림과 같은 크기의 해바라기 그림들은 양쪽 옆에 세워둔 큰 촛대처럼 보일 것이다. 이런 식으로 모두 7~9점을 걸어두면 어떨까.

아직 한겨울이니 제발 조용히 작업할 수 있게 내버려다오. 그 결과가 미친 사람이 그린 그림에 불과하더라도 그건 내가 어떻게 할 수 있는 일이 아니다.

이제 참을 수 없는 환각도 사라졌고, 악몽을 꾸는 일밖에 없다. 칼륨 정제를 복용한 덕분이 아닐까 한다.

다시 한 번 말하지만, 지금 바로 나를 정신병원에 가둬버리든지 아니면 온 힘을 다해 그림을 그릴 수 있게 내버려다오. 내가 정말 잘못했다면 나를 가둔다 해도 반대하지 않겠다. 그냥 그림을 그릴 수 있게만 해준다면 약속한 주의사항을 모두 지키도록 하마.

내가 미치지 않았다면, 처음 그림을 시작할 때부터 약속해 온 그림을 너에게 보낼 수 있는 날이 올 것이다. 나중에는 하나의 연작으로 보여야 할 그림들이 여기저기 흩어지게 될지도 모른다. 그렇다 해도, 너 하나만이라도 내가 원하는 전체 그림을 보게 된다면, 그 그림에서 마음을 달래주는 느낌을 받게 된다면……. 나를 먹여 살리느라 너는 늘 가난하게 지냈겠지. 네가 보내준 돈은 꼭 갚겠다. 안 되면 내 영혼을 주겠다.

우리는 모두 한 사슬에 연결된 고리에 불과하다. 고갱과 나는 서로를 아주 잘 이해한다. 만일 우리가 약간 미쳤다면, 그래서 어떻단 말이냐? 우리는 붓을 이용해서 온갖 혐의에 반박하는 철저한 예술가 아니냐? 어쩌면 언젠가는 모든 사람들이 노이로제나 몸을 마음대로 움직일 수 없는 병에 걸릴지도 모른다.

하지만 그 해독제도 존재하지 않을까? 사람들은 들라크루아에게서, 베를리오즈와 바그너에게서 그런 해독제를 얻는 것 아닐까? 나 역시 예술가의 광기에 감염되지 않았다고는 말하지 않겠다. 하지만 바로 거기에서 생겨나는 해독제와 위안물이야말로 조금의 선한 의지와 함께 충분한 보상으로 간주될 수 있다고 생각한다.

1889년 1월 28일

◆ **룰랭 부인의 초상** 92×73cm · 1889년 · 캔버스에 유채

이웃의 진정서

사랑하는 동생에게 ◆ ◆ ◆

네 편지가 너무 걱정하는 내용이어서 침묵을 깨야겠다는 생각이 들었다. 나는 지금 온전한 정신으로 이 편지를 쓰고 있다. 미치광이가 아니라 네가 알고 있는 형으로서, 있었던 일 그대로를 쓰는 것이다. 이곳 사람들이(80명이 넘는 사람들이 서명을 했더라) 내가 자유롭게 거리를 활보하도록 내버려두어서는 안 된다는 진정서를 시장에게 냈단다. 그래서 경찰국장인지 서장인지가 다시 나를 감금하라는 명령을 내렸다.

지금 나는 하루 종일 혼자 갇혀 있다. 문은 열쇠로 잠겨 있고 감시원까지 붙어 있다. 내가 유죄라는 것도 입증되지 않았고, 심지어 증거가 될 만한 것도 없이 말이다. 말할 필요도 없는 일이지만, 마음속 비밀재판 속에서 나는 이 모든 상황에 대해 답할 말이 아주 많다. 정말이지 말할 필요도 없는 일이지만, 나는 화를 낼 수도 없다. 내 생각에 이건 '죄 있는 자가 변명한다' 는 말이 꼭 들어맞는 경우 같다.

네게 하고 싶은 말은 나를 자유롭게 하려고 애쓰지 말라는 거다. 고발이 저절로 수그러들 거라 생각해서 이런 말을 하는 게 아니다. 단지 나를 감금에서 자유롭게 해주는 일이 어려울 것 같아서이다. 만일 내가 분노를 억누르지 않았더라면 바로 위험한 정신이상자로 간주되었을 거다. 그러니 희망을 갖고 참자꾸나. 격렬한 감정은 문제를 더 악화시킬 뿐이다.

만약 내가 정말로 미친 사람이라면(뭐 전혀 불가능한 일이라고 말하지는 못할 것 같다), 나는 다른 식으로 다루어져야 했을 게다. 신선한 공기를 마실 수 있어야 할 테고 내 일도 할 수 있게 해줬어야지. 그랬더라면 나도 내가 미쳤다는 말을 순순히 받아들였을지도 모른다. 하지만 아직 그런 상황까지는 아니다. 사실 내가 평화롭게 지낼 수만 있었더라도 훨씬 전에 회복되었을 것 같다.

그들은 내가 담배 피고 술을 마신다고 비난한다. 하지만 그게 무슨 문제란 말이냐? 결국 그들의 절제는 내게 새로운 비참함을 부를 뿐인데. 사랑하는 동생아, 우리가 할 수 있는 최선은 어쩌면 우리의 자잘한 슬픔들을 농담처럼 받아들이는 일인지도 모른다. 어떤 점에서는 인류의 거대한 슬픔들까지도 말이다. 사태를 받아들이고 목표를 향해 돌진해야 한다. 현대 사회에서 우리 예술가들은 부서진 컵 같은 존재에 불과하다. 네게 내 그림들을 보내고 싶지만 그들이 내 그림에까지 자물쇠를 채우고 지키고 있구나.

1889년 3월 19일

요양원으로 가고 싶다

테오에게 ◆◆◆

이달 말쯤에 생레미에 있는 병원이나 살르 씨가 권하는 요양원 같은 곳으로 들어갔으면 한다. 미리 그 문제를 의논하고 장단점을 따져봤어야 하는데 정말 미안하다. 그렇게 하는 일이 내겐 정신적 고문이 될 것 같구나.

지금으로서는 여기 아를에서든 다른 어느 곳에서든 새로 집을 얻고 거기 혼자 머무는 일이 불가능하게 느껴진다. 이렇게 말하는 것만으로도 충분한 설명이 될 수 있으면 좋겠다. 지금은 어딜 가든 마찬가질 게다. 나도 새로 시작하기 위해 마음을 다잡으려 노력했지만 도저히 가능하지가 않다.

이제 조금씩 다시 일할 힘이 되돌아오고 있다. 이럴 때 나를 강제하거나 집을 관리할 모든 책임을 지려다가 되레 그 작은 힘조차 잃게 될까 두렵다. 그래서 다른 이들뿐만 아니라 내 마음의 평화를 위해서도 잠시나마 격리된 곳에 머물렀으면 한다.

그나마 내 마음을 좀 달래주는 건 내가 광기를 다른 질병과 같은 것으로 여기고 사태를 있는 그대로 받아들이기 시작했다는 사실이다. 발작이 일어나는 동안 나는 내가 상상한 모든 것이 실제라고 생각했단다. 설명하지 않아도 너는 이해해 주겠지. 살르 씨와 레이 선생과 의논해서 이달 말이나 5월 초부터는 그곳에서 지낼 수 있도록 일을 매듭지어 줬으면 한다.

화가생활을 다시 시작하는 것, 이제껏 내가 생활했듯 집에 혼자 틀어박혀 지내면서 카페나 레스토랑에 가는 것 외에 다른 기분전환 거리도 없고, 온갖 이웃들이 비난하는 생활을 난 도저히 버틸 수 없을 것 같다.

이 모든 것에 대해 너무 슬퍼하지 마라. 확실히 최근 생활은 슬펐다. 여기저기로 옮겨 다니고 가구들을 모두 치우고 네게 보낼 그림들을 싸고……. 하지만 그 중에서도 가장 슬펐던 것은 그토록 따뜻한 우애로 이 모든 것을 베푼 네게, 그토록 오랜 기간 항상 나를 지지해 준 유일한 사람이었던 네게, 다시 원점으로 돌아와 이 모든 이야기를 해야 한다는 사실이었다. 아, 내 느낌을 그대로 표현하기 힘들구나. 하지만 네가 내게 보여주었던 선량함은 결코 지워지지 않을 것이다. 네가 그걸 가졌고 여전히 너를 위해 남아 있으니 말이다. 설령 물리적인 결과는 제로에 불과할지라도, 그래서 더욱더 많은 것이 네게 남을 것이다.

1889년 4월 21일

다른 방법을 찾아서

사랑하는 형에게 ◆ ◆ ◆

어제 받은 형 편지를 읽고 마음이 무척 아팠어. 형은 지극히 당연한 일을 과장해서 생각하고 있는 것 같아. 형의 사랑과 작품들로 이미 몇 배나 나에게 되돌려주었다는 사실은 생각하지도 않고 말이야. 그런 것들이야말로 내가 가질 수 있었던 돈을 다 합친 것보다 훨씬 더 소중한 것 아니겠어.

형이 아직도 건강이 좋지 못하다니 정말 마음이 아파. 솔직히 형 편지 속에서 정신의 나약함을 드러낼 만한 건 전혀 없었지만, 형이 요양원에 갈 필요가 있다고 생각한다는 사실 자체는 좀 심각한 것 같아. 단지 예방을 위한 조치로 그렇게 생각했을 뿐이기를 바랄게.

형이 생각할 수 있는 온갖 종류의 희생을 다 감수할 수 있는 사람이라는 걸 잘 아는 나로서는 혹시 형을 사랑하는 사람들에게 폐를 덜 끼치기 위해 그런 해결책을 생각해 낸 게 아닐까 의심하게 되더군. 만일 정말 그렇다면, 제발 부탁인데 그렇게 하지 말아줘. 그런 곳에서의 생활이 즐거울 리가 없잖아. 형이 택하고자 하는 생활이 어떤 것인지 깊이 생각해 봤으면 좋겠어. 그리고 가능한 다른 방법을 시도해 보는 쪽도 고려했으면 좋겠어. 얼마 동안 여기 와서 지낼 수도 있을 테고, 여름 동안 퐁타방으로 갈 수도 있고, 혹은 형을 돌봐줄 수 있는 사람들이 있는 곳에서 하숙집을 구할 수도 있겠지.

물론 형에게 다른 의도가 없다면 생레미로 가는 것도 괜찮은 방법이라고 생각해. 얼마간 그곳에 머물면서 건강을 회복할 수 있을 테니까. 만일 형이 그럴 마음만 있다면 얼마 후 아를로 돌아가지 못할 이유도 없잖아.

살르 씨가 내게 생레미 요양원의 안내서를 보내줬어. 거기에 제3자가 입원 허락을 신청해야 한다고 되어 있어서, 형이 원하면 사용할 수 있도록 요양원 원장에게 보내는 편지도 같이 보내. 형이 결정하는 대로 필요한 돈을 보낼게.

1889년 4월 24일

나 자신을 지키고 싶다

테오에게 ◆◆◆

5월 1일 네 생일을 맞아 아주 좋은 한 해를 맞이하고, 무엇보다 건강하기를 기원한다.

내 건강을 너에게 얼마나 나눠주고 싶은지 모른다. 요즘은 너무 건강하다는 느낌이 들곤 하거든. 머리가 가끔 이상해지는 건 어쩔 수 없지만.

들라크루아는 빵과 와인만 먹으면서 살았는데, 정말 잘한 일이다. 그의 사명에 걸맞은 생활방식을 찾는 데 성공한 것이지. 생활방식을 선택하는 문제에는 어쩔 수 없이 돈 문제가 개입하기 마련이다. 들라크루아는 재산이 좀 있었거든. 코로도 그랬고. 밀레는 농부였고 농부의 아들이었다.

「마르세유 신문」에서 오려둔 이 기사를 읽는 게 너에게도 흥미로울지 모르겠다. 거기서 몽티셀리를 잠깐 들여다볼 수 있었다. 게다가 교회 묘지 한 구석을 다룬 그림에 대한 묘사는 아주 흥미롭다.

오늘은 그림과 습작을 담은 상자를 포장하고 있다. 습기로 너덜거리는 그림은 뒤에 신문지를 발라서 두껍게 만들었다. 그게 가장 좋은 그림이었는데……. 그걸 보았다면, 결국은 실패로 돌아가긴 했지만, 작업실이 어떤 모양을 갖추었을지 더 분명하게 이해할 수 있었을 것이다. 이 그림도 다른 그림처럼 내가 아파 누워 있는 동안 습기 때문에 손상되었다.

홍수 때문에 강물이 집에서 돌 하나 던지면 닿을 정도의 거리까지 밀려왔고, 더 심각한 문제는 내가 없는 동안 난방을 하지 않았기 때문에 집에 돌아왔을 때는 물과 소금기가 벽에 배어 있었다는 것이다. 그건 큰 타격이었다. 작업실이 재난을 당했을 뿐만 아니라 그림에도 흔적이 남았기 때문이다.

나는 단순하지만 지속적이고 결정적인 것을 찾아내려고 노력해 왔다. 그런데 이제는 이미 패배한 싸움을 해왔다는 생각이 든다. 어쩌면 내 성격의 나약함이 문제인지도 모르지. 어떻게 설명할 수 없는 깊은 자책감만 남았다. 발작이 일어난 동안 그토록 소리를 많이 지른 까닭도 그 때문이겠지. 나 자신을 지키고 싶은데 지킬 수 없다는 것 때문에. 노란집의 작업실이 다른 화가들에게 유용할 수도 있었을 텐데. 신문기사에서 볼 수 있는 불행한 화가들에게 말이다. 어쨌든 우리만 그런 건 아니다. 몽펠리에의 브리야스는 그림에 전 재산과 생애를 바쳤지만 뚜렷한 결과를 얻지 못했다.

아무 대가 없이 나를 받아들여줄 병원은 없다는 것을 너에게 말해주고 싶다. 그림 그리는 비용은 내가 부담하고, 그림은 전부 병원에 기증한다고 하더라도.

그리 심각한 건 아닐지 모르지만 조금 부당하다는 생각이 든다. 미리 그런 사실을 알았더라면 난 단념했을지도 모른다. 너의 사랑이 없었다면 그들은 아무런 가책 없이 나를 자살로 몰아넣었을 테고, 내가 비겁하든 아니든 결국 나는 자살로 생을 마감했겠지. 우리가 사회에 대항하고 스스로를 방어할 수 있을 만한 근거지가 있었으면 좋겠다.

◆ **아를 요양원 정원** 73×92cm · 1889년 4월 · 캔버스에 유채

살르 씨가 생레미에 다녀왔는데, 그들은 내가 병원 밖에서 그림 그리는 것을 허락하지 않을 생각이고, 100프랑 이하의 돈으로는 나를 받아들일 마음도 없다고 한다. 좀 나쁜 소식이지.

북아프리카에 있는 외인부대에 5년쯤 들어가서 이 곤경을 벗어날 수 있다면, 차라리 그쪽이 더 낫지 않을까 생각한다. 갇혀서 그림도 그리지 못한다면 내 상태가 나아지기는 어려울 것 같고, 병원에서는 미친 사람이 살아 있는 동안은 한 달에 100프랑씩 꼬박꼬박 받아낼 게 분명하기 때문이다. 이건 불리한 거래 아니냐. 어떻게 해야 좋을까? 군대에서 나를 받아줄까?

감시를 받는 조건으로, 그것도 요양원 안에서만 그림 그리는 걸 허락받게 된다면, 맙소사, 돈을 써가면서 그곳에 들어갈 가치가 있다고 생각하니? 그런 상황에서 그림을 그릴 수 있다면 병영에서도 잘 그릴 수 있을 것 같다. 어쩌면 더 잘 그릴 수 있을지도 모르지.

여하튼 생각중이다. 너도 잘 생각해 보렴. 이 모든 것이 세상의 최고 중에서도 최상을 위한 것임을 잊지 말자. 그게 불가능하지는 않다고 본다.

1889년 4월 30일

🔲 같은 날 고흐는 여동생 윌에게도 편지를 썼는데, 다음과 같은 내용이 있다. "적어도 석 달 동안은 이곳에서 그리 멀지 않은 생레미의 정신병원에서 지내게 될 것 같다. 그동안 네 번의 심각한 발작을 겪었는데, 내가 무슨 말을 했는지 무엇을 원했는지 그리고 무슨 짓을 했는지 전혀 기억할 수 없다."

형의 불행은 분명 끝날 거야

빈센트 형에게 ◆◆◆

편지 고마워. 형이 너무 건강하다고 쓴 걸 보니 적어도 육체적으로는 더 바랄 나위 없이 건강함을 알겠더군. 하지만 자신이 튼튼하다고 느끼는 것과 진짜 건강한 건 다른 문제라는 사실도 염두에 둬야 해. 물론 형이 정말 건강을 회복했다면 얼마나 좋겠어.

형의 저번 편지에서 내가 결코 받아들일 수 없는 게 하나 있어. 이제 그게 뭔지 말할 테니 그후에 형이 원하는 대로 선택하기를 바라. 외인부대에 입대하겠다는 형의 계획을 말하는 거야.

그건 절망에 빠져서 내린 결정이야, 그렇지? 난 형이 그런 직업을 진심으로 좋아할 사람이 아니라고 생각해. 지금 형은 그림을 전혀 그릴 수 없고, 조금씩 건강을 회복해야 하는 상황에 처해 있어. 그런 상황이 형에게 다시는 그림을 그릴 수 없을 거라는 생각을 심어줬을 것 같아. 그러니 석 달 동안 일도 할 수 없으면서 비용만 드는 곳에 가서 보살핌을 받고도 벌어들이는 건 전혀 없을 거라고 고민했겠지.

하지만 형이 깊이 생각하지 않고 넘긴 게 있어. 형 말대로 군인이 되어 그림을 그릴 수는 있을지도 모르지. 하지만 그럴 경우 형은 기숙학교에 있는 학생처럼 지내야 할거야. 만일 생레미의 요양원 같은 시설에서 받게 될 통제를 두려워한다면, 군대생활 속에는 형이 두려워할 일이 더 많을 거라고. 전체적으로 생각해 봤을 때, 그런 생각은 내가 과도한 지출을 하게 만들까 봐 지나치게 두려워하고 걱정한 탓이 아닌가 싶어.

결국 형은 불필요하게 머리를 괴롭히고 있어. 작년은 내게 경제적으로 괜찮은 한 해였어. 그러니 내게 부담을 줄까 두려워하거나 망설이지 말고 내가 보내는 것을 받아 써도 괜찮아. 만일 생레미로 가는 것이 형에게 너무 불쾌한 일이 아니라면, 딱 한 달만 그렇게 하도록 해. 거기서 전문 의사들에게 검사를 받고 그들의 조언을 들을 수도 있을 테니 말이야.

생레미의 원장이 보낸 편지를 읽어 보니, 형을 직접 검진하기 전에는 외부 출입을 허용하는 일과 관련해서 어떤 언질도 줄 수 없다고 하더군. 하지만 그가 형을 만나보면 형이 밖에서 그림을 그리도록 허락할 게 분명해.

난 형이 아픈 원인의 대부분이 물질적 생활을 너무 무시해 왔기 때문이라는 생각이 들어. 생레미 요양원 같은 곳에서는 규칙적으로 식사시간을 지킬 테고, 그런 규칙성이 형에게는 덕이 되겠지. 형이 원한다면 엑스나 마르세유 쪽 시설들에서는 어떻게 하는지 알아볼게. 형이 알아야 할 건 어떤 관점에서도 형 자신을 불쌍히 여길 이유가 없다는 사실이야. 겉으로는 그렇게 보일 수 있을지도 모르지만 말이야.

형이 완성한 작품들을 생각해 봐. 그런 그림을 그릴 수만 있다면 더 바랄 게 없다고 소원하는 사람들이 얼마나 많은지 알아? 형은 더 이상 뭘 바라는 거야? 뭔가 훌륭한 것을 창조하는 것이 형의 강렬한 소망 아니었어? 이미 그런 그림들을 그려낼 수 있었던 형이 도대체 왜 절망하는 거야? 게다가 이제 곧 더 훌륭한 작품을 만들 때가 다시 올 텐데 말이야. 퓌비 드 샤반, 드가, 그리고 다른 화가들을 봐도 그렇잖아? 형이 의지만 있다면 아주 빠른 시일 안에 다시 작업을 시작할 수 있을 거라고 확신해. 형이 작업실로 돌아가서 습기 때문에 그림에 곰팡이가 핀 걸 봤을 땐 절망감을 느끼기도 했겠지. 나도 무척 속이 상했어.

하지만 우리 희망을 갖기로 해. 형의 불행은 분명 끝날 거야.

1889년 5월 2일

외인부대에 입대하고 싶다

테오에게 ♦♦♦

아무래도 군에 입대할까 싶다. 이곳에 있는 게 싫은 까닭은 나에 관한 소문이 마을에 이미 다 퍼져서 사람들이 나를 거부할까 두렵기 때문이다. 내가 망설이는 것은 군대에서도 받아주지 않을 가능성이 있어서이다. 만일 외인부대에 입대해서 5년간 지낼 수 있도록 허용된다면 그렇게 하고 싶다.

내 선택이 충동적인 것이라고 생각하지 않았으면 좋겠다. 이 선택은 아주 평온한 상태에서 깊이 숙고해 보고 결정한 것이다. 받아주기만 한다면 외인부대에 입대하고 싶다.

5년 동안 외인부대에 가겠다는 결정이, 나를 희생하기 위해 내려진 것이라고 생각하지 말아라.

삶은 공정하지 않았다. 지금뿐 아니라 과거에도 나는 너무 비현실적이어서, 사람들이 나에게 무슨 짓을 해도 바로잡을 수 있도록 충분히 생각할 수 없었다. 어쩌면 정신병원이나 군대처럼 규칙에 따라야만 하는 곳에서 더 편안할지도 모르지. 내가 미쳤거나 간질환자라는 걸 이곳 사람들이 이미 알고 있어서 나를 거부할 가능성이 큰 것처럼, 파리에서도 곧 그렇게 될 것이다.

그러니 결정을 내리기 전에 잘 생각해 보자. 기다리는 동안 내가 할 수 있는 일을 할 것이다. 그림이든 무슨 일이든 그럭저럭 해 나갈 생각이다.

그림을 그리느라 너에게 너무 신세를 졌다는 채무감과 무력감이 나를 짓누르고 있다. 이런 감정이 사라진다면 얼마나 편할까.

1889년 5월 2일

생레미에서
1889년 5월~1890년 5월

고통은 광기보다 강하다

끝모를 죄책감과 무력감에 시달리던 고흐는 1889년 5월, 프로방스의 생레미에 있는
생폴 드 무솔 요양원으로 들어갔다. 닥터 레이가 그를 맞아주었다.

9월에 「별이 빛나는 밤」과 「붓꽃」 두 점이 파리 앵데팡당 살롱전에 전시되었고, 좋은
평가를 받았다. 그즈음 고흐의 작품은 동료 화가들 사이에서 높은 평가를 받기 시작
했으며, 테오의 집은 물론 탕기 영감의 미술용품 가게에도 전시되었다.
그러나 고흐는 12월 말, 일주일이나 계속된 발작으로 심한 고통을 받았다. 갑자기 물
감 튜브를 빨아먹다가 발작이 진정되면 평소처럼 그림을 그리곤 했다.

1890년 1월 18일 브뤼셀의 20인전에 그의 유화 여섯 점이 전시되었고, 권위 있는 평론
가 알베르 오리에르의 지극히 호의적인 평론 「고독한 화가, 빈센트 반 고흐」가 『르 메
르퀴르 드 프랑스』에 실렸다.
한편 브뤼셀의 20인전에 전시되었던 「붉은 포도밭」이 팔렸다. 안나 보흐라는 사람이
400프랑에 이 작품을 샀다. 이것은 그의 평생에 유일하게 팔린 유화 작품이다.

1890년 1월 31일 테오와 그의 아내 조안나 사이에 아들이 태어났다. 테오는 형의 이름
을 따서 빈센트 윌렘 반 고흐라는 이름을 지었다. 고흐의 간질성 발작이 점점 잦아지
는 가운데 2월 22일 아들을 방문했다가 다시 일으킨 발작이 4월 말까지 지속되었다.

생레미 요양원의 생활을 견딜 수 없었던 고흐는 테오의 권유로 파리의 피갈 8번지에
있는 그의 집으로 갔다. 그해 5월 17일이었다. 그러나 그는 그곳에서도 오래 머물지
않으려 했다. 또 떠나기로 했다. 이번의 행선지는 오베르 쉬르 우아즈였다. 그곳에는
의사이자 화가이며 피사로와 폴 세잔의 친구인 폴 페르디낭 가셰가 있었다.

◆ **자화상** 65×54cm · 1889년 9월 · 캔버스에 유채

난 너무 현실적이지 못하다

테오에게 ◆◆◆

이곳으로 오길 잘한 것 같다. 동물원 같은 곳에 갇힌 미친 사람들의 생활을 직접 보노라면, 막연한 불안이나 공포가 사라진다. 그러면서 정신병도 다른 여느 질병과 같은 병에 불과하다고 생각하게 되었다. 게다가 환경을 바꾼 것도 나에게 좋은 영향을 주고 있다고 생각한다.

이곳 의사들은 나에게 있었던 일이 일종의 간질성 발작이라고 보는 것 같다. 그러나 자세히 물어보지는 않았다.

그림을 담은 상자는 받았는지, 그림이 상하지는 않았는지 몹시 궁금하다.

요즘은 두 점의 그림을 그리고 있다. 보라색 붓꽃 그림과 라일락 덤불 그림으로 모두 정원에서 얻은 소재다.

그림을 그려야 한다는 생각이 다시 생겨나고 있다. 일을 할 수 있는 능력도 다시 회복될 것이다.

아무래도 요령 있게 살아가기에는 내가 너무 현실적이지 못한 것 같다.

1889년 5월

형의 훌륭한 작품들을 잘 받았어

빈센트 형에게 ◆◆◆

형이 생레미에 무사히 잘 도착했다니, 그리고 아를에서보다 더 편안한 느낌이라니 정말 기뻐. 하지만 형이 그곳에 너무 오래 머물지는 않길 원해. 주변

◆ **붓꽃**
71×93cm · 1889년 5월
캔버스에 유채

◆ **라일락** 73×92cm · 1889년 5월 · 캔버스에 유채

에 그렇게 많은 정신이상자들이 있는 게 그리 유쾌하진 않을 테니까. 내가 원하는 건 형의 생활을 돌봐줄 수 있는 사람이 있으면서 한편으로 형을 자유롭게 해주는 곳을 찾는 거야. 그런 곳을 분명 찾을 수 있을 거야. 형이 파리나 그 근교로 오는 걸 그토록 싫어하지만 않았더라도 내가 직접 그런 하숙집을 찾아나섰을 텐데.

다음 편지에는 지금 있는 곳을 어떻게 생각하는지도 알려줘. 사람들이 형을 어떻게 대하는지, 음식을 충분히 먹을 수 있는지, 주변 사람들은 어떻게 행동하는지 말이야. 시골 풍경을 제대로 볼 수 있어? 무엇보다 육체적으로든 정신적으로든 형 자신을 괴롭히지 마. 지금은 온 힘을 다해 체력을 회복하는 게 최선이야. 그러고 나면 저절로 일을 시작하게 될 테니까.

며칠 전에 형이 보낸 소중한 소포를 받았어. 정말 훌륭한 작품들이 들어 있더군. 모두 잘 도착했어. 그중에서 내가 특히 좋아하는 그림은 「룰랭 부인의 초상」, 「룰랭의 초상화」, 「씨 뿌리는 사람」, 「아이」, 「별이 빛나는 밤」, 「해바라기」, 「파이프와 담배 주머니가 놓여 있는 의자」야.

앞의 두 작품은 정말 흥미로워. 그 작품들 속에서 공식적으로 인정받는 아름다움을 찾을 수는 없지만, 그 속에는 정말 인상적이고 진실에 근접한 뭔가가 있거든. 조야한 색으로 칠해진 그림을 사는 소박한 사람들보다 우리가 더 옳다고 누가 말할 수 있겠어? 아니 차라리 그들이 그런 그림들 속에서 발견하는 매력 역시 미술관에서 그림을 바라보며 잘난 체하는 친구들의 그것만큼이나 고무된 감정 아니겠어? 게다가 형의 그림들 속에서는 싸구려 그림들에서는 결코 발견할 수 없는 힘이 있어. 그 그림들은 시간이 흘러 물감의 층이 안정되면서 더 아름다워질 거야. 언젠가는 분명 큰 평가를 받게 될 거라고. 피사로, 고갱, 르누아르, 기요맹 등의 그림이 팔리지 않는 걸 볼 때, 우린 대중적인 인기를 누리지 못하는 걸 기뻐해야 하는지도 몰라. 지금 대중의 사랑을 받는 자라도 영원히 그걸 유지하진 못할 테니까. 게다가 시대가 아주 빨리 변화하고 있거든. 살롱전과 만국전람회의 그림들이 얼마나 볼품없는지를 본다면, 형 역시 그들이 그리 오래 유지되지 못할 거란 의견을 가지리라 생각해.

얼마 지나지 않아 앵데팡당 전이 있을 것 같아. 어떻게 생각하는지, 형 그림 중 어떤 그림을 내놓는 게 가장 좋다고 생각하는지 알고 싶어. 전시 공간 때문에 한 사람당 네 점을 전시할 수 있다고 들었어.

1889년 5월 22일

광기에 대한 두려움이 사라지고 있다

테오에게 ◆◆◆

네가 「룰랭 부인의 초상」에 대해 한 말이 나를 기쁘게 하는구나. 어떤 점에서는 평범한 사람들, 값싼 그림들로 만족하고 손풍금 소리를 들으며 감동하는 그들이 옳을지도 모른다. 아마도 살롱에 드나드는 도시의 신사양반들보다는 더 정직한 감동일 테니까.

만일 고갱이 원한다면 이 그림의 복제본을 그에게 주고, 또 하나는 베르나르에게 우정의 증표로 주도록 해라. 하지만 고갱이 해바라기 그림을 원한다면 그 역시 네 맘에 드는 작품을 주는 게 공정할 것이다. 고갱은 해바라기 그림을 정말 좋아하더구나.

그림을 걸 때 「룰랭 부인의 초상」을 가운데 두고 양쪽으로 해바라기 그림

두 점을 걸어야 한다는 걸 잊지 마라. 그렇게 해서 세 그림이 하나의 작품을 구성하게 될 것이다. 노랑과 오렌지색으로 그려진 여인의 머리는 양쪽에 노란색이 가까이 있음으로 해서 더 눈부시게 빛날 것이다.

그렇게 하면 너도 내 말을 이해할 수 있을 게다. 내 의도는 일종의 장식을 만드는 것이거든. 예를 들어 배의 선실 구석 같은 곳에 말이다. 그러면 공간이 확장되면서 그 그림의 구성이 왜 그토록 단순한지 이해하게 된다. 중간 그림의 액자는 붉은색으로 하고, 함께 진열할 해바라기 그림들은 폭이 좁은 나무액자로 해라. 너도 소박한 나무액자가 아주 좋다는 걸 알겠지. 이런 액자는 가격도 얼마 하지 않는다. 초록색과 붉은색으로 그린 포도밭 그림과 「씨 뿌리는 사람」,「밭고랑」, 침실 그림도 그런 액자를 하면 좋을 것이다.

광기에 사로잡힌 사람들을 아주 가까이 바라보면서, 광기에 대한 두려움이 많이 사라지고 있다. 어쩌면 나 역시 가까운 미래에 그런 병에 걸리게 될지도 모르지. 전에는 그런 사람들을 보면 혐오감을 느끼곤 했다. 게다가 많은 화가들이 그런 식으로 끝났다는 사실을 생각하는 건 너무 고통스러운 일이었어.

하지만 이제는 이 모든 것을 아무 두려움 없이 생각하게 되었다. 그런 사람들이 폐결핵이나 매독 같은 질병보다 더 끔찍한 병에 걸렸다고는 생각하지 않게 된 것이지. 그 화가들이 과거의 평온함을 다시 회복했다는 걸 알고 있다. 그러니 그런 병은 사소한 것이란 생각이 든다. 이게 내가 아주 깊이 감사드리며 얻는 깨달음이다.

비록 계속 악을 쓰며 울부짖거나 헛소리를 하는 사람들도 있지만, 이곳 사람들 사이에도 진정한 우정이 존재한다. 그 사람들은 남이 우리를 받아들이게 하려면 우리 역시 남을 받아들여야 한다고 생각한다. 그 외에도 아주 건전한 주장을 하면서 실제로 실천하고 있더구나. 우리끼리는 서로 아주 잘 이해하고 있단다.

이제는 살아가는 데 대한 공포도 한결 덜해졌고 우울한 기분 역시 약해졌다. 하지만 아직은 아무런 의지나 욕망도, 일상적인 생활에 속하는 어떤 것에 대한 소망도 전혀 생기질 않는다. 예를 들어 내 친구들을 만나야겠다는 생각도 전혀 들지 않는구나. 계속 그들을 생각하고 있음에도 말이다. 이곳을 떠나야겠다는 생각을 하지 않는 것도 그래서이다. 어디에 가더라도 이런 의기소침함은 따라올 테니까. 최근 며칠 동안에 삶에 대한 나의 혐오감이 근본적으로 변화하긴 했지만 그것이 의지와 행동으로 이어지려면 아직도 더 많이 기다려야 할 것 같다.

1889년 5월 25일

강렬한 색채의 힘이 보여

빈센트 형에게 ♦♦♦

우리가 자주 형 생각을 하고 있다는 사실을 알리기 위해서, 그리고 형이 지난번에 보낸 그림들이 그것을 그릴 당시 형의 정신 상태에 대해 많은 것을 알려주었다는 사실을 전하기 위해서라도 꼭 편지를 써야겠다고 생각했어. 그 그림들 모두에서 이전에는 형이 얻지 못했던 강렬한 색채의 힘을 볼 수 있었어. 그 자체만으로도 아주 귀한 성과를 거두었다고 할 수 있을 텐데, 형은 거기서 한 걸음 더 나아갔더군. 형태를 왜곡하여 상징적인 것을 발견하

◆ **양귀비가 있는 들판** 71×91cm · 1889년 6월 초 · 캔버스에 유채

려는 사람들이 있는데, 형의 그림들의 많은 곳에서도 그것을 발견할 수 있었거든. 그 그림들은 형이 자연과 살아 있는 생명체에 대해 갖고 있는 생각을 집약적으로 표현한 것이라 할 수 있을 거야. 형이 생명체 안에 본래부터 내재한다고 강렬하게 느끼는 것들. 이런 그림을 그리기 위해 형은 모든 것을 극한까지 몰고가는 모험을 감수했을 테니 머리가 얼마나 힘들었겠어. 혼란을 겪은 것도 무리가 아니야.

바로 그런 이유 때문에, 형이 다시 일하기 시작했다고 했을 때 난 몹시 기쁘면서도 한편으로는 좀 걱정이 되기도 했어. 형이 일을 시작한다면 지금 형이 머무는 요양원 같은 곳에서 보살핌을 받는 가련한 환자들이 굴복할 수밖에 없었던 정신 상태에 빠지는 걸 피할 수 있을 테니까 다행스럽다는 생각이 들어. 하지만 형이 다시 이해할 수 없는 영역으로 뛰어들게 될까봐 두려워. 형이 완벽하게 회복하기 전에는 그런 영역을 조심스럽게 지나쳐야지 곧장 뛰어들어서는 안 될 것 같아. 그리고 필요 이상으로 근심하지는 마. 형이 단순히 눈에 보이는 것만을 그리더라도 그 안에는 형의 그림에 생명을 부여할 요인들이 충분하니까. 들라크루아가 시골로 갔을 때 그렸던 정물화와 꽃들을 생각해 봐. 그후 다시 돌아와서는 훌륭한 작품들을 남겼잖아. 형역시 내 말대로 하다가 후에 걸작을 만들게 될지 누가 알겠어? 어쨌든 형 자신을 너무 혹사하지 말고 일을 적절히 조절했으면 좋겠어.

고갱은 2주 전에 퐁타방으로 떠나서 형의 그림들을 보지 못했지만, 아이작슨은 그 그림들을 보고 아주 훌륭하다고 했어. 형에게 침실 그림을 다시 보내줄 텐데, 손상된 걸 고치거나 그림을 손질하려 하지 마. 그냥 복제화를 그리고 이건 다시 돌려보내줘. 이곳에서 손보도록 할 테니까. 「붉은 포도밭」 그림은 정말 아름다워. 그걸 우리 방에 걸어두었어. 높은 곳에서 바라본 여인의 초상화도 아주 맘에 들고. 스페인과 그곳 그림에 대해 잘 아는 폴락이란 사람이 찾아온 적이 있었는데, 그가 그 그림을 보더니 위대한 스페인 화가들의 그림만큼이나 빼어난 작품이라고 했어.

1889년 6월 16일

내 마음을 사로잡는 사이프러스나무

테오에게 ◆◆◆

요즘은 더 많은 캔버스 작업을 하고 있다. 30호 캔버스로 거의 열두 점이 될 거야. 그 중 두 점은 사이프러스나무를 그린 것인데 다루기 힘든 암녹색 색조의 그림이다. 대지의 견고함을 강조하기 위해 그림 전경은 두터운 층을 이루게 그렸다.

난 이제 뭘 원해야 할지 잘 모르겠다. 여기서 일하든 다른 곳으로 가든 지금으로서는 매한가지 같다. 그러니 여기 있는 게 가장 간단한 일이겠지. 이곳 생활은 네게 전할 새로운 소식이 없다. 그날이 그날 같은 날들이거든. 난 밀밭이나 사이프러스나무를 가까이 가서 들여다볼 가치가 있다고 생각하는 외에 다른 아무런 생각도 없다.

아주 노랗고 환한 밀밭 그림을 그렸는데, 아마 나의 그림 중 가장 밝은 작품이지 싶다.

사이프러스나무들은 항상 내 마음을 사로잡는다. 그것을 소재로 「해바라기」 같은 그림을 그리고 싶다. 사이프러스나무를 바라보다 보면 이제껏 그것을 다룬 그림이 없다는 사실이 놀라울 정도다. 사이프러스나무는 이집트의 오벨리스크처럼 아름다운 선과 균형을 가졌다. 그리고 그 푸름에는 그 무엇도 따를 수 없는 깊이가 있다. 태양이 내리쬐는 풍경 속에 자리 잡은 하나의 검은 점, 그런데 이것이 바로 가장 흥미로운 검은 색조들 중 하나이다. 내가 원하는 것을 정확히 표현해 내기란 참 어렵구나.

　사이프러스나무들은 푸른색을 배경으로, 아니 푸른색 속에서 봐야만 한다. 다른 어디서나 마찬가지지만 이곳의 자연을 그리기 위해서는 그 속에 오래 머물러야 한다.

　사이프러스나무를 다룬 두 점 중에서 지금 스케치를 그려보내는 쪽이 더

◆ **사이프러스나무가 보이는 밀밭** 73×93.5cm · 1889년 6월 말 · 캔버스에 유채

훌륭한 그림이 될 것이라 생각한다. 그 속의 나무들은 아주 크고 육중하다. 전경은 가시나무와 관목덤불들이 낮게 자리 잡고 있다. 보랏빛이 도는 언덕 너머에 초록색과 분홍색을 띤 하늘에는 초승달이 떠 있다. 전경의 가시덤불 은 노란색과 보라색, 초록색으로 아주 두껍게 칠했다.

1889년 6월 25일

반감 없이 고통을 직시하는 법

테오에게 ◆◆◆
지금 내가 진행중인 작업이 어떤 것인지 네게 알려주고 싶어서 현재 작업 중인 캔버스의 스케치 열두 점을 오늘 보냈다. 내가 가장 최근에 시작한 건 밀밭 그림이다. 그림 속에는 수확하는 사람이 아주 작게 등장하고, 커다란 태양이 떠 있다. 벽과 배경의 보랏빛 도는 언덕을 제외하면 캔버스 전체가 노란색이란다. 소재는 거의 똑같지만 채색을 다르게 한 것도 있다. 그 그림 은 하얗고 파란 하늘에 전체적으로 회색이 섞인 녹색 톤이다.

사이프러스나무를 그린 작품 하나를 완성했다. 밀 이삭과 양귀비꽃이 있 고, 스코틀랜드 사람들의 격자무늬 어깨걸이 조각처럼 새파란 하늘이 보이 는 그림이다. 사이프러스나무는 몽티셀리의 그림처럼 두껍게 칠했고, 지독 한 열기를 드러내는 태양이 내리쬐는 밀밭 역시 아주 두껍게 채색했다.

불평하지 않고 고통을 견디고, 반감 없이 고통을 직시하는 법을 배우려다

보면 어지럼증을 느끼게 된다. 하지만 그건 가능한 일이며, 심지어 그 과정에서 막연하게나마 희망을 보게 될 수도 있다. 그러다 보면 삶의 다른 측면에서 고통이 존재해야 할 훌륭한 이유를 깨닫게 될지도 모르지. 고통의 순간에 바라보면 마치 고통이 지평선을 가득 메울 정도로 끝없이 밀려와 몹시절망하게 된다. 하지만 우리는 고통에 대해, 그 양에 대해 아는 바가 거의 없다. 그러니 밀밭을 바라보는 쪽이 더 나을지도 모른다. 그게 그림 속의 것이라 할지라도.

1889년 6 ~ 7월

형 그림을 보여주려 많은 사람들을 초대했어

빈센트 형에게 ◆◆◆

편지와 멋진 스케치들 고마워. 아를의 병원을 그린 그림은 정말 훌륭해. 나비와 들장미 가지 그림 역시 아주 멋져. 단순한 색조에 무척 아름답게 그려졌더군. 마지막 스케치들은 격렬한 감정 속에서 그려진 것 같은, 그리고 자연에서 좀더 멀어진 듯한 인상을 주었어. 그림을 직접 보았다면 더 잘 이해할 수 있을 텐데. 난 형 그림을 보여주려고 많은 사람들을 초대했어. 피사로부자, 탕기 영감, 그리고 노르웨이 출신의 재능 있는 화가로 만국전람회에서 노르웨이의 명예훈장을 받은 베렌스키올트, 모스 등이 왔었어.

모스란 사람은 브뤼셀에서 열리는 20인전의 위원이기도 한데, 그 전시회에 형이 작품을 전시할 의향이 있을지를 내게 물어봤어. 아직 시간은 많이 있고 난 형이 반대하진 않을 거라고 말했어. 그는 베르나르도 초대할 생각이래. 사람들은 대체로 밤 풍경을 다룬 것과 해바라기 그림을 좋아해. 해바라기 그림들 중 하나를 거실 벽난로 위에 걸어두었는데, 마치 공단에 금실로 자수를 놓은 듯한 느낌이 들어. 정말 멋져.

15일부터는 르픽 가에 있는 아파트를 쓸 수 없게 되어서 그림을 모두 집에 두지 못할 것 같아. 그래서 탕기 영감의 집에 작은 방을 빌려서 그림들 일부는 그곳에 두기로 했어. 몇몇 그림은 캔버스 틀에서 떼어냈기 때문에 캔버스를 높이 쌓아둘 수도 있어. 탕기 영감은 우리에게 정말 큰 도움이 되었어. 그역시 가게에 항상 새로운 그림을 손쉽게 전시할 수 있게 된 셈이지. 그가 포도밭이나 밤 풍경 등 색채가 풍부한 형의 작품들에 얼마나 열광하는지 알아? 그의 말을 형이 단 한 번이라도 들을 수 있다면 얼마나 좋을까.

1889년 7월 16일

용기를 잃지 마

사랑하는 형에게 ♦♦♦

형 편지가 오지 않는 게 하도 이상해서 잘 지내는지 알아보려고 전보를 쳤어. 페이롱 씨가 형이 하루이틀 아팠지만 이젠 거의 회복되어 간다고 편지를 보냈더군. 불쌍한 형, 이 악몽을 멈추기 위해 내가 어떻게 하면 좋을지 알수 있다면 얼마나 좋을까. 형 편지가 오지 않는 동안, 왠지 모르게 형이 우리를 찾아오고 있을지도 모른다는 생각을 했어. 여기로 와서 우리를 놀래주려 한다고 말이야. 형을 격려하기 위해 기꺼이 최선을 다할 사람들, 형과 함께하고 싶은 사람들 속에 있는 것이 형에게 도움이 될 거라는 생각이 들 때가 있다면, 우리집의 작은 손님방을 생각해 줘. 일전에 장모님도 거기서 묵었는데 지낼 만할 거야.

이번의 불편한 상태가 지난 발작의 후유증에 불과한 것이기를 간절히 바라고 있어. 하지만 혹시라도 이번 재발이 심각한 것이라 생각되면 꼭 내게 알려줘. 의사와 직원들 모두 형에게 친절하게 대해줘? 환자들을 차별하진 않아? 혹시 환자들이 내는 돈 액수에 따라 대접이 달라지는 건 아니야?

불안한 마음일 때는 매사를 더 나쁘게 해석하게 되는 것 같아. 그러니 몸이 나으면 한두 줄이라도 좋으니 최대한 빨리 편지를 보내줘. 내가 필요 이상으로 걱정하고 있다고는 생각하지 않아. 어쨌든 형이 모든 걸 다 내게 말해 주기를 원해.

내가 형만큼 섬세하진 못하지만, 이따금씩 형이 느끼는 감정에 나도 함께 휩싸이면서 도저히 풀 길 없는 많은 생각들을 하게 돼. 용기를 잃지 마, 형. 그리고 내가 얼마나 형을 그리워하는지 잊지 말길.

1889년 8월 14일

용기도 희망도 없이

테오에게 ♦♦♦

네가 내 편지를 간절히 기다리고 있다니 아무래도 소식을 전해야겠다는 생각이 들었다. 지금 나는 글을 쓰는 게 무척이나 힘겹다. 머리가 너무 혼란스럽거든. 그래서 잠시 쉬고 있다. 페이롱 씨는 내게 아주 친절하고 너그럽다.

너도 상상할 수 있겠지만 나는 지독하게 괴로웠다. 다시는 재발하지 않을 거라는 희망을 갖기 시작한 순간에 일어난 일이었으니까. 내가 회복하려면 꼭 그림을 그려야 한다고 페이롱 씨에게 편지를 보내주면 좋겠다. 최근 며칠 동안 아무것도 하지 못하고, 내가 그림을 그릴 수 있도록 해준 방에 가는 것도 허락을 받지 못한 채 보냈는데 그건 정말 견딜 수 없는 일이다.

아주 오랫동안 내 정신은 마치 아를에서 그랬듯, 아니 어쩌면 그때보다 더 심할 정도로 종잡을 수 없이 헤매 다녔다. 아마 앞으로도 이런 발작이 또 일어나겠지. 이젠 정말 지긋지긋하다. 지난 나흘 동안은 목이 부어서 뭘 먹을 수도 없었다. 이런 얘기를 시시콜콜 전하는 게 너무 불평만 하는 것처럼 보이지 않았으면 좋겠구나. 단지 내가 지금 파리나 퐁타방으로 갈 상황이 아니라는 걸 알려주기 위해서일 뿐이니까. 더 이상 용기나 희망을 가질 가능성을 찾을 수가 없다. 화가라는 직업이 그리 유쾌하지 못하다는 건 벌써부터 알고 있었지만 말이다.

사랑하는 동생아, 이번 발작은 바람이 많이 부는 날 들판에서 그림 그리느라 바쁠 때 일어났단다. 그 그림을 네게 보내주마. 발작이 일어났지만 그림은 완성했거든.
난 더 소박한 그림을 그리려 시도하고 있었다. 색채가 분명히 드러나지 않을 정도로 뿌옇게 칠했다. 흐린 초록색, 빨간색, 바랜 듯한 황토색 등으로. 전에도 말한 적이 있지만 이따금씩 북유럽에 있을 때와 같은 팔레트로 다시 시작하고 싶은 강한 욕망을 느끼곤 한다.

1889년 8월 말

회복하려면 그림을 그려야 한다

테오에게 ◆◆◆

어제 다시 그림을 그리기 시작했다. 내 방 창문으로 보이는, 노란 그루터기만 남은 밀밭의 풍경이란다. 농부들이 밭을 갈고 있다. 언덕을 배경으로 노란 그루터기가 있는 이랑과 보랏빛으로 물든, 갈아엎은 땅이 대조를 이룬다.

내게 그림은 다른 무엇보다 훌륭한 기분전환이 된다. 나의 온 힘을 다해 그림에 스스로를 내던질 수만 있다면 최선의 치료책이 될 것이다. 하지만 모델을 구할 수 없다는 것, 그리고 다른 많은 것이 내가 그렇게 할 수 없게 하는구나.

여기 머물기 어려운 이유는 다른 무엇보다 돈이 너무 많이 들기 때문이다. 게다가 요즘은 다른 환자들이 두렵다. 어쨌든 여기서도 내겐 아무런 행운이 없다는 느낌이 들곤 한다.

어쩌면 병이 재발했다는 데서 오는 고통을 과장하고 있는 건지도 모르겠다. 하지만 나는 정말이지 두렵다.

넌 환경이나 다른 사람에게 문제가 있는 게 아니라 나 자신 때문이라고 할지도 모르겠다. 나 역시 스스로 그렇게 말하곤 하니까. 하지만 그렇다 해도 유쾌하지 않은 건 사실이다.

내가 기분이 아주 나쁘다는 걸 너도 알겠지. 일이 잘 되지 않는다. 게다가 의사를 찾아가 그림을 그릴 수 있도록 허락해 달라고 청할 때면 바보가 된 기분이다. 조금이라도 건강이 좋아지려면 나는 그림을 그리면서 힘을 회복해야 한다. 내 의지를 키워주고 이런 정신적 나약함에서 벗어나게 해주는 것이 바로 그림이기 때문이다.

　사랑하는 동생아, 나도 이런 우울한 편지는 쓰고 싶지 않았다. 하지만 정말이지 일이 잘 풀리지 않는구나. 산으로 가서 하루 종일 그림을 그릴 수 있다면 정말 기쁠 것이다. 이곳 사람들이 빠른 시일 안에 그렇게 할 수 있게 허락해 주었으면 좋겠다.

　잠시라도 농가에 머문다면 좋을 듯하다. 그곳에서라면 좋은 작품을 그릴 수 있을 것 같다.

1889년 8월 말

「붓꽃」과 「별이 빛나는 밤」의 전시

빈센트 형에게 ◆◆◆
형의 편지를 받고 내가 얼마나 기뻤는지 몰라. 아무것도 모를 때면 실제보다 더 나쁘게 생각하는 경향이 있잖아. 형이 발작을 일으켰다는 자체만으로도 아주 나쁜 소식이긴 하지만, 이렇게 편지를 보니 이제 형이 점차 좋아지고 있다는 걸 알 수 있었어. 스케치만 보더라도 형의 방 창문으로 내다본 풍경 그림은 정말 훌륭할 것 같아. 파리에선 종종 진짜 시골 풍경을 보고 싶어 미칠 지경이야. 적어도 형은 그런 풍경의 단편은 마음대로 누릴 수 있으니 다행이지.

　이제 앵데팡당 전이 열렸다는 소식을 써야겠네. 형의 그림 「붓꽃」과 「별이 빛나는 밤」도 그곳에 전시되었어. 충분한 전시공간을 확보할 수 없고 방이 좁아서 「별이 빛나는 밤」은 그리 좋은 자리를 얻지 못했지만 「붓꽃」은 멋지게 잘 걸려 있어. 전시장의 좁은 벽 위에 그림을 걸었는데, 멀리서도 시선을 확 잡아끈다니까. 정말 신선함과 생기로 넘치는 아름다운 그림이야.

1889년 9월 5일

죽음의 이미지

테오에게 ◆◆◆

나날이 기력이 회복되고 있어서, 이제는 힘이 넘치는 것 같은 느낌이 든다. 이젤 앞에서 작업을 열심히 하기 위해 헤라클레스가 될 필요는 없겠지.

이 편지는 그림을 그리다 지쳐서 쉬는 틈틈이 조금씩 쓰고 있다. 그림은 아주 잘 진행되고 있다. 요즘은 아프기 며칠 전에 시작한 그림 「수확하는 사람」을 완성하느라 전력을 다하고 있다. 전체적으로 노란색을 띠는 이 그림은 아주 두껍게 칠했는데, 소재는 아름답고 단순하다. 수확하느라 뙤약볕에서 온 힘을 다해 일하고 있는 흐릿한 인물에서 나는 죽음의 이미지를 발견한다. 그건 그가 베어 들이는 밀이 바로 인류인지도 모른다는 의미에서다. 그러므로 전에 그렸던 「씨 뿌리는 사람」과는 반대되는 그림이라 해야 할 것이다. 그러나 이 죽음 속에 슬픔은 없다. 태양이 모든 것을 순수한 황금빛으로 물들이는 환한 대낮에 발생한 죽음이기 때문이다.

나는 이렇게 지낸다. 지금 그리는 그림은 중간에 그만두지 않을 것이다. 그리고 새 캔버스에 한 번 더 그릴 생각이다. 아, 나는 다시 새로운 광명의

◆ **해뜰 무렵 밀밭에서 수확하는 사람** 73×92cm · 1889년 9월 초 · 캔버스에 유채

마력에 홀린 것 같다.

이곳에서 앞으로 몇 달 더 지낼지, 다른 곳으로 옮길지 잘 모르겠다. 발작이 일어난다면 웃어넘길 일이 아닌데다가 오랜 기간 지속될 수도 있기 때문에 너나 다른 사람 입장에서 보면 심각한 문제가 될 것이다.

사랑하는 동생아, 지금도 그림을 그리다 다시 너에게 글을 쓰고 있다. 나는 무엇인가에 홀린 사람처럼 그림을 그리고 있다. 과거 그 어느 때보다 작업에 대한 열의로 가득 차 있다. 이것이 회복을 도와줄 것이라고 믿고 있다. 들라크루아는 "난 이도 다 빠져버리고 숨도 제대로 못 쉴 때가 되어서야 그림을 발견했다"고 말했는데, 어쩌면 그 연장선상에 있는 어떤 일이 나에게도 일어났는지 모르겠다. 내 슬픈 병도 아주 느리긴 하지만 아침부터 저녁까지 쉼없이 열의를 갖고 작업하게 해주거든. 어쩌면 천천히 오래 일한다는 게 숨은 열쇠인지도 모른다.

그러나 내가 그것에 대해 뭘 알겠니? 단지 그리 나쁘지 않은 한두 점의 그림을 진행중이니 다행이라고 생각할 수밖에. 하나는 노란색 밀을 수확하는 농부의 그림이고, 또 하나는 20인전에 낼 환한 배경의 초상화다. 물론 20인전을 준비하는 사람들이 그때까지 나를 기억하고 있다면 말이다. 사실 나 자신은 어떻게 되든 별로 상관없다고 생각한다. 그들이 나에 대한 걸 다 잊어버리는 게 더 나을지도 모르지.

요즘은 내가 아프기 때문에 너무 괴로워해서는 안 된다고, 그리고 화가라는 초라한 직업을 흔들림 없이 유지해야 한다고 다짐한다. 건강을 위해 정신병원에 좀더 머물러야 할지도 모르겠다.

며칠 전 『피가로』에서 러시아 소설가 도스토예프스키에 대한 기사를 읽었다. 그도 가끔 끔찍한 발작을 유발하던 신경질환으로 고통받았는데, 그 때문에 결국은 슬프게 죽었다고 한다. 그러나 그렇다고 어떻게 하겠니? 치료할 방법이 없는데.

편지가 너무 길어지는구나.

결국 이 모든 일이 지나고 나서 생각하는 것이지만, 파리에 있을 때의 어중간한 상태보다는 이렇게 확실하게 아픈 쪽이 더 나은 것 같다.

너도 이곳에서 막 완성한 환한 바탕의 자화상을 파리에 있을 때 그린 자화상들 옆에 두고 본다면, 그때보다 지금이 더 건강해 보인다고 생각할 것이다. 사실 나는 훨씬 건강해졌다.

드디어 「수확하는 사람」이 끝났다. 이 그림은 네가 집에 보관할 그림 가운데 하나가 될 것이다. 자연에 대한 위대한 책처럼 이 그림도 죽음의 이미지를 다루고 있다. 그러나 내가 표현하고 싶었던 것은 '이제 막 미소를 지으려는 순간'이다. 보라색 선으로 그려진 언덕 외에는 모두 창백한 노란색이거나 황금빛을 띤 노란색이다. 병실 철창을 통해 내다본 풍경이 그렇다는 게 묘하다는 생각이 든다.

다시 희망을 갖게 되었다. 그 희망이 뭔지 아니? 가정이 너에게 의미하는 것이, 나에게 흙, 풀, 노란 밀, 농부 등 자연이 갖는 의미와 같기를 바라는 것이었다. 바꿔 말하면, 너에게 가정이 사랑하는 사람을 위해 일할 이유가 될 뿐 아니라, 필요할 때는 너를 위로하고 회복시켜 주는 것이기를 바란다는 말이다. 그래서 부탁하는데, 너무 일에 찌들지 말고 너 자신을 돌봐라. 너희 부부 모두 말이다. 아마 그리 멀지 않은 미래에 좋은 일이 있을 것이다.

1889년 9월 5~6일

지독한 갈망

테오에게 ◆◆◆

삶은 이런 식으로 지나가버리고 흘러간 시간은 되돌아오지 않는다. 일할 수 있는 기회도 한번 가면 되돌아오지 않는다는 것을 알기 때문에 맹렬히 작업하고 있다. 나의 경우 더 심한 발작이 일어난다면 그림 그리는 능력이 파괴되어 버릴지도 모른다.

발작의 고통이 나를 덮칠 때 왈칵 겁이 난다. 그런 상황에서는 당연히 그럴 수밖에 없겠지만, 막상 겪게 되면 공포를 느끼게 된다. 전에는 회복하고 싶은 마음조차 없었는데. 이제 2인분을 먹어치우고, 열심히 그림을 그리고, 다시 아프게 될까봐 다른 환자들과의 접촉도 꺼리는 것은 바로 이 정신적인 공포 때문인지도 모른다. 한마디로 나는 회복하려고 노력하고 있다. 자살

◆ 생폴 드 무솔 요양원의 현관
61×47.5cm · 1889년 10월(혹은 5월)
검은색 분필, 분홍색 종이에 불투명 수채

◆ 생폴 드 무솔 요양원의 복도
61.5×47cm · 1889년 10월(혹은 5월)
검은색 분필, 분홍색 종이에 불투명 수채

◆ **요양원에 있는 고흐의 작업실 창** 1889년 10월 · 캔버스에 유채

을 시도했는데 물이 너무 찬 걸 깨닫고 강둑으로 기어올라가는 사람처럼.

사랑하는 동생아, 너도 알다시피 나는 여러 가지 이유로 남프랑스에 와서 나의 모든 것을 그림에 던졌다. 다른 빛을 찾아내려 했다. 더 환한 하늘 아래에서 자연을 관찰하면 일본인들이 느끼고 그린 방식을 더 정확하게 알 수 있으리라 믿었다. 그래서 이곳의 강렬한 태양을 보길 원했다. 그걸 접하지 않는다면 들라크루아의 그림을, 그 기법이나 기술을 이해할 수 없을 것 같았다. 북쪽 지방의 안개가 일곱 가지 기본색을 보지 못하게 가리는 것 같기도 했다.

그 모든 것이 어느 정도는 옳았다. 도데가 『타르타랭』에서 묘사한 남프랑스를 마음 깊이 이해하게 되었다. 게다가 이곳에서 친구도 사귀었고 애착이 가는 것도 많이 발견했다. 그러니 내 병이 아무리 끔찍할지라도, 이곳에 깊은 정이 들었다는 느낌이 들기도 한다. 너도 이해할 수 있을 것이다. 그 인연으로 다시 이곳에 와서 그림을 그리고 싶어질지도 모른다. 그러나 이 모든 것에도 불구하고 이른 시일에 북쪽지방으로 돌아가고 싶다.

그래. 내가 지금 게걸스럽게 음식을 먹어치우고 있다고 고백했듯, 친구들을 다시 만나고 북쪽지방에 다시 가고 싶은 지독한 갈망을 느끼고 있다는 사실도 숨기지 않겠다.

사람이 그림만 그리면서 살 수는 없다. 다른 사람도 만나고 어울리면서 조금씩 새로운 생각도 접하고 지내야 한다.

다시는 발작이 일어나지 않으리라는 희망은 포기했다. 그러니 이따금씩 있는 발작은 받아들여야겠지. 그럴 때면 내가 정신병원에 가거나 독방이 있기 마련인 감옥에 갈 수도 있다.

여하튼 너무 걱정하지 말아라. 그림은 잘 진행되고 있고, 글쎄, 밀밭을 비롯해서 그릴 게 아직도 많이 있다는 건 너에게 말할 필요도 없겠지.

가능하면 빨리 캔버스를 보내다오. 흰색 물감도 열 개 더 필요하게 될 것 같다.

우리가 용감하다면 고통과 죽음을 완벽하게 받아들임으로써, 그리고 스스로의 의지와 자기애를 깨끗이 포기함으로써 오히려 회복될 수 있을 것이라고 확신한다. 그러나 그런 건 나에게 아무런 소용이 없다. 나는 그림을 그리고 싶고, 사람을 만나고 싶고, 그리고 우리 삶을 만드는 모든 것, 네가 원한다면 인공적인 것이라 불러도 좋을 그 모든 것을 접하고 싶다. 그래, 진정한 삶이란 다른 어떤 것일 테지. 그러나 나는 살아가고 고통받을 준비가 되어 있는, 그런 사람은 못 되는 것 같다.

붓을 한 번 움직이는 것은 얼마나 신기한 일인지!

바람에, 태양에, 사람들의 호기심에 노출된 야외에서는 별다른 생각 없이 잔뜩 몰두해서 캔버스를 채운다. 그것이 진실된 것, 본질적인 것을 잡아내는 방법이다. 가장 어려운 일이지. 그러나 시간이 흐른 뒤 그림에 큰 변화를 주지 않으면서 손질을 하면 확실히 그림이 더 좋아진다.

1889년 9월 7～8일

소박한 사람들에게 말을 거는 그림

테오에게 ◆◆◆

물감과 멋진 모직 조끼를 보내줘서 정말 고맙다. 넌 내게 얼마나 친절한지. 그래서 난 더욱더 훌륭한 그림을 그릴 수 있기를 바라게 된다. 배은망덕한 사람이 되고 싶진 않구나. 물감은 정말 적절할 때 도착했다. 아를에서 가져

온 건 거의 바닥이 나고 있었거든.

이번 달에는 올리브밭을 그리고 있다. 고갱과 베르나르가 그린 「올리브 정원의 예수」 그림이 실제로 관찰한 것은 전혀 담고 있지 않아서 내 신경을 긁었거든. 물론 성경의 내용을 다루려는 의도는 전혀 없다. 고갱과 베르나르에게도 썼지만 나는 화가들의 의무가 꿈꾸는 것이 아니라 사고하는 것이라고 생각한다. 그래서 그들의 작품을 보았을 때 그들이 그런 식으로 작업한 것이 무척 놀라웠다. 베르나르가 자신의 그림들을 사진으로 보내줬거든. 그 그림들의 문제는 그것이 일종의 꿈, 그것도 악몽이라는 데 있어. 그림들이 너무 현학적이야. 너도 그림을 보면 무슨 말인지 바로 알 수 있을 거야. 하지만 솔직히 그런 그림은 영국의 라파엘 전파가 훨씬 더 잘 그렸어. 그리고 라파엘 전파보다 훨씬 더 건강하게 그린 퓌비 드 샤반과 들라크루아가 있지.

물론 그들의 그림이 아무런 흥미도 불러일으키지 않은 건 아니다. 하지만 내게는 진보라기보다 퇴보하고 있다는 고통스러운 느낌을 주더구나. 그런 감정에서 벗어나기 위해 뜨거운 태양이 떠 있거나 몹시 추운 날씨에도 불구하고 밤이나 낮이나 과수원으로 나가 그림을 그렸다. 그 덕에 30호 캔버스로 다섯 점이나 되는 그림을 그렸다. 이 그림들은 네가 가지고 있는 세 점의 올리브나무 습작들과 함께 적어도 그들의 그림에 대한 일종의 응답이 되리라 생각한다.

"나는 이런저런 것을 그리고 싶다"라고 미리 말하지 않고 자연 속에서 열심히 그림을 그린다면, 아무런 예술적 편견 없이 마치 구두를 만드는 것처럼 그림을 그린다면, 항상 그림을 잘 그리지는 못하겠지만 기대하지도 않았던 때에 뜻밖의 성과를 거두게 될 거라고 생각한다. 처음에는 알아볼 수 없었던, 기본적으로 아주 다른 시골의 진면목을 보게 되는 것이다.

반대로 여러 난관에 부딪쳤을 때, '그림을 더 훌륭하게 끝맺고 싶다, 정성들여 그리고 싶다'고 생각한다면, 그런 생각들은 한 걸음 더 나아가는 일을 불가능하게 만들 것이다. 나는 스스로를 억제하며 매일의 경험과 보잘것없는 작업들이 쌓여 나중에는 저절로 원숙해지며 더 진실하고 완결된 그림을 그리게 된다고 믿는다. 그러니 느리고 오랜 작업이 유일한 길이며, 좋은 그림을 그리려는 온갖 야망과 경쟁심은 잘못된 길이다. 성공한 만큼이나 많은 그림을 망칠 수밖에 없기 때문이다. 그림을 그리기 위해서는 평온하고 규칙적인 생활이 절대적으로 필요한데, 지금 베르나르는 부모에게 계속 재촉받고 있다. 그러니 뭘 할 수 있겠니? 그는 자신이 원하는 것을 그릴 수가 없는 것이다. 다른 많은 화가들도 같은 곤경에 처해 있지.

내가 더 이상 그림을 그리지 않는다면, 도대체 뭘 할 수 있을까? 아아, 유화물감보다 값이 싸면서도 더 오래 지속되는 간편한 그림 도구를 만들어내야 한다. 그림은 결국 지극히 평범한 것이 될 테고, 화가는 지난 세기의 유물 같은 존재가 될 것이다. 만일 화가들이 밀레가 정말 훌륭한 사람임을 깨닫고 그를 본받고자 했더라면 이렇게 되진 않았을 텐데 정말 유감스러운 일이다. 우리가 계속 살아남고 싶다면 더 열심히, 그리고 자만심 없이 그림을 그려야만 한다.

거창한 전시회보다는 소박한 사람들에게 말을 거는 그림을 그리는 게 더 나을 것이다. 밀레의 작품처럼 사람들에게 교훈이 될 그림이나 복제화를 자기 집에 걸어둘 수 있도록 말이다.

1889년 11~12월

꽃다발을 보는 듯한 침실 그림

빈센트 형에게 ◆◆◆

밀밭 그림과 침실 그림 두 점이 포함된 소포를 받았어. 난 침실 그림이 정말 좋아. 그 강렬한 색채를 보면 마치 꽃다발을 보는 것 같아. 밀밭 그림은 더 시적이라는 표현이 맞을 테고. 그 그림을 보고 있으면 언젠가 보았던 풍경을 떠올리는 듯한 느낌이 들어.

이제 나를 아주 기쁘게 한 소식을 전할까 해. 몽티셀리 그림을 석판화로 제작하고 있는 로제 씨가 우리 집에 찾아왔었어. 우리가 가진 몽티셀리 그림들을 보려는 거였지. 그는 그 그림들이 아주 훌륭하다고 생각하지만, 꽃 그림은 도저히 복제할 수 없을 것 같다고 했어. 그는 단색 석판화를 제작하니 말이야. 단색으로 그 그림의 효과를 흉내낼 수는 없을 것 같다더군. 그는 「이탈리아 여인」으로 시작할 거야. 그런데 가장 그의 마음에 들었던 게 뭔지 알아? 그건 바로 형의 그림들과 스케치들이었어. 세상에! 형, 그 사람이 형의 그림을 이해하더라고!

그는 오래전에 탕기 영감의 가게에서 형의 그림을 본 적이 있대. 그는 내가 가진 그림을 모두 보고는 정말 기뻐했어. 스케치 중에서 떨어진 사과를 줍는 사람 그림을 어쩌나 좋아하던지 그걸 그에게 선물했어. 형이라도 그렇게 했을 거라고 생각했거든.

그런데 다음날 그가 다시 가게로 찾아와서는 다른 스케치도 한 점 가질 수 없겠냐고 묻더군. 형이 생레미에 머물던 초기에 그린 그림을 말이야. 왼쪽에 둥근 달이 떠 있는 하늘을 배경으로 어두운 나무들이 줄지어 서 있고, 오른쪽에는 낮은 나무문이 있는. 그는 도저히 그 스케치 생각을 머리에서 지울 수가 없었다고, 자기가 아주 좋아하는 빅토르 위고의 스케치들보다 훨씬 더 훌륭하다고 하더라고. 그래서 내가 그 그림을 몽티셀리 앨범에 실릴 그의 석판화 한 점과 교환하자고 했더니 흔쾌히 받아들이더군. 그 앨범은 아직 완성되지 않았지만 곧 완성될 거야.

1889년 12월 22일

화가, 보이는 것에 빠져 있는 사람

테오에게 ◆◆◆

너희 부부가 곧 받아보게 될 그림을 이상할 정도로 차분하게 그리고 있던 중이었다. 갑자기 아무런 이유도 없이 다시 한 번 혼란에 빠지기 시작했다.

내가 아팠던 동안 비와 함께 눈이 왔나 보더라. 풍경을 보기 위해 밤에 침대에서 일어났다. 한 번도, 결코 한 번도 자연에서 그토록 가슴 아프고, 그토록 감동적인 인상을 받아본 적은 없다.

이곳 사람들이 그림에 대해 가지고 있는 다소 미신적인 생각이 이루 말할 수 없을 정도로 나를 슬프게 한다. 사실 그 말은 꽤나 맞는 말이기 때문이다. 화가는 눈에 보이는 것에 너무 빠져 있는 사람이어서, 살아가면서 다른 것을 잘 움켜쥐지 못한다는 말.

1889년 12월

1년 만의 재발

빈센트 형에게 ♦♦♦

형 편지를 받고 기쁘면서도 놀랐어. 페이롱 씨의 전갈을 받은 후여서 형이 편지를 쓸 수 있을 거라고 기대하지도 않았거든. 그 소식이 나를 아주 슬프게 했다는 걸 형에게 숨기지 않을래.

형이 처음 병에 걸린 지 정확히 1년 만에 재발하게 된 건 정말 기묘한 일이야. 그건 아직은 매사에 조심해야 한다는 의미겠지. 이제 형 주변에 물감을 두는 게 위험하다는 걸 알게 된 이상 잠시 물감을 멀리하고 스케치를 하는 건 어떨까? 저번에도 그랬든 이번 발작 후에도 또다른 발작이 연달아 올지도 몰라. 훨씬 덜 심각한 것이긴 하겠지만 말이야. 난 그럴 땐 형이 물감 작업을 하지 않는 게 더 나을 것 같아. 좀더 시간이 지난 후에 다시 시작하지 못할 이유가 없으니까.

1890년 1월 3일

형은 분명 살아 있을 때 성공을 거둘 거야

빈센트 형에게 ♦♦♦

브뤼셀에서 20인전이 시작되었나 봐. 신문을 보니 사람들이 가장 관심을 많이 보인 것은 세잔의 야외 풍경, 시슬레의 풍경화, 형의 색채의 조화, 르누아르의 작품들이래.

3월에는 이곳 파리시의 전시관에서 인상파 화가들의 새로운 전시를 할 계획이래. 원하는 만큼 작품을 낼 수 있다더군. 기요맹 역시 전시에 참가할 거야. 형도 전시에 참가할지, 어떤 작품을 내놓을지 생각해 봐. 그때쯤이면 20인전은 끝날 거야. 이제 우리는 성공이 찾아오기를 끈기 있게 기다리면 된다고 생각해. 분명 형은 살아 있을 때 성공을 거두게 될 거야. 일부러 나서지 않아도 형의 아름다운 그림들 때문에 저절로 이름이 알려지게 될 거라고.

형이 앞으로의 일에 대해 쓴 것에 대해 생각해 봤는데, 로제 씨와 함께 작업실을 얻는 건 어떨까? 두 사람이 한 작업실을 나눠 쓰고 형은 우리 집에서 저녁 먹고 잠을 자는 식으로 말이야.

형의 올리브나무 그림들은 보면 볼수록 맘에 드는 거 알아? 특히 일몰을 다룬 그림은 아주 눈부셔. 형이 생레미에 도착해서부터 참 많은 일을 한 것 같아. 밀레 그림의 복제화들도 몹시 보고 싶어.

1890년 1월 22일

아들을 빈센트라 부를 거야

빈센트 형에게 ◆◆◆
형이 또다시 앓아누웠다고 페이롱 씨가 알려줬어. 불쌍한 형, 일이 제대로 풀리지 않아 얼마나 맘이 아픈지 몰라. 저번에는 다행히 오래가지 않고 일찍 회복되었으니, 이번에도 빨리 회복될 수 있기를 정말 간절히 바라고 있어. 형만 건강해지면 우린 이제 아무것도 걱정할 게 없어.

사랑하는 형, 집사람이 힘든 시간을 넘기고 아주 예쁜 아들을 낳았어. 아이는 많이 울어대지만 건강해.

조가 몸을 회복할 때쯤 형이 와서 우리 아들을 볼 거라 생각하면 얼마나 기쁜지 몰라. 전에 말한 대로 우린 아이를 형의 이름을 따서 빈센트라 부를 거야. 이 아이 역시 형처럼 강직하고 용감하기를 진심으로 기원하고 있어.

1890년 1월 31일

나에 대한 평가

테오에게 ♦♦♦

드디어 네가 아버지가 되었으며, 조와 아이도 어려운 고비를 넘기고 무사하다는 반가운 소식이 담긴 편지를 받았다. 그 소식은 말로 다할 수 없는 기쁨을 주었다. 브라보! 어머니도 얼마나 기뻐하실까! 이틀 전에 아주 길고 차분한 조의 편지를 받았다. 오랫동안 그렇게 기대해 온 일이 마침내 이루어졌구나. 최근 네 생각을 많이 했다는 건 말할 필요도 없겠지.

아이를 낳기 하루 전에 나에게 편지를 쓴 조의 마음씀씀이에 내가 얼마나 감동했는지 모른다. 위험을 각오하고 있는 순간인데도 그녀는 얼마나 용감하고 침착하던지. 이 모든 소식이 내가 아팠던 최근 며칠의 일을 잊게 해주었다. 그동안은 내가 어디 있는지 더 이상 알 수 없었고, 내 마음은 길을 잃고 정처없이 헤매고 있었다.

네가 보내준 기사〔평론가 알베르 오리에르가 『르 메르퀴르 드 프랑스』지에 '고

독한 화가 : 빈센트 반 고흐' 라는 제목으로 실은, 고흐의 그림에 대한 지극히 호의적인 평론)를 보고 깜짝 놀랐다. 내 그림이 그 정도라고 생각하지는 않는다. 단지 그 기사를 통해 내가 앞으로 어떻게 그려야 할지 방향을 잡을 수 있기를 바랄 뿐이다. 그 평론은 내가 고쳐야 할 결함을 아주 잘 드러내고 있었다. 그래서 필자가 나뿐만 아니라 다른 모든 인상파 화가들이 올바른 곳에 정착할 수 있도록 이끌어주기 위해 그 글을 썼다고 판단하게 되었다.

그는 나는 물론 다른 사람에게도 공동의 이상을 제안한다. 그리고 그토록 불완전한 내 작품에서도 여기저기에서 좋은 점을 볼 수 있다고 말한다. 그것은 격려가 되는 말이어서 진심으로 고맙게 생각하고 있으며, 기회가 된다면 꼭 내 뜻을 표하고 싶다. 그러나 나의 등이 그 과업을 짊어질 수 있을 만큼 넓지 않다는 건 분명히 밝혀야 하겠다. 그가 내 그림을 중심으로 글을 썼기 때문에, 감언이설을 듣고 있는 것 같기도 했다.

내 생각에 그건 현대 화가들이 싸움을 포기하면서 주요 회화운동이 몽마르트르의 작은 그림가게에서 조용히 형태를 갖추기 시작했다는 아이작슨의 글〔아이작슨은 오리에르의 평론이 발표되기 얼마 전부터 고흐 그림의 매력을 발견하고 호의적으로 평가한 사람인데, 여기서는 테오의 일을 긍정적으로 평가한 글을 가리킨다〕처럼 과장된 것 같다. 자신의 의도를 정확히 표현하는 일이 힘들다는 건 나도 인정한다. 우리가 눈에 보이는 것을 그대로 그릴 수 없는 것과 같지.

아이작슨이나 다른 평론가들의 성급한 판단을 비판하려는 건 아니다. 그러나 그들이 우리 이야기를 하는 것은 단지 하나의 예로 든 것에 불과함을 분명히 밝히는 일은 우리의 의무다. 그러니 너나 내가 어느 정도 명성을 얻게 된다 해도 침착하게 받아들이고 이성을 잃지 않도록 해야 한다.

1890년 2월 2일

희망을 가지려 합니다

사랑하는 어머니께 ◆◆◆

며칠 전부터 어머니께 답장을 쓰려 했지만 아침부터 밤까지 그림을 그리느라 정신이 없어 편지 쓸 틈을 내지 못했습니다. 시간이 어찌나 잘 가는지요. 어머니께서도 요즘 저처럼 테오와 제수씨 생각을 많이 하실 거라 생각해요. 무사히 분만했다는 소식을 듣고 어찌나 기쁘던지요. 윌이 도와주러 가 있다니 정말 다행입니다. 사실 전 태어난 조카가 아버지 이름을 따르기를 무척 원했답니다. 요즘 아버지 생각을 많이 하고 있거든요. 하지만 이미 제 이름을 땄다고 하니, 그 애를 위해 침실에 걸 수 있는 그림을 그리기 시작했어요. 파란 하늘을 배경으로 하얀 아몬드 꽃이 만발한 커다란 나뭇가지 그림이랍니다.

저에 대한 기사를 읽었는데, 그걸 보고 좀 놀랐습니다. 아이작슨도 얼마 전에 그런 글을 쓰고 싶다고 했는데 그러지 말아달라고 했거든요. 기사가 너무 과장된 것 같아서 유감스러웠습니다. 제가 작품을 통해 드러내고자 하는 것은 같은 일을 하는 다른 여러 화가들도 갖고 있는 똑같은 감정이거든요. 그러니 왜 다른 사람들은 제쳐두고 저에 대해서만 이렇게 글을 썼을까 생각하기도 했지요.

하지만 놀라운 마음이 어느 정도 진정된 지금은 그걸 받아들이기로 했습니다. 어떨 때는 그 덕분에 격려를 받는 느낌이 들기도 하구요. 게다가 어제는 브뤼셀에서 제 그림이 400프랑에 팔렸다는 소식을 테오가 전해줬습니다. 다른 그림이나 네덜란드의 물가를 생각해 본다면 얼마 안 되는 돈이지만, 그럴수록 제대로 된 가격에 팔릴 작품을 계속 만들어낼 수 있도록 열심

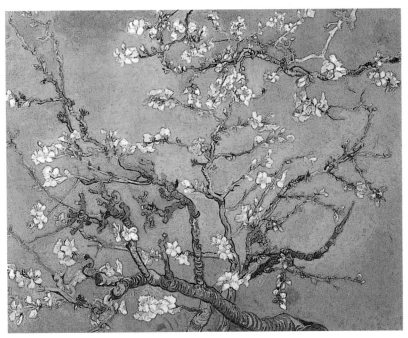

◆ 꽃이 활짝 핀 아몬드 나무 73.5×92cm · 1890년 2월 · 캔버스에 유채

히 노력할 생각입니다. 자신이 먹을 빵을 직접 일해서 벌어야 한다면 저는
아주 많은 돈을 벌어야만 합니다.

저는 이번에 그림을 팔 수 있었던 행운 덕분에 테오를 보러 파리로 갈 생
각이 강해졌습니다. 이곳 의사들 덕분에 올 때보다 더 차분하고 건강해진
모습으로 떠날 수 있게 되었답니다. 이제 병원 밖의 세상에 익숙해지려 노
력해야겠지요. 어쩌면 제가 다시 자유롭게 지내면서 일이 더 힘겨워질 수도
있겠지만, 희망을 가지려 노력하고 있습니다.

1890년 2월 15일

앵데팡당 전의 핵심

빈센트 형에게 ♦♦♦

형이 앵데팡당 전에 같이 갈 수 있었다면 얼마나 좋았을까. 전람회를 시작하는 날에는 집사람과 같이 갔었어. 형의 그림들이 좋은 자리에 걸려서 눈에 아주 잘 띄었어. 많은 사람들이 우리에게 와서 찬사를 늘어놓으며 형에게 전해달라고 했어.

고갱은 형의 그림들이 '이번 전시의 핵심'이라고 했어. 그는 작은 언덕 그림과 자기 그림 중 하나를 교환하자고 하더군. 난 형이 반대하지 않을 거라고, 오히려 당신이 형의 그림을 좋아한다는 걸 알면 아주 기뻐할 거라고 했지. 나도 그 그림이 무척 맘에 들어. 그 그림은 정말 전시회에서 감탄할 만한 인상을 남겼어.

쇠라, 기요맹, 툴루즈 로트레크도 훌륭한 그림을 전시했어. 대중들도 젊은 인상파 화가들에 점점 더 많은 관심을 보이기 시작하는 게 눈에 들어오더군. 적어도 몇몇 예술애호가들이 그림을 사기 시작했거든.

베르나르와 오리에가 다음 일요일에 형의 최근 그림들을 보러 올 거야. 오리에의 편지를 같이 보낼게. 그는 고갱에 대한 글을 준비하는 중이어서 그림을 보기 위해서 또 올 것이거든.

브뤼셀에서 형의 그림을 판 돈을 받았어. 모스는 편지에 "기회가 되는 대로 당신의 형에게 20인전에 참가해 주셔서 정말 감사드린다고 전해주십시오. 그의 그림은 많은 예술가들에게 커다란 관심과 공감을 불러일으켰답니다"라고 했어. 돈을 바로 보내줄까? 내가 보관하고 있다가 형이 원하는 대로 할게.

곧 형 건강이 아주 좋아졌다는 소식을 들을 수 있기를 기원하고 있어. 형이름을 딴 조카를 본다면 기분이 훨씬 좋아질 텐데. 페이롱 씨에게 이번 발작에서 회복되자마자 파리로 오는 게 형한테 나쁜 영향을 미치진 않을지 한번 물어봐.

1890년 3월 19일

형이 성공을 거두고 있어

빈센트 형에게 ◆◆◆

형 생일을 맞이하여 내가 직접 찾아가 손을 잡고 축하의 말을 전할 수 있다면 얼마나 좋을까. 형도 즐거운 시간을 보내고 있어? 아니면 여전히 상태가 안 좋아서 슬픔에 잠겨 있는 거야? 낮 동안에는 주로 무엇을 하며 지내? 기분전환을 할 만한 건 있어? 지난 편지를 받은 후 형이 회복기에 접어들어 더 호전되었다는 소식을 들을 수 있기를 희망하고 있어. 사랑하는 형, 우리가 이렇게 멀리 떨어져 서로가 무엇을 하고 있는지 잘 알 수 없다는 것이 얼마나 슬픈지 몰라.

그래도 피사로가 얘기했던 의사인 가셰 박사를 만났다는 말을 하게 되어 정말 기뻐. 그는 이해심이 많은 사람이라는 인상을 주더군. 외모는 형과 좀 닮은 듯했고. 형이 이곳에 오면 바로 그를 만나러 가기로 해. 그는 진료 때문에 일주일에 몇 차례씩 파리에 와. 내가 형이 어떻게 발작을 일으키곤 했는지 설명하자 그는 그게 정신병과는 무관할 것 같다고 했어. 그리고 만일 자기 생각이 옳다면 형이 분명 회복될 거라 하더군. 물론 더 확실한 진단은 형과 만나서 얘기를 나눠봐야 한다고 했어. 페이롱 씨와 그 문제에 대해 애기를 나눠봤어? 그는 뭐라고 해? 난 아직 앵데팡당 전에 다시 들러보지 못했지만, 거기 매일 들르는 피사로 말로는 형이 다른 화가들 사이에서 정말 성공을 거두고 있다고 했어. 요즘은 일부러 형 그림에 관심을 갖도록 유도하지 않아도 내게 형 그림 얘기를 꺼내는 예술애호가들도 많아. 전시 소식을 다룬 기사들은 인상파 화가들의 전시실에 대해서는 언급하지 않지만 아마 그게 그들이 할 수 있는 최선일 거야. 대부분의 비평이 어떤 가치가 있는지는 형도 잘 알잖아.

1890년 3월 29일

형의 고통을 덜어줄 수만 있다면

빈센트 형에게 ◆◆◆

형이 아무 소식이 없는 걸 보니 여전히 상태가 좋지 않다는 걸 알겠어. 사랑하는 형, 이 얘기는 꼭 전하고 싶어. 형이 아프다는 걸 알기 때문에 집사람과 나도 고통스럽다는 것 말이야. 우리가 형의 고통을 덜어줄 수만 있다면 얼마나 좋을까. 페이롱 씨는 너무 염려할 건 없다고, 이번 발작이 다른 때보다 오래 지속되고 있긴 하지만 그것 역시 지나갈 거라고 했어. 이렇게 멀리 떨어져 있지만 않으면 벌써 형을 보러 갔을 텐데. 언제라도 형이 내가 가길 바란다면 말해 줘. 바로 달려갈 테니.

형 그림은 전시장에서 정말 좋은 반응을 얻었어. 일전에는 길에서 마주친 디아스가 나를 불러 세우더니 "자네 형에게 내 칭찬을 전하게. 그의 그림은 정말 아주 훌륭하네"라고 하더군. 모네는 형의 그림들이 이번 전시에 참가한 그림들 중 최고라고 했어. 아주 많은 화가들이 내게 형 그림 얘기를 했어. 세레는 형의 다른 그림들도 보겠다고 우리 집까지 왔다가 완전히 넋을 잃었다니까. 그는 만일 자신에게 이미 선택한 양식이 없었다면 진로를 바꿔서 형이 추구하는 것을 따랐을 거라고 하더군.

사랑하는 형, 형이 행복하고 건강하다는 사실을 들으면 세상의 그 무엇보다 큰 기쁨이 될 거라는 사실을 잊지 마. 형이 빨리 회복하기를 매일 기도하고 있어.

1890년 4월 23일

고통의 순간이 지나면

테오에게 ◆◆◆

내 작업은 정말 잘 진행되고 있었다. 마지막으로 꽃이 활짝 핀 나뭇가지를 그리고 있었지. 아마 너도 그 그림을 보면 내가 지금까지 그린 것 중 최고임을 알게 될 게다. 이제껏 그린 것 중에 가장 끈기 있게 작업한 것으로 아주 차분하고 붓질도 더 안정되게 그렸거든. 하지만 그 다음날 바로 짐승처럼 발작을 일으켰다. 왜 그랬는지 나도 이해하기 어렵지만, 그렇게 되어버렸다. 하지만 다시 작업을 시작하고 싶다는 강한 욕망을 갖고 있다. 고갱 역시 작업을 계속할 수 없을 정도로 절망에 빠졌다는 편지를 보냈더라. 그는 아주 강한 사람인데 말이다. 다른 화가들에게서도 같은 얘기를 종종 듣게 되잖니? 가련한 동생아, 매사를 있는 그대로 받아들이고, 나 때문에 너무 슬퍼하지 마라. 네 가정이 잘 유지된다는 사실을 아는 것만으로도 네 생각보다 훨씬 큰 용기가 되고 나를 지탱하는 힘이 된다. 고통의 순간이 지나고 나면 내게도 평화로운 나날이 오겠지.

1890년 4월 말

이곳을 떠나고 싶다

테오에게 ◆◆◆

이제까지 네게 편지를 쓸 수가 없었는데, 이제 몸이 좀 좋아졌기에 네 생일을 맞아 너와 제수씨, 조카가 행복한 한 해를 보내기를 바라는 편지를 쓴다. 그림 몇 점을 보내니 받아다오. 네가 내게 보여준 온갖 친절함에 감사하는 뜻으로 보내는 것이다. 네가 없었다면 난 아주 불행했을 거다.

두 달이나 일을 못해서 그림이 그리 많지는 않다. 일이 너무 처져버렸다. 너라면 분홍색 하늘의 올리브나무 그림과 산 그림을 최고라고 생각하지 않을까 싶다. 올리브나무 그림은 노란 하늘을 배경으로 한 그림과 같이 걸어두면 잘 어울릴 것 같다. 아를 여인의 초상화는 내가 고갱에게 똑같이 복제해서 주기로 약속한 그림이니 그에게 전해다오. 사이프러스나무 그림은 오리에 씨를 위한 것이다.

지난 두 달에 대해 내가 무슨 말을 할 수 있을까? 일이 전혀 풀리질 않는구나. 내가 얼마나 많은 슬픔과 불행을 더 겪어야 하는 건지 알 수가 없구나.

이젠 어디로 가야 할지 전혀 모르겠다.

아픈 동안에도 기억을 더듬어 작은 그림을 몇 점 그렸다. 나중에 너도 보겠지만 북유럽의 추억들이다. 지금 막 태양이 내리쬐는 초원의 풍경을 완성했는데 정말 강렬한 그림이라고 생각한다. 곧 보내주마. 난 무엇을 해야 할지 뭘 생각해야 할지도 잘 모르겠지만, 정말이지 이곳을 떠나고 싶구나. 너도 그리 놀랄 얘기는 아니라 생각한다. 더 설명할 필요도 없겠지.

집에서 편지가 왔는데 아직 읽을 용기가 없다. 너무 우울하구나. 부탁인데 오리에 씨에게 더 이상 내 그림에 대한 글을 쓰지 말아달라고 전해다오. 그는 나를 잘못 이해하고 있다. 게다가 난 너무도 깊은 슬픔에 빠져 있어서 세상에 알려지는 것을 견딜 수가 없다. 그림을 그리는 일은 내 기분을 전환시켜주지만 사람들이 그것에 대해 떠들어대는 걸 듣는 일은 그가 생각하는 이상으로 나를 고통스럽게 한다.

1890년 4월 29일

고통은 광기보다 강하다

테오에게 ◆◆◆

이곳에 있다는 사실이 말로 표현할 수 없을 정도로 나를 짓누르기 시작한다. 하느님 맙소사! 1년이 넘도록 참아왔으니 이젠 무언가 변화가 필요하다. 지루함과 슬픔으로 숨이 막힐 것만 같다.

그림을 그리는 일도 급하다. 이곳에서 시간을 너무 낭비했다. 그러니 너에게 묻는데, 왜 그렇게 두려워하니? 네가 두려워해야 할 것은 그것이 아니

◆ **울고 있는 노인** 1882년 · 스케치

다. 맙소사! 이곳에서 매일같이 사람들이 미쳐가는 모습을 보아 왔다. 더 중요한 것은 역경을 이겨내기 위해 노력하는 것이다.

설령 그것이 그렇게 냉정한 감시는 아니라 하더라도, 다른 사람의 감시하에 스스로를 방치하는 것, 자유를 희생하고 사는 것, 기분전환을 할 방법이라고는 오직 그림 그리는 일뿐인 채 사회에서 동떨어져서 지내는 것, 그런 건 정말 못할 짓이다.

그렇게 살다 보니 얼굴에 쉽게 사라지지 않는 주름살까지 생겼다. 이제 이곳의 모든 것이 나로서는 참을 수 없게 여겨지는 이상 그걸 끝내는 게 옳다고 생각한다.

그러니 제발 페이롱 씨에게 내가 떠나는 걸 허락해 달라고 말해 다오. 늦어도 15일까지는. 그렇지 않으면 발작이 일어난 후 다음 발작까지 유지되는 안정기를 놓쳐버리게 된다. 지금 떠난다면 다른 의사를 만날 수 있는 시간을 벌 수 있다. 또 병이 빨리 재발한다 해도 준비를 할 수 있을 것 같다. 그러나 병이 얼마나 심각한지에 따라서 내가 계속 자유롭게 지낼 수 있을지, 정신병원에 영영 처박혀 있어야 할지 결정할 수 있을 것이다. 후자의 경우에는 지난번 편지에도 말했듯, 환자들이 들판이나 작업장에서 일을 하는 병원으로 가고 싶다. 이곳보다는 그런 곳에서 그림의 소재를 더 많이 얻을 수

◆ 울고 있는 노인 81×65cm · 1890년 4~5월 · 캔버스에 유채

있을 테니까.

내가 혼자 움직이는 데도 비용이 많이 드는데, 또 동행할 사람을 구하는 것은 쓸데없는 낭비일 듯싶다. 거주 이전의 자유가 나에게도 있다는 걸 기억해 줬으면 한다. 내가 완전한 자유를 요구하는 것도 아니잖아.

지금까지는 어떻게든 참아보려고 노력해 왔다. 나는 이제까지 다른 누구에게도 해를 끼친 적이 없다. 그런데 내가 위험한 동물이라도 되는 양 감시원을 붙이려는 건 너무 부당하지 않니? 아니, 거절하겠다. 내가 여행중에 발작을 일으킨다면, 기차역에 근무하는 사람들은 어떻게 해야 할지 잘 알고 있을 것이다.

어떤 문제도 일어나지 않을 것이라고 확신한다. 이런 식으로 떠나게 되어서 아주 고통스럽다. 고통은 광기보다 강한 법이다.

페이롱 씨가 먼저 나서서 결정을 내리지는 않을 것이다. 책임질 일을 저지르고 싶지는 않을 테니까. 이런 식으로는 아무런 결론도 내리지 못한 채 일이 계속 지체될 거고, 결국 우리는 지쳐서 서로 화만 내게 될 것이다.

사랑하는 동생아, 나의 인내심이 극에 이르고 있다. 이대로 계속 있을 수는 없다. 변화가 필요하다. 임시변통에 불과하더라도.

1890년 5월 4일

오베르 쉬르 우아즈에서
1890년 5월 21일~7월 29일

그림을 통해서만 말할 수 있는 사람

오베르 쉬르 우아즈로 옮긴 고흐는 라부 여인숙에 방을 얻어 살면서 닥터 가셰의 치료를 받았다.

6월 말 테오가 직장에서의 갈등으로 심각한 고민에 빠졌다. 불안한 마음으로 파리를 방문했던 고흐는 테오와 돈 문제로 다투고 오베르로 돌아왔다. 그후 그는 「까마귀가 나는 밀밭」, 「오베르의 교회」 등을 그렸다.

1890년 7월 27일, 초라한 다락방의 침대 위에 피를 흘리고 누워 있는 그를 라부의 가족이 발견했다. 그 스스로 가슴에 총탄을 쏜 것이다. 오베르의 성 뒤쪽에 있는 밀밭에서. 닥터 가셰와 닥터 마제리가 라부의 집으로 급히 달려왔다.

이튿날, 파리에 있던 테오는 가셰의 편지를 받고 오베르로 왔다. 두 형제는 이 지상에서 마지막으로 짧은 대화를 나누었다. 그날 밤 고흐는 의식을 잃었고, 7월 29일 새벽 1시 30분 동생의 품에 안긴 채 "이 모든 것이 끝났으면 좋겠다"는 말을 남기고 파란 가득한 삶을 마감했다.

7월 30일, 고흐는 테오, 베르나르, 탕기 영감, 가셰 등이 지켜보는 가운데 오베르의 묘지에 묻혔다. 8월에 테오가 베르나르의 도움으로 몽마르트르에 있는 자신의 집에서 고흐 추모전을 열었다.

고흐가 죽은 지 6개월 후인 1891년 1월 25일, 형의 죽음 이후 갑자기 건강이 악화된 테오가 네덜란드의 위트레흐트에서 33세의 나이로 숨을 거두었다.

고흐의 서간집이 출간된 1914년에 테오의 유해는 형의 무덤 옆에 안치되었다.

◆ **오베르의 교회** 94×74cm · 1890년 6월 · 캔버스에 유채

닥터 가셰

테오에게 ♦♦♦

닥터 가셰는 어딘지 아파 보이고 멍해 보인다. 그는 나이가 많은데, 몇 년 전에 아내를 잃었다고 한다. 그러나 그는 의사인데다 일과 신념이 그를 잘 지탱해 주는 것 같다. 우리는 쉽게 친해졌다. 그도 몽펠리에의 브뤼야스를 알고 있었는데, 현대 미술사에서 그가 중요한 인물이라는 내 의견에 동의했다.

요즘은 그의 초상화를 그리고 있다. 아주 환한 금발에 하얀색 모자를 쓰고, 환한 살색의 손을 빨간 탁자에 기대고 있는 모습이다. 그는 파란색 연미복을 입었는데, 바탕도 코발트 블루다. 탁자 위에는 노란색 책 한 권과 보라색 디기탈리스꽃이 놓여 있다. 이 초상화는 이곳으로 올 때 그린 자화상과 같은 감정을 담아 그렸다.

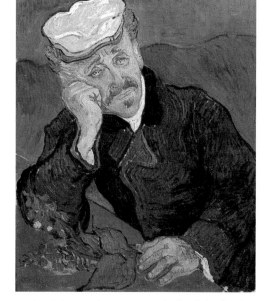

닥터 가셰는 이 초상화를 아주 좋아해서, 가능하면 똑같은 걸 하나 더 그려서 자기에게 줄 수 없겠냐고 했다. 나도 그럴 생각이다. 그는 「아를의 여인」도 좋아한다. 너도 그걸 분홍색으로 그린 습작을 가지고 있지. 닥터 가셰는 이 두 그림의 습작을 보기 위해 이따금 들르곤 했는데, 습작도 무척 좋아한다.

1890년 6월 4일

◆ **닥터 가셰의 초상** 68×57cm · 1890년 6월 · 캔버스에 유채

그림, 과거와 현재를 이어주는 유일한 고리

어머니께 ◆◆◆

누에넨에 가서서 한때 어머님께 속했던 모든 것을 감사하는 마음으로 다시 바라보았다는 편지를 읽고 가슴이 뭉클해졌습니다. 이제는 편안한 마음으로 그것을 다른 사람들에게 넘겨줄 수 있으시다고요.

지난 삶의 기억들, 이별한 사람들이나 죽어버린 사람들, 영원히 지속될 것 같던 시끌벅적한 사건들……. 모든 것이 마치 망원경을 통해 희미하게 바라보는 것처럼 기억 속으로 되돌아올 때가 있지요. 과거는 그런 식으로만 붙잡을 수 있는가 봅니다.

저는 계속 고독하게 살아갈 것 같습니다. 가장 사랑했던 사람들도 망원경을 통해 희미하게 바라보는 수밖에는 달리 방법이 없습니다.

요즘 제 그림은 조금씩 더 조화를 이루어갑니다. 그림 그리는 일은 다른 일과는 차이가 있지요. 작년에 어디에선가 글 쓰는 일과 그림 그리는 일은 아이를 낳는 일과 같다는 글을 읽었습니다. 저는 그 글을 읽고 고개를 끄덕였습니다.

물론 아이를 낳는 일이 글을 쓰거나 그림 그리는 일보다 더 자연스럽고 의미 있는 일이라고 생각했지요. 그런 일이 서로 비교될 수 있다면 말입니다. 그러나 저는 다른 무엇보다 제 일에 최선을 다할 생각입니다. 비록 그림 그리는 일이 세상에서 가장 이해받지 못하는 일 중 하나이지만, 저에게는 과거와 현재를 이어주는 유일한 고리거든요.

테오와 제수씨가 지난 일요일에 아이를 데리고 이곳에 왔습니다. 닥터 가셰의 집에서 함께 점심을 먹었지요.

제 이름을 딴 조카는 그때 처음으로 동물의 세계를 접했답니다. 그곳에는 닭, 토끼, 오리, 비둘기 등이 많이 있을 뿐 아니라 고양이가 여덟 마리, 개가 세 마리 있거든요. 아직은 그 모든 걸 잘 이해하고 있는 것 같진 않지만 말입니다.

어쨌든 아이는 건강해 보였고, 테오와 조도 잘 지내고 있습니다. 테오의 가족과 이토록 가까이 살고 있다는 느낌이 저를 편안하게 합니다. 어머님께서도 조만간 그들을 만나볼 수 있을 겁니다.

보내주신 편지 감사드리며, 어머님과 윌이 늘 건강하게 지내기를 바랍니다.

1890년 6월 12일

자네와 나의 공동작품

고갱에게 ◆◆◆

다시 편지를 보내주어 고맙네. 이곳에 돌아온 후 매일 자네 생각을 하고 있다네. 파리에서는 사흘밖에 묵지 않았네. 파리의 소음이 너무 나쁜 인상을 주어서 시골로 와서 머리를 식히는 게 현명할 거라고 생각했지. 그렇지 않았다면 자네 집에도 들렀을 텐데. 자네의 그림을 따라 그린 아를 여인의 초상이 자네 마음에 들었다니 얼마나 기쁜지 모르겠네.

그 그림을 그릴 때 자네의 데생에 충실하려고 노력했지만, 그 데생의 간결한 성격과 스타일에 다양한 색채를 부여하는 해석의 자유를 누렸다네. 그건 아를의 여인 합작품이라 불러도 좋겠지. 그런 합작품은 대체로 드문데,

◆ 아를의 여인(지누 부인의 초상)
60×50cm · 1890년 2월 · 캔버스에 유채

◆ 아를의 여인(지누 부인의 초상)
65×54cm · 1890년 2월 · 캔버스에 유채

우리가 함께 작업한 시간을 요약해 주는, 자네와 나의 공동작품으로 생각했으면 하네.

한 달 동안이나 아프면서 그린 그림이지만 자네와 나, 그리고 몇 안 되는 사람만 이해할 수 있을 것 같네. 사람들이 우리를 이해할 수 있다면 얼마나 좋을까.

최근에는 옆으로 별 하나가 보이는 사이프러스나무 그림을 그리고 있네. 눈에 뜨일락말락 이제 겨우 조금 차오른 초생달이 어두운 땅에서 솟아난 듯 떠 있는 밤하늘, 그 군청색 하늘 위로 구름이 흘러가고, 그 사이로 과장된 광채로 반짝이는 별 하나가 떠 있네. 분홍색과 초록의 부드러운 반짝임이지. 아래쪽에는 키 큰 노란색 갈대들이 늘어선 길이 보이고 갈대 뒤에는 파란색의 나지막한 산이 있지. 오래된 시골 여관에서는 창으로 오렌지색 불빛이 새어나오고, 키가 무척 큰 사이프러스나무가 꼿꼿하게 서 있네.

길에는 하얀 말이 묶여 있는 노란색 마차가 서 있고, 갈 길이 저물어 서성

◆ **사이프러스나무가 있는 별이 반짝이는 밤** 92×73cm · 1890년 5월 · 캔버스에 유채

거리는 나그네의 모습도 보인다네. 아주 낭만적이고 프로방스 냄새가 많이 나는 풍경이지.

밀밭도 이런 식으로 그려보면 어떨까 하는 생각도 하고 있네. 아직은 그리지 못했지만. 청록색 이삭줄기밖에 없는 그림 말일세. 길쭉한 잎은 빛이 반사되어 초록색과 분홍색 리본처럼 보이고, 길가에 활짝 핀 꽃은 먼지에 덮여 흐린 분홍색을 띠고 있지. 이삭은 누렇게 변해가고, 그 아래쪽에 분홍색 메꽃이 피어 있는 것도 눈에 띄네.

이렇게 생생하면서도 고요한 배경에 인물을 그려넣고 싶네. 같은 색이지만 농도가 다른 다양한 초록색이 하나의 초록색을 형성해서는, 산들바람에 이삭이 부대끼면서 내는 부드러운 소리를 연상시키는 그림 말일세. 물론 그런 색을 만드는 것이 쉽지는 않겠지.

1890년 6월

서로 다른 단편들의 흥미로운 관계

테오에게 ♦♦♦

지난 이틀 동안 가세 양의 초상화를 그렸다. 너도 곧 볼 수 있기를 바란다. 가세 양은 붉은 드레스를 입고 있고 배경이 되는 벽은 오렌지색 점이 찍힌 녹색이다. 카펫은 초록색 점이 찍힌 붉은색, 피아노는 짙은 보라색이다. 그리는 동안 정말 즐거웠던 인물화이긴 하지만 채색하는 일은 몹시 힘들었단다.

가세 박사는 다음에 작은 오르간 앞에서 그녀가 포즈를 취하게 해주겠다

고 약속했다. 이 그림은 밀밭을 다룬 가로로 긴 그림과 아주 잘 어울린다는 사실을 깨달았다. 하나는 세로로 길쭉하면서 전체적으로 분홍 색조가 강하고, 다른 그림은 옅은 녹색과 연두색이 주도하고 있어서 분홍색과 보색이 되거든.

사람들은 자연의 서로 다른 단편들이 서로를 설명하고 강화시켜 주는 흥미로운 관계를 갖는다는 사실을 제대로 이해하지 못하고 있다. 아주 소수의 사람들만 그 관계를 느끼고 있는 것 같다.

◆ 피아노를 치는 마르그리트 가셰
102.6×50cm · 1890년 6월 · 캔버스에 유채

1890년 6월

극한의 외로움과 슬픔

사랑하는 동생과 제수씨에게 ◆◆◆

제수씨의 편지는 정말이지 내게 구원과도 같았다. 그 덕에 이번에 너를 만나고 나서 생긴 고민들에서 해방될 수 있었다. 사실 우리 모두가 일용할 양식을 구할 수 없을지도 모른다고 느끼는 건 가벼운 일이 아니다. 우리의 생계수단이 위협받는다고 느끼는 게 우스운 일은 아니란 말이다.

이곳으로 돌아와서도 계속 무척이나 슬펐고, 너를 위협하는 문제가 역시 나를 내리누르고 있다는 걸 느꼈다. 내가 무슨 일을 할 수 있었겠니. 기분을

바꿔보기 위해 노력했지만 내 삶도 뿌리에서부터 위협받고 있으니 발걸음
조차 비틀거릴 수밖에.

　네가 나를 부담스러운 존재로 느낄까 두려웠다. 하지만 제수씨의 편지로
내 입장 역시 아주 힘겹다는 사실을 네가 잘 이해하고 있음을 알 수 있었다.

　이곳에 돌아와 다시 일을 시작했는데 붓이 내 손가락에서 떨어져 내릴 것
만 같더라. 하지만 내가 원하는 걸 정확히 알고 있었기에 세 점의 큰 그림을
그렸다.

　그 중 하나가 혼란스러운 하늘 아래 펼쳐진 거대한 밀밭 그림이다. 극한
의 외로움과 슬픔을 표현하기 위해 내 길에서 벗어날 필요는 없겠지. 너도
곧 그 그림들을 볼 수 있기를 바란다. 가능한 빨리 이 그림을 너에게 가져갔
으면 한다. 이 그림들이 말로 할 수 없는 내 감정을 네게 전해줄 거라 생각
하기 때문이다.

　시골에서 내가 되찾은 건강과 원기 역시 말이다. 다른 그림들은 「도비니
의 정원」이다. 이곳에 왔을 때부터 계속 생각해 온 그림이지.

　계획한 여행이 네 기분을 조금 전환시켜 주기를 진심으로 바란다.

　종종 조카를 생각한다. 그림을 그리느라 온 신경과 에너지를 쏟아붓기보
다는 아이를 기르는 게 분명 더 낫다고 생각한다. 하지만 나는 너무 늙어서
발길을 돌려 새로 출발한다거나 다른 어떤 것을 바랄 수가 없다. 적어도 나
는 그런 느낌이다. 그런 희망들은 나를 떠난 지 오래다. 그로 인한 정신적 고
통은 남겨둔 채로.

1890년 7월

궁지에 몰리는 화가들

테오에게 ◆◆◆

편지와 동봉한 50프랑 수표 고맙게 받았다. 하고 싶은 말이 많았는데 그럴 마음이 사라져버렸다. 그렇게 해봐야 아무런 소용이 없다는 생각이 든다.

요즘은 온통 그림에만 관심을 쏟고 있다. 내가 미치도록 사랑하고 존경했던 화가들처럼 잘 그리려고 노력하고 있다. 일을 마치고 집에 돌아와 있으니, 오늘날 화가들이 점점 더 궁지에 몰리고 있다는 느낌이 든다. 그래……그런데 화가 공동체를 결성하는 게 유용하다고 화가들을 설득할 수 있는 기회는 이제 사라진 것이냐? 하긴, 공동체가 결성되더라도 다른 화가들이 파멸한다면 그 공동체 역시 파멸하게 될 테지. 어쩌면 너는 몇몇 화상들이 인상파 화가들의 편에 서서 함께할 거라고 말할지도 모르지. 하지만 그건 그리 길지 않을 게다. 결국 개인의 노력은 별로 소용이 없는 것 같다. 게다가 이미 많은 일을 겪었는데, 정말 이 모든 것을 다시 시작해야 하는 것일까?

고갱이 브르타뉴 지방에서 그린 그림을 보았는데 정말 아름다웠다. 그곳에서 그린 다른 그림도 그럴 것이라고 생각한다.

동봉한 것은 도비니의 정원을 소재로 그린 작품을 다시 스케치한 것이다. 내가 가장 세심하게 생각해서 그린 작품 중 하나다. 이엉을 인 지붕과 비온 후의 광대한 밀밭 정경을 그린 30호 크기 그림 두 점도 대략 스케치했다.

1890년 7월 24일

▶ 테오가 받은 고흐의 마지막 편지로, 테오는 이 편지의 내용을 이해하기 힘들었다고 한다.

그림을 통해서만 말할 수 있는 사람

테오에게 ◆◆◆

다정한 편지, 그리고 50프랑 고맙게 잘 받았다.

네게 하고 싶은 말이 아주 많았지만 다 쓸데없는 일이라는 느낌이 드는구나. 그 사람들이 네게 호의적이기를 바란다.

네 가정의 평화 문제에 대해 나를 안심시키려 할 필요는 없다고 생각한다. 내가 직접 그 화복을 봤으니까. 4층에 있는 집에서 사내아이를 기르는 일이 제수씨뿐 아니라 네게도 힘겨운 일이란 건 잘 알고 있다.

가장 중요한 문제가 잘 되고 있으니 내가 왜 별로 중요하지도 않은 일을 가지고 왈가왈부하겠니? 침착하게 사업 얘기를 나누려면 시간이 좀더 지나야 할지도 모른다.

화가들은 무슨 생각을 하든, 돈 이야기는 본능적으로 피하려고 한다.

그래, 정말 우리 화가들은 자신의 그림을 통해서만 말할 수 있는 것 같다. 그런데 사랑하는 동생아, 내가 늘 말해 왔고 다시 한 번 말하건대, 나는 네가 단순한 화상이 아니라고 생각해 왔다. 너는 나를 통해서 직접 그림을 제작하는 일에 참여하고 있는 것이다. 최악의 상황에도 그 그림들은 남아 있을 것이다.

지금 우리가 처한 위기상황에서 너에게 말할 수 있는 건, 죽은 화가의 그림을 파는 화상과 살아 있는 화가의 그림을 파는 화상 사이에는 아주 긴장된 관계가 있다는 사실이다.

그래, 내 그림들, 그것을 위해 난 내 생명을 걸었다. 그로 인해 내 이성은 반쯤 망가져버렸지. 그런 건 좋다. 하지만 내가 아는 한 너는 사람을 사고파는 장사꾼이 아니다.

네 입장을 정하고 진정으로 사람답게 행동할 수 있으리라 믿는다. 그런데 도대체 넌 뭘 바라는 것이냐?

▶ 이 편지는 7월 29일 고흐가 사망할 당시 지니고 있던 것인데, 그동안 그가 쓴 마지막 편지로 알려져 있었다. 그러나 사실은 1890년 7월 24일 이전에 씌어진 것으로 내용이 너무 우울해서 부치지 않았다고 한다.

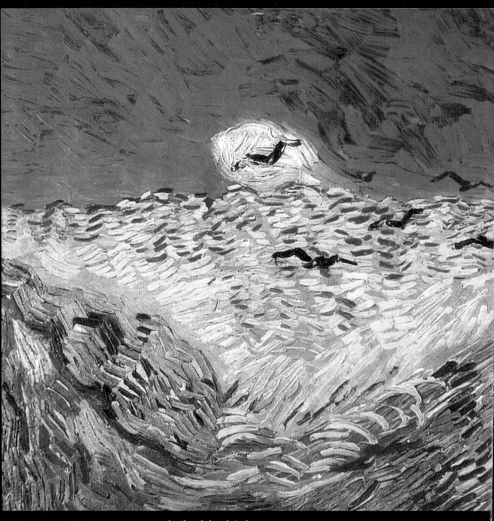

◆ **까마귀가 나는 밀밭** 50.5×103cm · 1890년 7월 · 캔버스에 유채

주요 인물 소개

기요맹, 장 바티스트 아르망(Jean-Baptiste-Armand Guillaumin 1841~1927) 프랑스 화가. 세잔, 피사로 등과 교류하면서 인상주의 운동에 참가했다. 도시 풍경을 주로 그렸다.

도미에, 오노레(Honoré Daumier 1808~1879) 프랑스 화가. 파리 서민의 생활을 생생하고 신랄하게 풍자했다.

도비니, 샤를 프랑수아(Charles-François Daubigny 1817~1878) 프랑스 화가. 바르비종 화파의 일원으로 풍경화를 주로 그렸다.

뒤러, 알브레히트(Albrecht Dürer 1471~1528) 독일 화가·조각가. 독일의 가장 위대한 화가로 꼽힌다.

그루, 앙리 드(Henri De Groux 1867~1930) 사실주의 기법의 벨기에 화가.

라파엘리, 장 프랑수아(Jean François Raffaëlli 1850~1924) 프랑스 화가. 파리 교외의 풍경과 사람들을 세밀하게 묘사했다. 크레용의 발명가로 유명하다.

레르미트, 레옹 오귀스탱(Léon-Augustin Lhermitte 1844~1925) 프랑스 화가. 쿠르베풍의 사실주의에 감상적인 느낌이 더해진 농민회화와 종교화를 그렸다.

루소, 테오도르(Théodore Rousseau 1812~1867) 프랑스 화가. 프랑스의 여러 지역을 여행하며 풍경화를 그리다가 퐁텐블로 숲의 마을인 바르비종에 정착하여 어둡고 비밀스러운 분위기의 숲을 주로 그렸다. 인상주의 탄생에 중요한 역할을 했다.

룰랭, 요제프(Joseph Roulin) 고흐가 아를에 머물 때 친하게 지내던 우편배달부. 고흐의 모델이 되어주기도 했다.

로이스달, 야코브 반(Jacob van Ruysdael 1628~1682) 네덜란드 화가. 감성적인 해석이 개입된 풍경화를 주로 그렸다.

바스티앵 르파주, 쥘(Jules Bastien-Lepage 1848~1884) 프랑스 화가. 카바넬의 제자이며 쿠르베와 밀레의 영향을 받았다. 전형적인 자연주의 그림을 그렸다.

리베르만, 막스(Max Liebermann 1847~1935) 독일 화가. 쿠르베와 밀레의 영향을 받았다. 사실주의 기법의 그림을 주로 그렸다.

마리스, 마테이스(Matthijs Maris 1839~1917) 네덜란드 화가. 헤이그 화파의 일원. 도시 풍경과 바르비종 화파를 연상시키는 그림을 그렸다.

멜러리, 자비에르(Xavier Mellery 1845~1921) 벨기에의 상징주의 화가.

모베, 안톤(Anton Mauve 1838~1888) 네덜란드 화가. 야코프 · 마테이스 · 빌렘 마리스 형제와 함께 헤이그 화파의 대표적인 인물이다.

몽티셸리, 아돌프(Adolphe Monticelli 1824~1886) 프랑스 화가. 그림물감을 두툼하게 칠해 보석처럼 광채를 내는 기법을 썼다. 고흐가 많은 영향을 받았다.

미슐레, 쥘(Jules Michelet 1798~1874) 프랑스 역사학자 · 수필가. 국가 정체성 · 정치적 참여 · 낭만주의 운동의 사회적 가치에 입각해서 프랑스 역사를 창조적으로 해석했다.

밀레, 장 프랑수아(Jean-François Millet 1814~1875) 프랑스 화가. 자연주의 기법으로 농촌 풍경과 농부들의 삶을 주로 그렸다. 인상주의에 영향을 주었다.

밀레이, 존 에버렛(John Everett Millais 1829~1896) 영국 화가. 로제티, 헌트 등과 함께 라파엘 전파 연합을 결성했다.

호이엔, 얀 반(Jan van Goyen 1596~1656) 네덜란드 화가. 초기에는 묘사적이고 장식적인 그림을 그렸으나, 점차 단순하고 통일성 있는 그림을 그렸다. 강물, 모래언덕, 오솔길 등을 즐겨 다루었다.

베르나르, 에밀(Émile Bernard 1868~1941) 프랑스 화가. 고흐, 고갱, 세잔 등과 교류했다.

스토, 헤리엇 비처(Harriet Beecher Stowe 1811~1896) 미국의 여성 소설가. 『톰 아저씨의 오두막』을 썼다.

라파르트, 안톤 반(Anton van Rappard 1858~1892) 네덜란드 화가. 습작여행으로 파리에 갔을 때 테오와 알게 되었다. 1880년 11월 테오의 권유로 고흐가 그를 방문하면서 서로 알게 되었다.

스티븐스, 앨프리드(Alfred Stevens 1823~1906) 벨기에 화가. 자연주의 기법으로 세속적인 사회상을 그렸다.

앙크탱, 루이(Louis Anquetin 1861~1932) 프랑스 화가. 도시 풍경과 여성들의 초상화를 주로 그렸다.

오스타데, 아드리아인 반(Adriaen van Ostade 1610~1685) 네덜란드 화가. 풍속화를 주로 그렸다.

이스라엘스, 요제프(Jozef Israëls 1824~1911) 네덜란드 화가. 가난한 사람과 노인을 주로 그렸다. 헤이그 화파의 일원.

자케, 마티외(Mathieu Jacquet 1545~1611) 프랑스 조각가. 조각가이자 건축가로서 평생 퐁텐블로에서 활동했던 앙투안 자케 Antoine Jacquet의 아들.

자크, 샤를 에밀(Charles-Emile Jacques 1813~1894) 프랑스 화가 · 판화가. 바르비종의 전원 풍경을 그렸다. 19세기 후반, 동판화 부활의 선구자.

뒤프레, 마리 쥘(Marie-Jules Dupré 1811~1889) 프랑스 화가 · 석판화가. 바르비종파의 일원으로 서정적인 풍경화를 그렸다.

카바넬, 알렉상드르(Alexandre Cabanel 1823~1889) 프랑스 화가. 고전주의 전통에 입각하여 그림을 그렸다. 프랑스 제2제정과 제3공화국의 공식화가.

코레조, 안토니오 알레그리(Antonio Allegri Correggio 1494~1534) 이탈리아 르네상스의 화가. 파르마파의 일원으로 원근법과 명암 묘사에 뛰어났다.

코로, 장 바티스트 카미유(Jean-Baptiste-Camille Corot 1796~1875) 프랑스 화가. 고전주의의 전통을 잇는 19세기 미술계의 거장.

쿠르베, 구스타브(Gustave Courbet 1819~1877) 프랑스 화가. 대표적인 사실주의자. 19세기 미술계에 큰 영향을 끼쳤다.

테르보르히, 헤나르트(Gerard Terborch 1617~1681) 네덜란드 화가. 부르주아 가정의 실내 정경을 섬세한 심리묘사를 담아 그렸다. 렘브란트, 프란스 할스, 벨라스케스의 영향을 받았다.

고티에, 테오필(Théophile Gautier 1811~1872) 프랑스 시인 · 소설가 · 비평가 · 언론인. 낭만주의자로서 미를 위한 미, 예술을 위한 예술을 주장했다.

토레, 테오필(Théophile Thoré 1807~1869) 프랑스 미술평론가. 필명으로 윌렘 토레, 윌렘 뷔르제, 토레 뷔르제 등을 썼다.

티솟, 제임스(James Tissot 1836~1902) 19세기 말 영국에서 활동했던 프랑스 화가 · 판화가. 파리의 풍경과 인물을 주로 그렸다. 자크 조셉이었던 이름을 제임스로 바꿨다.

퓌비 드 샤반, 피에르 세실(Pierre-Cécile Puvis de Chavannes 1824~1898) 프랑스 화가. 차분한 색조와 구도로 소르본 대학, 파리 시청 등에 벽화를 그렸다.

할스, 프란스(Frans Hals 1581?~1666) 네덜란드 화가. 개성 있는 인물화를 그렸다. 당대 유럽 미술계의 일인자로 평가받았다.